BESTSELLER

Danielle Steel es una de las autoras más conocidas y leídas del mundo. De sus novelas, traducidas a más de cuarenta idiomas, se han vendido ochocientos millones de ejemplares. Sus libros presentan historias de amor, de amistad y de lazos familiares que llegan directamente al corazón de los lectores de todas las edades y culturas. Sus últimas novelas publicadas en castellano son: *Lazos de familia*, *El legado*, *Feliz cumpleaños*, *Charles Street n.º 44*, *Hotel Vendôme*, *Traicionada*, *Siempre amigos*, *Una herencia misteriosa*, *Blue*, *El apartamento*, *Una noche mágica*, *La amante* y *La duquesa*.

Para más información, visita la página web de la autora:
www.daniellesteel.com

También puedes seguir a Danielle Steel en Facebook y Twitter:
f Danielle Steel
t @daniellesteel

Biblioteca

DANIELLE STEEL

CHARLES STREET, N.º 44

Traducción de
Sheila Espinosa Arribas

DEBOLS!LLO

Título original: *44 Charles Street*

Primera edición en Debolsillo: junio de 2017
Segunda reimpresión: abril de 2019

Printed in Spain – Impreso en España

ISBN: 978-84-663-4112-7 (vol. 245/68)
Depósito legal: B-8.706-2017

Compuesto en Comptex, S. L.
Impreso en Novoprint
Sant Andreu de la Barca (Barcelona)

P 341127

Penguin
Random House
Grupo Editorial

A mis maravillosos hijos
Beatie, Trevor, Todd, Nick, Sam,
Victoria, Vanessa, Maxx y Zara.
Por favor, tened cuidado,
sed felices, sed amados y,
siempre que os sea posible, comportaos
con inteligencia, bondad y compasión.
Espero que la suerte os sonría.
La receta perfecta para vivir.

Con todo mi amor,

Mamá/D. S.

1

Francesca Thayer permaneció sentada a su mesa hasta que los números empezaron a desdibujarse frente a ella. Los había repasado un millón de veces durante los últimos dos meses y acababa de dedicar todo un fin de semana a recalcularlos de nuevo. El resultado siempre era el mismo. Se pasó la mano de forma inconsciente por la larga melena, rubia y ondulada, que llevaba despeinada y hecha un desastre. Eran las tres de la madrugada y estaba intentando salvar su negocio y su casa. Por desgracia, de momento había sido incapaz de dar con la solución. Imaginó la posibilidad de perderlos y sintió que se le revolvía el estómago.

Cuatro años antes, Todd y ella habían decidido abrir su propio negocio, una galería de arte en el West Village de Nueva York especializada en la exposición y venta de obras de artistas en alza a precios más que asequibles. Francesca sentía un fuerte compromiso por los artistas a los que representaba. Tenía una extensa experiencia en el mundo del arte; Todd, ninguna. Antes de aquella aventura en solitario, había dirigido dos galerías, una en la parte alta de la ciudad, justo después de licenciarse, y otra en Tribeca; no obstante, la que había abierto con Todd era su sueño. Era licenciada en Bellas Artes, su padre era un artista muy conocido que se había hecho famoso en los últimos años, y la galería que Todd y ella compartían había cosechado críticas excelentes. Todd era un ávido coleccionista de obras contemporáneas y pensó que ayudarla a abrir su propia galería podría ser divertido. Por aquel entonces, estaba cansado de su trabajo de abogado en Wall Street. Tenía una cantidad considerable de dinero ahorrado y suponía que con eso le bastaría para vivir unos cuantos años. Según el plan de negocio que él mismo había confeccionado, en tres años empezarían a ganar dinero. Con lo que no había contado era con la pasión de Francesca por las obras menos caras, que solían ser de artistas completamente desconocidos, ni con su costumbre de echarles una mano siempre que podía. Como tampoco se había dado cuenta de que su principal objetivo era mostrar esas obras y no necesariamente enriquecerse gracias a ellas. Su motivación para lograr el éxito empresarial era bastante más limitada que la de él. Se consideraba mecenas y galerista por igual. A Todd, en cambio, solo le interesaba ganar dinero. Le había parecido emocionante y un cambio más que bienvenido después de los años que había dedicado a los impuestos y el papeleo de un importante bufete de abogados. En cambio ahora decía que estaba cansado de oír hablar de tanto artista sensiblero, de ver que su colchón se iba desintegrando poco a poco, de ser pobre. En su opinión, aquello ya no era divertido. Tenía cuarenta años y quería ganar dinero otra vez, dinero de verdad. Cuando se lo comentó a ella, ya tenía apalabrado un trabajo en un bufete de Wall Street. Le prometían un puesto de socio en cuestión de un año. Para Todd, vender arte ya era cosa del pasado.

Francesca quería seguir adelante y hacer de la galería un éxito, costase lo que costase. A diferencia de Todd, a ella no le importaba estar en la ruina. Sin embargo, durante el último año, la relación entre los dos había empezado a resentirse, lo cual convertía la galería en algo aún menos atractivo para Todd.

Discutían por todo, lo que hacían, a quién veían, cuál debería ser el futuro de la galería. Ella encontraba a los artistas, trabajaba con ellos y organizaba las exposiciones. Todd se ocupaba de la parte financiera y de pagar las facturas.

Lo peor de todo era que la relación entre ambos se había agotado. Habían estado juntos cinco años. Cuando se conocieron, Francesca acababa de cumplir los treinta y Todd tenía treinta y cinco.

Le costaba creer que una relación que parecía tan sólida pudiera desmoronarse en apenas un año. Nunca habían querido casarse, pero ahora ni siquiera estaban de acuerdo en eso. Al cumplir los cuarenta, Todd había decidido que de pronto le apetecía tener una vida convencional. Le parecía buena idea casarse y no quería esperar mucho más antes de tener hijos. A sus treinta y cinco, Francesca aún quería lo que tenía cuando se habían conocido, hacía cinco años. En una ocasión hablaron de tener hijos, pero ella antes deseaba triunfar con la galería. Desde el primer día había sido muy sincera con él acerca del matrimonio, le había explicado cuánto lo aborrecía. Se había pasado la vida presenciando desde primera fila la obsesión de su madre por casarse, así como las cinco veces que todo se había ido al garete. Francesca llevaba toda la vida intentando no cometer los mismos errores. Siempre se había avergonzado de su madre y lo último que le apetecía a estas alturas era empezar a comportarse como ella.

Sus padres se habían divorciado cuando ella tenía seis años. También había visto a su padre, un hombre irresponsable, aunque encantador y extremadamente bien parecido, ir de relación en relación, por lo general con chicas muy jóvenes con las que nunca estaba más de seis meses. Eso, combinado con la obsesión enfermiza de su madre por el matrimonio, había alimentado la fobia de Francesca al compromiso, fobia que había durado hasta que conoció a Todd. Sus padres también se habían divorciado cuando él tenía catorce años, así que tampoco era muy partidario del matrimonio. Era algo que siempre habían tenido en común; pero ahora, de pronto, Todd empezaba a verle el sentido a casarse. Le dijo que estaba cansado del estilo de vida bohemio de la gente que vivía en pareja y creía que estaba bien tener hijos sin estar casados. En cuanto sopló las velas del pastel de su cuadragésimo cumpleaños, fue como si alguien hubiera accionado un interruptor y, sin previo aviso, se convirtió en un hombre tradicional. Francesca, por su parte, prefería dejar las cosas como estaban, como siempre habían estado.

No obstante, de pronto era como si todos los amigos de Todd vivieran en la zona alta de la ciudad. No paraba de quejarse del West Village, el barrio en el que vivían y del que Francesca estaba enamorada. Comentaba que el vecindario y su gente le parecían cutres. Para complicar aún más las cosas, poco tiempo después de inaugurar la galería se habían enamorado de una casa que necesitaba una buena inversión en reformas. La descubrieron una tarde de diciembre mientras nevaba, y la consiguieron a muy buen precio precisamente porque estaba en pésimo estado. La arreglaron juntos e hicieron gran parte del trabajo ellos mismos. Cuando no estaban en la galería, trabajaban en la casa, y en poco más de un año la dejaron reluciente. Compraron muebles de segunda mano y poco a poco la fueron convirtiendo en un hogar que ambos adoraban. Ahora, de repente, Todd se quejaba de que se había pasado los últimos cuatro años metido debajo de un fregadero roto o reparando todo tipo de cosas. Quería vivir en un piso moderno y con portero para que fuera otro quien se ocupara de todo. Francesca estaba luchando desesperadamente por salvar el negocio y la casa que compartían. A pesar del fracaso de la relación, no quería renunciar a ellos, pero tampoco sabía qué hacer para evitarlo. Ya era lo bastante malo perder a Todd como para perder también la galería y la casa.

Lo habían intentado todo para salvar la relación, sin resultado. Habían ido a terapia de pareja e individual. Se habían separado durante dos meses. Habían hablado y hablado hasta quedarse sin saliva. Se habían comprometido a todo cuanto habían podido. Sin embargo, él quería cerrar la galería, lo cual le habría roto el corazón a ella. También ansiaba casarse y tener hijos, y ella no, o al menos no de momento, o quizá nunca. La idea del matrimonio la horrorizaba, aunque significara unirse al hombre que amaba. Los nuevos amigos de Todd le parecían increíblemente aburridos. Él pensaba que los que habían tenido hasta entonces eran limitados y anodinos. Decía estar cansado de veganos, de artistas famélicos y de lo que él consideraba ideales de izquierdas. Francesca no tenía ni idea de cómo se habían distanciado tanto en apenas unos años, pero había ocurrido.

El último verano lo habían pasado separados, cada uno por su lado. En lugar de navegar en Maine como solían hacer, Francesca había vivido tres semanas en una colonia de artistas, mientras Todd viajaba por Europa con unos amigos y luego frecuentaba los Hamptons los fines de semana. En septiembre, un año después de que empezaran las discusiones, los dos sabían que no tenía sentido seguir intentándolo y habían decidido dejarlo. En lo que no se habían puesto de acuerdo era en qué hacer con la galería y con la casa. Francesca había invertido todos los ahorros en su mitad de la casa y, si quería conservarla, tenía que comprarle a él su parte o acceder a venderla. En la galería habían invertido menos y lo que Todd le pedía era lo justo. El problema era que tampoco lo tenía. Él le estaba dando tiempo para que se buscara la vida. Era noviembre y seguía tan lejos de encontrar una solución como hacía dos meses. Él seguía esperando con el convencimiento de que acabaría entrando en razón y se daría por vencida.

Todd deseaba vender la casa antes de fin de año o recuperar su parte. Y también quería estar fuera del negocio por esas mismas fechas. Seguía ayudándola los fines de semana cuando tenía tiempo, pero ya no ponía ni ilusión ni ganas, y cada vez era más estresante para ambos vivir bajo el mismo techo cuando la relación hacía tiempo que estaba muerta. Llevaban meses sin dormir juntos y, siempre que podía, Todd se iba los fines de semana con sus amigos. Era una situación triste para los dos. A Francesca le había afectado el final de la relación, pero también estaba estresada por la galería y por la casa. Podía sentir el sabor amargo de la derrota y lo odiaba con todas sus fuerzas. Tenía más que suficiente con el fracaso de la relación. Cinco años eran demasiado tiempo para acabar otra vez en la casilla de salida de su vida. Cerrar la galería, o venderla, y perder la casa era más de lo que podía soportar. Pero aunque observaba fijamente los números, vestida con unos vaqueros y una vieja sudadera, no conseguía encontrar por ninguna parte la magia que necesitaba. Por mucho que sumara, restara o multiplicara, seguía sin tener el dinero necesario para comprar la parte de Todd. Repasó de nuevo las cifras mientras las lágrimas le rodaban por las mejillas.

Sabía exactamente qué le diría su madre. Se había opuesto con todas sus fuerzas a que Francesca se comprara una casa o montara un negocio con un hombre al que amaba pero con el que no tenía intención de casarse. Para ella, inversión y amor eran la peor combinación imaginable. «¿Y qué pasará cuando rompáis?», le había preguntado, dando por sentado que era inevitable, ya que todas sus relaciones habían terminado en divorcio. «¿Cómo lo solucionarás, sin pensión y sin acuerdo de separación?» Su madre era de la opinión de que toda relación debía iniciarse con un acuerdo prematrimonial y terminar con una pensión de manutención.

«Ya llegaremos a un acuerdo, mamá, como haces tú con

tus divorcios», le había respondido Francesca, molesta por lo que insinuaba su madre, como solía ocurrirle con todo lo que esta decía. «Con buenos abogados y el amor que seamos capaces de conservar el uno por el otro llegados a ese punto, si es que algún día nos separamos. Y con respeto y buena educación.»

Todos los divorcios de su madre habían sido amistosos. Mantenía una buena relación con sus ex maridos y todos seguían adorándola. Thalia Hamish Thayer Anders Johnson di San Giovane era guapa, elegante, consentida, egocéntrica, glamurosa y, a ojos de la mayoría de la gente, estaba un poco loca. Francesca la definía como «colorida» cuando intentaba ser amable con ella, pero lo cierto era que durante toda su vida había sido una humillación insoportable. Se había casado con tres estadounidenses y dos europeos. Sus dos maridos europeos, uno británico y el otro italiano, poseían títulos nobiliarios. Se había divorciado cuatro veces y había enviudado una quinta, la última. Sus esposos habían sido un escritor de éxito; el padre de Francesca, que era artista; el vástago de una famosa estirpe británica de banqueros; y un constructor de Texas que le había dejado una buena cantidad de dinero y dos centros comerciales, lo cual a su vez le había permitido casarse con un conde italiano arruinado pero absolutamente encantador que, ocho meses más tarde, se había matado en Roma en un horrible accidente con su Ferrari.

Para Francesca era como si su madre fuera de otro planeta. No tenían nada en común. Y obviamente entonaría un «te lo dije» en cuanto le anunciara que la relación había terminado, algo para lo que todavía no había reunido el valor suficiente. No quería tener que oír lo que su madre tuviera que comentar al respecto.

Al fin y al cabo, no se había ofrecido a ayudarla cuando compró la casa y abrió la galería, y Francesca sabía que tampoco lo haría ahora. Para ella, invertir en aquella casa había sido una insensatez. Ni siquiera le gustaba el barrio. Al igual que Todd, seguro que le aconsejaría que la vendiera. Si lo hacían, si la vendían, seguro que obtendrían beneficios, pero a Francesca no le interesaba el dinero; quería quedarse en la casa y estaba convencida de que había una forma de hacerlo, solo que aún no había dado con ella. Su madre tampoco le sería de ayuda esta vez. Nunca lo era. Era una mujer práctica. Había dependido de los hombres toda su vida y había empleado las pensiones y el dinero de los acuerdos de divorcio para mantener un tren de vida más propio de la jet set. Nunca había ganado ni un solo centavo por sí misma, solo a base de casarse o de divorciarse, algo que para Francesca se parecía peligrosamente a la prostitución.

Ella era una mujer independiente y quería seguir siéndolo. Con la vida de su madre como ejemplo, había decidido no confiar nunca en nadie, y menos en un hombre. Era hija única. Su padre, Henry Thayer, no tenía muchas más luces que su madre. Había sido un artista sin un solo centavo en el bolsillo durante muchos años, un hombre excéntrico aunque encantador, un mujeriego, hasta que hacía once años, a los cincuenta y cuatro, había tenido la inmensa suerte de conocer a Avery Willis. Había contratado sus servicios como abogada para que le ayudara en una demanda, que al final ganó para él, contra un marchante de arte que le había estafado. Luego le aconsejó cómo invertir el dinero en lugar de permitir que se lo gastara en mujeres. Y un año más tarde, en un arranque de genialidad, el único que Francesca le había conocido en toda su vida, su padre se había casado con Avery. Para ella, a sus cincuenta años, era la primera vez. En poco más de diez años, le ayudó a amasar una fortuna considerable invirtiendo en arte y en propiedades inmobiliarias. Le había convencido para que comprara un edificio en el SoHo, donde aún hoy seguían viviendo y en el que su padre todavía pintaba. También tenían una segunda residencia en Connecticut. Avery se había convertido en su agente y el precio de sus obras se había disparado al mismo ritmo que los números de su cuenta bancaria. Y por primera vez en su vida, estaba siendo lo suficientemente inteligente como para serle fiel. Para Henry era como si su mujer caminara sobre las aguas. La adoraba. Aparte de la madre de Francesca, era la única mujer con la que se había comprometido lo bastante como para casarse. Y eso que no existían dos mujeres más distintas que Avery y Thalia.

Avery tenía una carrera respetable como abogada y nunca había necesitado depender de un hombre. Su esposo era su único cliente. No podía considerarse glamurosa, aunque sí atractiva, y era una persona sólida, práctica, con una mente privilegiada. Nada más conocerse, Francesca y ella se habían vuelto locas la una por la otra. Tenía la edad suficiente para ser su madre, pero no quería serlo. No tenía hijos propios y, antes de casarse, sentía la misma desconfianza por el matrimonio que Francesca. También tenía, como ella misma los definía, unos padres locos. Francesca y su madrastra habían sido muy amigas durante los últimos diez años. A sus sesenta, Avery aún conservaba un aspecto natural y juvenil. Solo era dos años más joven que Thalia, pero era como si fuera de otra especie.

A Thalia lo único que le interesaba con sesenta y dos años era encontrar otro marido. Estaba convencida de que el sexto sería el definitivo y el mejor de todos. Su hija no estaba tan segura y esperaba que no volviera a casarse. Estaba convencida de que la vehemencia con la que Thalia buscaba al número seis había ahuyentado a cualquier posible candidato. Parecía increíble que llevara dieciséis años viuda y sin pareja, sin contar un puñado de aventuras. Y seguía siendo una mujer hermosa. Con cuarenta y cinco años, su madre ya había tenido cinco maridos. Siempre decía que le gustaría volver a tener cincuenta, y es que creía que a esa edad le habría resultado mucho más fácil encontrar a otro posible candidato que ahora.

Avery era feliz tal y como estaba, casada con un hombre al que adoraba y cuyas extravagancias toleraba de buen grado. No le preocupaba lo mal que se hubiera podido comportar su esposo antes de estar con ella. Henry se había acostado con cientos de mujeres, de costa a costa de Estados Unidos y por toda Europa. Le gustaba decir que antes de conocer a Avery había sido un «chico malo» y Francesca sabía que no le faltaba razón. Había sido «malo», en el sentido de irresponsable, además de un marido y un padre terrible, y seguiría siendo un «chico» hasta el día de su muerte, aunque viviera para cumplir los noventa. Su padre era un chiquillo, a pesar de su enorme talento artístico, y su madre no era mucho mejor que él, aunque, en su caso, sin oficio ni beneficio.

Avery era la única persona en la vida de Francesca con dos dedos de frente y ambos pies firmemente anclados en el suelo. Y además había sido una bendición para su padre y también para ella misma. Necesitaba su consejo, pero aún no se había atrevido a llamarla. Se le hacía muy duro tener que admitir que había fracasado en todos los frentes, en la relación y en un negocio que siempre estaba en apuros, sobre todo si tenía que cerrarlo o venderlo. Ni siquiera podría conservar la casa de Charles Street que tanto adoraba a menos que consiguiera el dinero para pagar a Todd. Y ¿de dónde demonios se suponía que lo iba a sacar? Sencillamente no lo tenía. Y ni siquiera Avery podría ayudarla.

Al final apagó la luz de su despacho, junto al dormitorio, y se dirigió a las escaleras para bajar a la cocina y prepararse un vaso de leche caliente que la ayudara a dormir. Al bajar, escuchó un goteo insistente y vio que había una pequeña gotera en la claraboya. El agua caía directamente sobre el pasamanos y se deslizaba despacio por él. No era la primera vez que tenían aquella gotera. Todd había intentado arreglarla muchas veces, pero había vuelto a aparecer con las fuertes lluvias de noviembre. No dejaba de repetirle que nunca sería capaz de ocuparse de la casa ella sola y puede que tuviera razón, pero al menos quería intentarlo. Le daba igual que el agua se colara por el tejado o que la casa se fuera derrumbando a su alrededor. No importaba en absoluto lo que tuviera que hacer, Francesca no estaba preparada para rendirse.

Se dirigió hacia la cocina con una expresión decidida en los ojos. Cuando volvió a subir por las escaleras, aprovechó para colocar un trapo sobre el pasamanos que absorbiese el agua de la gotera. No podía hacer nada más hasta la mañana siguiente, cuando se lo dijera a Todd. Estaba pasando el fin de semana con unos amigos, así que se encargaría de ella a la vuelta. Por episodios como aquel era precisamente por lo que él deseaba vender la casa. Estaba cansado de tantos problemas y, si no iban a vivir allí los dos juntos, no quería saber nada de la casa. Ansiaba marcharse. Y si Francesca encontraba la forma de pagarle, los problemas serían solo suyos y tendría que encargarse de ellos. Con un suspiro, subió a su dormitorio y se prometió a sí misma que por la mañana llamaría a su madrastra. Quizá se le ocurriera algo en lo que Francesca no había reparado hasta entonces. Era su única esperanza. Quería conservar su casa con goteras y su galería de arte siempre en apuros con sus quince artistas emergentes. Había invertido cuatro años en ambas y le daba igual lo que Todd o su madre pensaran. Se negaba a renunciar a su sueño o a su hogar.

2

A la mañana siguiente, llamar a Avery le resultó mucho más fácil de lo que había pensado. En cuanto escuchó su voz al otro lado del teléfono, empezó a sentirse mejor. Conversaron unos minutos y compartieron risas al comentar las últimas excentricidades de su padre. En muchos sentidos, seguía siendo un adolescente encantador, algo que Avery encontraba adorable, mientras que ella había aprendido a perdonarle sus errores como padre. Tras el diálogo inicial, Francesca decidió ir al grano y le contó lo que estaba pasando. Con un nudo en la garganta, le habló de la ruptura con Todd, del dilema con la galería y la casa, y de lo agobiada que estaba.

—No sabes cuánto lo siento —respondió Avery enseguida—. Tenía la sensación de que algo no iba bien. Últimamente no vemos tanto a Todd.

De hecho, hacía meses que no lo veían. Durante el verano, Francesca había ido varias veces de visita a Connecticut, siempre sola. En cada ocasión se inventaba una excusa que explicaba su ausencia, si bien Avery sospechaba que algo más estaba pasando entre ambos. Incluso Henry lo había comentado, pero no quería entrometerse en la vida de su hija, que siempre había sido una persona muy reservada. «Ya nos lo contará cuando esté preparada, si es que realmente está sucediendo algo», había dicho, y ella estaba de acuerdo. Así pues, cuando escuchó la noticia de boca de Francesca, no se sorprendió.

—Y qué duro lo de la galería y el negocio. ¿Estás perdiendo dinero con la galería?

Quería saber si Francesca podía venderla.

—En realidad no, pero apenas me da para cubrir los gastos. No creo que nadie me la quiera comprar, no mientras no dé beneficios. Todd cree que si subiera los precios, en cuestión de dos o tres años estaría generando ganancias, pero que si sigo centrándome únicamente en artistas emergentes nunca conseguiré ganar dinero de verdad, y yo no quiero empezar a vender grandes nombres. Ese es un mercado muy diferente y se aleja mucho de lo que yo quería hacer cuando abrí la galería.

Siempre había sido una idealista del arte, algo de lo que Todd solía quejarse. Él quería que fueran más comerciales para ganar más, pero Francesca no estaba dispuesta a ceder, aunque ahora se daba cuenta de que quizá no le quedaba más remedio que hacerlo, por odiosa que le resultara la idea. Le encantaban los artistas serios, aunque no fueran conocidos. Lo suyo nunca había sido el mercado comercial, opinara Todd lo que opinase. Justo acababa de firmar con un artista japonés, un tipo con un talento enorme que había recibido muchas alabanzas con su primera exposición. Francesca vendía sus obras casi regaladas, pero tampoco podía cobrar más por alguien que apenas era conocido. Siempre intentaba ser honrada con aquello que vendía y con la forma como lo hacía.

—Puede que tengas que ceder un poco y vender algún artista más consolidado —le dijo Avery, tratando de mostrarse más práctica. Había aprendido mucho de arte en el tiempo que llevaba con Henry y conocía a la perfección la parte económica del negocio. Sin embargo, las obras de su padre estaban en otra división y, gracias a Avery, se vendían por cantidades más que generosas—. ¿Por qué no hablamos primero de la casa? ¿Tienes algo que puedas vender para reunir el dinero y pagarle su mitad a Todd? —le preguntó.

Francesca se vino abajo. Ese era precisamente el problema, no tenía nada.

—No, lo invertí todo en la casa. Si apenas me llega para pagar mi mitad de la hipoteca. Por suerte, esa parte creo que sé cómo solucionarla: voy a buscar compañeros de piso. Con tres me bastaría y, al menos, tendría ese problema solucionado.

—No te imagino viviendo con desconocidos —replicó Avery con sinceridad.

Sabía que su hijastra era una persona extremadamente celosa de su intimidad y que, como hija única que era, siempre había sido un poco solitaria. Claro que, si estaba dispuesta a compartir su casa, sin duda le sería de gran ayuda. Era una muestra de lo decidida que estaba a conservarla, sobre todo porque tener compañeros de piso supondría un gran sacrificio para ella.

—Supongo que si eres capaz de sobrellevarlo, tendrás resueltos los pagos de la hipoteca. Y ¿qué pasa con el resto del dinero que le deberás a Todd si te quedas la casa? —Avery parecía pensativa; de pronto, se le ocurrió una idea—. No sé qué te parecerá, pero tienes seis cuadros de tu padre. Son algunas de sus primeras obras. Sacarías mucho dinero por ellas en una subasta, al menos lo suficiente para pagarle su parte a Todd, eso seguro, si es que estás dispuesta a venderlas. Si quieres, puedo hablar con la galería del centro que lleva sus cuadros. Se volverán locos cuando sepan que pueden conseguir algunas de sus primeras obras. Siempre hay mercado para ese tipo de trabajos.

Francesca torció el gesto al escuchar las palabras de Avery. La sola idea de vender los cuadros de su padre bastaba para que se sintiera culpable. Era algo que jamás se había planteado, claro que nunca había estado tan desesperada como ahora y sin nada más que poder vender.

—¿Qué crees que pensará él? —preguntó, preocupada por la reacción de su padre.

Henry siempre había sido un hombre excéntrico y un poco loco, pero no por ello dejaba de ser su padre. Francesca lo quería con locura y sentía un profundo respeto por su obra, en especial por los seis cuadros que tenía en casa.

—Creo que lo entenderá —respondió Avery—. Antes de que nos casáramos, él también vendía cosas de vez en cuando para mantenerse a flote. Tu padre sabe mejor que nadie por lo que estás pasando. Una vez llegó a vender un Pollock pequeño que tenía para pagarle a tu madre un dinero que le debía hacía tiempo. Haz lo que tengas que hacer, Francesca.

Avery siempre había sido una mujer, ante todo, práctica. Por eso Francesca había preferido hablar con ella antes que con sus propios padres.

—Quizá me bastaría con vender cinco, así al menos podría quedarme con uno. Fueron un regalo de papá. Me sentiría un poco gilipollas si me tuviera que deshacer de todos para comprar algo tan mundano como una casa.

—Por lo que cuentas, no creo que tengas más opciones.

—No, tienes razón. —En ningún momento había pensado en los cuadros, pero no tenía nada más con lo que pagarle a Todd. Por un momento sopesó la posibilidad de vender la casa en lugar de los cuadros, aunque tampoco le pareció una buena opción—. ¿Por qué no llamas a la galería, a ver qué dicen? Si me consiguen un buen precio por ellos, supongo que los venderé. Pero ofréceles solo cinco. Intentaré quedarme al menos con uno.

Aquellos cuadros significaban mucho para ella. Su venta supondría un auténtico sacrificio, uno más de una larga lista.

—Los llamaré —le aseguró Avery—. Tienen una lista de coleccionistas de su obra. Imagino que se abalanzarán sobre ellos, a menos que quieras esperar para subastarlos.

—No puedo esperar tanto —replicó Francesca—. Todd hace meses que quiere vender la casa. Le prometí que le pagaría su parte o dejaría que la vendiera antes de fin de año. Eso es en menos de dos meses. No puedo esperar a una subasta.

—En ese caso, a ver qué dicen en la galería. En cuanto cuelgue, los llamo. —Se le había ocurrido otra idea y, aunque no estaba segura de qué pensaría su marido al respecto, decidió compartirla con Francesca—. A tu padre le encanta lo que estás haciendo con la galería desde que la abriste. Siempre le han gustado las nuevas promesas, igual que a ti. Estaba pensando que quizá le apetecería asociarse contigo, ser algo así como el socio en la sombra, suponiendo que, por una vez en su vida, tu padre fuera capaz de mantenerse en un segundo plano. Él se lo pasaría bien ayudándote, al menos hasta que empezases a ganar dinero. Por lo que dices, Todd te pide una cantidad bastante modesta a cambio de su parte.

Lo cierto era que Todd se había mostrado muy razonable en todo momento. Lo único que pedía era un precio simbólico, poco más de lo que había invertido cuando abrieron la galería. La casa ya era otro tema, y es que en cuatro años su valor había aumentado de forma considerable. Sin embargo, también en esto estaba siendo justo. Esperaba conseguir más dinero de la casa para poder comprarse un apartamento. Su comportamiento durante todo el proceso de ruptura y la repartición de los bienes que compartían había sido intachable, a pesar de que para él también había supuesto una gran decepción. Ninguno de los dos esperaba que ocurriera algo así, pero eran conscientes de que lo suyo no tenía solución y querían pasar página cuanto antes. Francesca estaba actuando con toda la celeridad de la que era capaz, teniendo en cuenta el problema tan enorme al que se enfrentaba.

—No se me había ocurrido pedirle a mi padre que invirtiera en la galería —dijo por fin, intrigada ante la perspectiva—. ¿Crees que lo haría?

—Yo creo que sí. Para él sería una experiencia emocionante y estoy segura de que le gustaría ayudarte. Además, no estamos hablando de una gran inversión. ¿Por qué no quedas para comer con él y se lo preguntas?

A Francesca no solo le gustaba la idea, sino que sabía que tenía muchas más probabilidades de recibir ayuda de su padre que de su madre, quien se había opuesto a ambos proyectos desde el primer momento. Thalia nunca había mostrado el más mínimo interés por el arte, a pesar de que conservaba varios de los cuadros de su ex marido que con el tiempo se habían revalorizado tanto. En un principio, los había conservado por una cuestión más sentimental que económica y, al pasar los años, se habían transformado en dinero caído del cielo. Eran al menos una docena de los primeros trabajos de su padre, los mismos lienzos que ahora se vendían a precio de oro. Solía decir que nunca se desprendería de ellos; Francesca siempre había creído que su madre tampoco.

—Lo llamaré para ver si quiere comer mañana conmigo —aseguró, y por primera vez en los últimos dos meses, su voz transmitía una nota de esperanza—. Eres un genio, Avery. Mi padre tiene mucha suerte de tenerte a su lado.

—No más que yo de tenerlo a él. Es un buen hombre, sobre todo ahora que ya no colecciona mujeres.

Francesca había conocido a algunas de las novias de su padre y le habían caído bien, a pesar de que unas cuantas parecían estar bastante locas. Avery, sin embargo, era más sensata que cualquiera de las mujeres con las que Henry se había relacionado a lo largo de su vida. Además, sentía un cariño especial por Thalia; era tan extravagante que a Avery le resultaba imposible no quererla y reírse con ella, si bien al mismo tiempo comprendía el malestar de Francesca. Ni siquiera ella podía ignorar la realidad, y es que Thalia había sido un desastre como madre, sobre todo para una niña como su hijastra, que lo único que quería era una madre normal, como las de todo el mundo. La suya, por desgracia, no lo era. Henry, por su parte, también era un padre excéntrico y bastante despreocupado. Los dos juntos eran cualquier cosa menos tradicionales y con los años habían acabado anulando a su hija. Lo último que quería Francesca era ser como ellos, y lo había conseguido. Se parecía más a su madrastra que a sus propios progenitores. Asimismo, Avery era consciente de la extraña pareja que habían formado Henry y Thalia. Eran dos personas tan diferentes que parecía imposible que hubieran aguantado siete años casados. Lo único bueno que había salido de aquella unión había sido su hija, y ahora los dos eran buenos amigos. Thalia sentía un aprecio especial por Avery, como todo el mundo. Era una mujer inteligente, agradable, íntegra y modesta. Una persona auténtica. Cualidades que la madre de Francesca no poseía.

—Creo que acabas de solucionar todos mis problemas —sostuvo con un suspiro de alivio.

—Aún no. Todavía tengo que llamar al marchante de tu padre y tú tienes que hablar con él sobre lo de la galería, pero creo que hemos empezado con buen pie —respondió Avery, que intentaba infundirle ánimos.

Quería a Francesca, la consideraba una buena persona y creía que merecía una recompensa por todo el duro trabajo que había realizado hasta entonces. No deseaba ver cómo lo perdía todo por culpa de su ruptura con Todd.

—Sabía que me ayudarías a pensar en una solución —dijo Francesca, y su voz transmitía felicidad y esperanza por primera vez en meses—. Yo sola era incapaz de encontrar una salida, de saber por dónde seguir.

—Has recorrido mucho camino —replicó Avery—. A veces va bien tener a alguien con perspectiva que te ayude a elaborar un plan. Ojalá funcione. En cuanto hable con el marchante de tu padre, te llamo. El momento es inmejorable. Dentro de poco se va a la Art Basel de Miami y, si no encuentra coleccionistas dispuestos a comprar, allí se reunirá con mucha más gente. Es probable que tengas el dinero antes de que acabe el año.

—Todd estará contento —dijo Francesca, incapaz de disimular la tristeza al pensar en él.

—Tú también deberías estarlo si con ello consigues conservar la casa.

Con o sin papeles de por medio, Todd y ella tenían mucho de que hablar al respecto de la repartición de bienes. Lo suyo era casi peor que un divorcio.

—Lo estaré, gracias a la casa —asintió Francesca—. Debería contarles lo de Todd a mis padres. Si te soy sincera, me da un poco de miedo. A papá le parecerá bien, pero mi madre me repetirá setecientas veces que ella ya me lo avisó desde el principio. Siempre me decía que estábamos locos por comprar una casa e invertir en un negocio sin estar casados.

—Así es como funciona la gente hoy en día. Muchas parejas que viven juntas invierten a medias.

—Eso díselo a ella —contestó Francesca con una sonrisa irónica en los labios.

—¡Ni pensarlo! —exclamó Avery, y las dos rieron.

Thalia tenía opiniones para todo y era imposible hacerle cambiar de opinión.

—Telefonearé a papá y quedaré con él para comer, y luego a mi madre para contarle lo de Todd. Llámame en cuanto sepas algo del marchante.

—Lo haré, te lo prometo. Hasta entonces, mantén la cabeza bien alta, que todo saldrá bien, ya verás —trató de animarla Avery, y las dos colgaron.

Aquellas eran las palabras que debería haberle transmitido su madre, pero que nunca saldrían de su boca. Thalia parecía más una tía excéntrica que una madre. Y Avery, una amiga y no una madrastra.

Francesca se sentó frente a su escritorio y permaneció en silencio un buen rato, reflexionando, antes de coger de nuevo el teléfono. Se sentía mucho mejor tras la conversación con Avery; antes de hablar con ella, ya sabía que le iba a ser de gran ayuda. Siempre se le ocurría algo, normalmente buenas ideas que solían funcionar. Su padre podía dar fe de ello. Avery le había impresionado desde el primer momento y aún seguía haciéndolo. Había obrado auténticos milagros con él y la prueba más evidente de ello era el estilo de vida acomodado del que ambos disfrutaban. Ella había aportado su propio dinero al matrimonio. La suya había sido una carrera muy lucrativa, cuyos frutos había sabido invertir bien. La idea de depender de alguien que no fuera ella misma habría bastado para arrancarle una carcajada. Como solía decir, no se había dejado los cuernos trabajando para acabar dependiendo de un hombre. Seguía haciendo lo que quería con su dinero, como siempre había hecho. El matrimonio no había cambiado en nada su situación. Es más, Henry se había beneficiado mucho más de la relación que ella. En términos económicos, era él quien la necesitaba y no al revés. Sin embargo, en lo afectivo dependían mucho el uno del otro, que era como Francesca pensaba que debía ser. Eso mismo era lo que ella creía haber compartido con Todd en el pasado, pero se había equivocado y ahora tenían que deshacerlo todo. Era un proceso doloroso, muy doloroso

La siguiente llamada de Francesca fue a su madre. Thalia

apenas se dignó a preguntarle cómo estaba antes de lanzarse a un monólogo sobre sí misma, su día a día, con quién estaba molesta, el pésimo trabajo que estaba haciendo su decorador, las últimas inversiones fallidas de su corredor de bolsa y lo mucho que eso la preocupaba.

—Ya no tengo un marido en el que apoyarme —se lamentó.

—No necesitas un marido —le recordó Francesca intentando ser práctica—. Don te dejó dinero suficiente para el resto de tus días.

Con los años, los dos centros comerciales se habían convertido en diez, además del resto de las inversiones. Su madre no estaba en la indigencia como pretendía aparentar, y el ático de la Quinta Avenida, pequeño pero coqueto, era buena muestra de ello. El piso era precioso, con unas vistas espectaculares a Central Park.

—En ningún momento he dicho lo contrario, pero me pone muy nerviosa no tener un marido que me proteja —se quejó Thalia, tratando de aparentar una vulnerabilidad que no sentía.

Francesca prefirió no decirle que ya debería estar acostumbrada, teniendo en cuenta que habían pasado dieciséis años desde que su último marido se había matado en Roma, el mismo marido que le había dejado el título de *contessa* del que su madre se sentía tan orgullosa. Thalia solo se lamentaba de que su esposo no hubiera sido príncipe. Años antes le había confesado que le habría encantado ser princesa, pero que condesa tampoco estaba tan mal. Era la condesa de San Giovane.

Francesca decidió soltarlo de golpe.

—Todd y yo lo hemos dejado —dijo con un hilo de voz esperando la reacción de su madre.

—¿Cuándo ha sido eso?

Parecía sorprendida, como si no sospechara nada, no como Avery y su padre.

—Hacía meses que no estábamos bien. Hemos intentado solucionarlo, pero al final no hemos podido. Va a volver a trabajar en un bufete de abogados y quiere que le compre su parte de la galería y de la casa.

—¿Y te lo puedes permitir? —soltó su madre sin andarse por las ramas; no era empatía, solo una pregunta.

—Aún no, aunque espero encontrar la manera antes de fin de año.

No le dijo que había hablado del tema con Avery ni que le había pedido consejo. No quería herir sus sentimientos, pero los consejos de su madrastra siempre eran mucho más útiles que los suyos. Al fin y al cabo, ella siempre había dependido de los demás para administrar su dinero. Avery, en cambio, tomaba las decisiones importantes por sí misma.

—Te dije que no compraras la casa ni abrieras la galería a medias con él. Meterse en algo así sin estar casados es una locura y está abocada al fracaso. ¿Te está poniendo problemas?

A Thalia siempre le había gustado Todd, aunque no el hecho de que ninguno de los dos quisiera casarse. Lo desaprobaba y, en cierto modo, su actitud era la de una mujer chapada a la antigua.

—Todo lo contrario, mamá. Está siendo muy comprensivo, pero quiere recuperar el dinero que invirtió en la casa y al menos una parte de la galería.

—¿Te lo puedes permitir?

—Puede que sí. Si no, tendré que vender la casa y cerrar la galería. Estoy haciendo todo lo posible para evitarlo.

—Qué lástima que lo complicarais todo tanto. Siempre pensé que no era una buena idea.

No estaba dispuesta a que su hija se olvidara de ello ni por un instante.

—Sí, ya lo sé, mamá, pero pensábamos que teníamos una relación más estable.

—Lo mismo que pensamos todos hasta que la cosa se desmorona. Y cuando llega el día, todo se hace mucho más llevadero con un acuerdo de divorcio y una pensión compensatoria que solo con un corazón roto.

Era lo único que conocía su madre y la única profesión que sabía cómo ejercer.

—Cobrar una pensión vitalicia no es trabajar, mamá. O al menos no es el tipo de trabajo al que yo aspiro. Me las arreglaré, solo necesito un poco de suerte.

Como siempre, su madre la sacaba de quicio.

—¿Y por qué no vendes la casa? De todas formas, no creo que seas capaz de mantenerla tú sola. Siempre está cayéndose a pedazos. —Era exactamente lo mismo que le había dicho Todd, que nunca sería capaz de ocuparse de ella sin su ayuda, y estaba decidida a demostrarles a ambos que se equivocaban—. ¿Te llega para los pagos de la hipoteca? —preguntó su madre sin ofrecerse a ayudarla.

A Francesca no le sorprendió su actitud. De momento, la conversación había transcurrido tal y como esperaba, empezando por el «te lo dije» de rigor. Nada nuevo en el horizonte, como solía ocurrir con su madre.

—Estoy pensando en buscar compañeros de piso para que me ayuden a pagar la hipoteca —dijo con voz tensa.

Su madre respondió al instante, horrorizada:

—¿Es que has perdido la cabeza? Sería como meter a autoestopistas en tu casa. ¿Lo dices en serio? ¿Alquilar tu propia casa a desconocidos?

—No tengo otra opción si quiero conservar la casa, mamá. Escogeré a los inquilinos con cuidado. No pienso colgar carteles en el calle. Y los investigaré bien a fondo antes de firmar nada.

—Acabarás metiendo al asesino del hacha en tu casa —se lamentó su madre, visiblemente consternada.

—Espero que no. Con un poco de suerte, encontraré buena gente.

—Creo que es una idea horrible y que acabarás arrepintiéndote.

—Si me arrepiento, siempre puedes recordarme que ya me lo advertiste —replicó Francesca con ironía.

Conocía demasiado bien a su madre; siempre le refrescaba la memoria con sus errores y con las veces que le había advertido que la cosa acabaría mal.

—Quiero que te lo pienses dos veces —insistió.

—No puedo —replicó Francesca con sinceridad—. Sin la ayuda de Todd, no puedo hacerme cargo de los pagos de la hipoteca. Cuando la galería empiece a generar dinero, podré deshacerme de los inquilinos, pero de momento no tengo más opción que esta. No me queda otra que hacer de tripas corazón.

Y de qué manera. Si quería conservar la galería y la casa, tendría que renunciar a muchas cosas, empezando por su privacidad a cambio de poder pagar la hipoteca, o por los cuadros de Henry para devolverle su parte del dinero a Todd. Y aun así, si su padre se negaba a invertir en el negocio, acabaría con una mano delante y otra detrás. La idea resultaba descorazonadora.

—Estás cometiendo un terrible error. No creo que pueda conciliar el sueño por las noches pensando en quién más vive en tu casa.

—No te preocupes, los números me darán la seguridad que necesito. Yo considero que con tres inquilinos todo irá bien.

—Quizá sí o quizá no. Y si firman un contrato, no te podrás deshacer de ellos hasta que venza. No los podrás echar al cabo de unas semanas solo porque no te gusten.

—No, tienes razón, así que será mejor que los escoja con cuidado —replicó Francesca tratando de ser práctica.

En cuanto vio la oportunidad, dio la conversación por finalizada. Ya le había contado a su madre todo lo que debía: que Todd y ella habían roto y que tenía intención de conservar la casa y la galería. Su madre no tenía por qué saber nada más, así que le ahorró los detalles. Había reaccionado exactamente como esperaba de ella, criticando sus decisiones y sin ofrecerle ayuda. Algunas cosas nunca cambiaban.

La llamada a su padre fue más sencilla y mucho más rápida. Le invitó a comer al día siguiente y él aceptó. La idea era contárselo todo durante la comida, aprovechando que él era mucho más receptivo que Thalia. Quedaron a mediodía en La Goulue, el restaurante favorito de Henry en la parte alta de la ciudad. Solía ir a menudo, aprovechando que su galería quedaba cerca del local, y con el tiempo se había convertido en otra celebridad más entre el elenco de famosos y bohemios que frecuentaba el lugar. A juzgar por el tono de su voz, se alegraba de tener noticias de su hija.

—¿Estás bien? —le preguntó antes de que ambos colgaran el teléfono; no era muy habitual que su hija le invitara a comer, así que intuía que había algo más.

—Más o menos. Ya te contaré mañana.

—De acuerdo. Tengo ganas de verte.

Henry tenía sesenta y cinco años, pero al otro lado de la línea telefónica su voz parecía la de un hombre mucho más joven y, al igual que le sucedía a su esposa, su aspecto tampoco se correspondía con su edad. Francesca siempre había creído que su madre parecía mucho mayor que Avery. Por si fuera poco, su obsesión por encontrar un nuevo marido le confería un aire de desesperación que hacía años que arrastraba. Henry, por su parte, estaba mucho más relajado, era más libre, más amable. Él era así, pero le ayudaba contar con

Avery a su lado. Su madre hacía años que no tenía una relación seria. Francesca tenía una teoría al respecto, y es que resultaba tan obvio que estaba buscando marido que los ahuyentaba, una lección que ella misma debería tener en cuenta ahora que volvía a estar en el mercado, después de cinco años de relación.

La sola idea le resultaba deprimente, y es que aún no estaba preparada para salir con otros hombres. La posibilidad de no hacerlo nunca más resultaba tentadora. No le apetecía lo más mínimo, por no hablar de que era el peor momento posible. Tenía que dar con tres compañeros de piso adecuados si antes conseguía encontrar el dinero que necesitaba para conservarla, y sabía que en algún momento tendría que volver a salir con otros hombres si no quería quedarse sola el resto de su vida. Una decisión importante, sin duda, pero no una que tuviera que tomar en un futuro inmediato. Además, Todd ni siquiera se había mudado.

La comida con su padre del día siguiente fue sobre ruedas. Francesca lo vio bajarse de un salto del taxi que se acababa de detener frente a La Goulue justo en el momento en que ella llegaba, tras un breve paseo desde la parada del metro. Estaba arrebatador, como siempre. Llevaba un abrigo de paño blanco y negro que había comprado en París unos años antes, con el cuello levantado para protegerse del viento, botas, unos vaqueros y en la cabeza un maltrecho borsalino traído de Florencia. Era la mezcla perfecta entre el artista bohemio y la última portada de la *GQ*. Tenía el rostro arrugado y la mandíbula cuadrada, con el mismo hoyuelo en el centro que Francesca encontraba fascinante cuando era niña. En cuanto la vio, le pasó un brazo alrededor de los hombros y la apretó contra su pecho. Siempre había sido mucho más cálido en persona que su madre y se notaba que estaba encantado de verla.

Contarle la ruptura con Todd le costó menos de lo que había imaginado. Él le confesó que la noticia no le sorprendía y le comentó que siempre había pensado que eran demasiado diferentes. A Francesca nunca se lo había parecido. Ella estaba convencida de que lo tenían todo en común. Al menos así había sido al principio, aunque luego todo había cambiado.

—No era más que un turista en el mundo del arte —le dijo su padre mientras les servían la comida.

Había pedido sopa de cebolla y un plato de judías verdes, el secreto para mantener una figura tan esbelta, no como la de ella. También le encantaba la cocina sana de Avery. Francesca siempre había sido más díscola con la comida, y desde que Todd se había marchado, lo era todavía más. Muchas noches le daba pereza cocinar y no había dejado de perder peso desde la ruptura.

—Siempre supe que acabaría volviendo a Wall Street —declaró su padre mientras empezaba con la sopa de cebolla.

Francesca había pedido ensalada de cangrejo.

—Qué curioso —replicó ella, pensativa—. A mí ni se me había ocurrido. Supongo que tienes razón. Dice que está cansado de ser pobre.

Al escuchar aquello, su padre se echó a reír.

—Sí, yo también, hasta que Avery me salvó.

Francesca le habló entonces de su intención de comprarle a Todd su parte de la casa y de que seguramente tendría que vender sus cuadros para hacerlo. Henry se mostró muy comprensivo. Era fácil entender por qué las mujeres se volvían locas por él. Tenía un carácter agradable y encantador, rara vez crítico y siempre indulgente. Enseguida hizo que se sintiera mejor y le aseguró que no le molestaba lo más mínimo. Para cuando el camarero les trajo los cafés, Francesca ya había conseguido reunir el valor suficiente para preguntarle sobre la galería. Henry sonrió, sentado frente a ella. Avery le había puesto sobre aviso, aunque sin darle detalles, solo que su hija necesitaba ayuda y que fuese comprensivo. Lo habría sido de todas formas. Francesca era su única hija, y aunque su papel como padre había sido mejorable, en esencia era un buen hombre.

—Es una propuesta halagadora —dijo Henry mientras degustaba un café americano—. No creo que sepa más que tú sobre cómo llevar una galería, de hecho, seguro que sé bastante menos, pero por el momento me encantaría ser tu socio capitalista. —Francesca le dijo cuánto dinero necesitaba para pagarle su parte a Todd, que no era mucho, pero sí más del que tenía—. Siempre puedes comprarme mi parte cuando la galería remonte —le comentó su padre tratando de infundirle seguridad—. No tienes por qué estar ligada a mí para siempre.

—Gracias, papá —respondió ella, aliviada.

Se parecían mucho, sentados uno delante del otro y sonriendo. Francesca estaba tan agradecida que se le llenaron los ojos de lágrimas. Su padre acababa de ayudarla a salvar la galería por la que había trabajado tan duro los últimos cuatro años.

Después de la comida, recibió la llamada de Avery que supondría el primer paso para la salvación de su casa. El marchante de su padre estaba entusiasmado con la idea de poder vender los cuadros. Ya tenía comprador para tres de ellos y esperaba vender los otros dos cuando fuera a Miami, en diciembre. De momento, el dinero de los tres primeros bastaría para tener contento a Todd.

Con Henry de camino a la galería de su marchante y ella a la estación de metro, Francesca se sintió como si se hubiera librado de la guillotina. Gracias a su padre y a que los cuadros que le había regalado se habían revalorizado mucho con el paso de los años, podía aferrarse a los dos proyectos que tanto amaba. Ni en sus mejores sueños se le habría ocurrido un desenlace mejor. Mientras bajaba a toda prisa las escaleras del metro, no pudo contener una sonrisa de oreja a oreja. Había empezado con buen pie, tanto que, vista con perspectiva, la ruptura con Todd ya no le parecía tan grave. Aún había esperanza. Seguía teniendo una galería y una casa de las que ocuparse, y un padre maravilloso.

3

En cuanto llegó a casa, Francesca llamó a la oficina de Todd para darle la buena noticia. Le dijo que en las próximas semanas esperaba reunir el dinero, o al menos una buena suma. Su padre le había prometido que al día siguiente Avery le extendería un cheque por la cantidad que Todd pedía por su parte de la galería, y Avery, a su vez, le había dicho que el marchante le pagaría los tres primeros cuadros antes de que terminara el mes. Todd se mostró más que satisfecho.

—Eso quiere decir que será mejor que me ponga a buscar piso cuanto antes —se lamentó al otro lado del teléfono—. Empezaré este mismo fin de semana —le prometió.

Francesca se sintió como si le atravesaran el corazón con un cuchillo. Llevaban meses hablando de la mudanza, y Todd ya nunca pasaba los fines de semana en casa, pero de pronto todo parecía más real. Se había acabado.

—No hay prisa —dijo ella con un hilo de voz.

Se habían querido mucho, lo suficiente como para creer que estarían siempre juntos, y a ambos les entristecía que la relación no hubiera funcionado. Resultaba más fácil concentrarse en los detalles prácticos de la galería y de la casa que en el sentimiento de pérdida que los embargaba. Era la muerte de un sueño. Ambos habían sobrevivido a otras relaciones fallidas, pero antes de conocerse nunca habían vivido con nadie. De pronto, tenían la sensación de que aquello era un divorcio. Francesca se preguntó qué harían con todas las cosas que habían comprado juntos, el sofá, las lámparas, la vajilla, la alfombra de la sala de estar que tanto les gustaba a los dos. Se le hacía difícil pensar en los pequeños detalles, pero tarde o temprano tendrían que enfrentarse al momento en que sus vidas se separarían para siempre. A Francesca le dolía solo de pensarlo. Y él tampoco parecía mucho más feliz que ella.

—Ya te iré informando de lo que encuentre —le dijo Todd antes de despedirse: debía marcharse a toda prisa a una reunión, lo cual fue un alivio para ambos.

Francesca se preguntó cuándo empezaría a salir con otras mujeres y cuánto tardaría en encontrar pareja, si es que no la había encontrado ya. Nunca le había preguntado qué hacía los fines de semana, pero no creía que estuviera viéndose con nadie. Últimamente apenas se cruzaban por casa; Todd dormía en la habitación de invitados, en otra planta, y siempre llegaba muy tarde.

La conversación le recordó que tenía que empezar a buscar compañeros de piso cuanto antes, ahora que parecía que podría conservar la casa. Por un lado, sentía que se había quitado un peso de encima y, por otro, la embargaba una tristeza insoportable. No se odiaban, simplemente ya no se llevaban bien y querían cosas muy diferentes. Él había hablado de mudarse a la zona alta de la ciudad. Ese era su mundo, no el de Francesca. Se había adaptado al centro por ella y ahora volvía a su vida. Tal vez su padre tenía razón y Todd solo había sido un turista en su vida, como quien se traslada a otro país durante unos años y luego decide regresar a casa. No le culpaba, solo se lamentaba de que la relación no hubiera acabado bien.

Esa misma noche habló largo y tendido con Avery. Su madrastra era la persona más sensata que conocía.

—No se puede cambiar a alguien para que sea lo que no es —le recordó—. Todd quiere todo lo que tú no quieres. O al menos eso es lo que dice. Casarse, tener hijos cuanto antes, Wall Street, leyes en lugar de arte, y una vida y un mundo mucho más tradicionales. Piensa que si te llama bohemia es que eso es precisamente lo que no quiere para sí mismo.

—Lo sé —respondió Francesca en un susurro—. No puedo evitar estar triste. Va a ser muy duro cuando se mude.

Pero el último año ya había sido duro, peleándose a todas horas. Ahora al menos ya no discutían, no como los últimos meses. Apenas se dirigían la palabra, solo cuando era imprescindible para acabar de enterrar la relación que los había unido. Casi parecía más una muerte que un divorcio. Durante los últimos cinco años, Francesca había olvidado lo difícil que era presenciar la agonía de una relación. Avery se sentía mal por ella y estaba encantada de que Henry hubiera decidido echarle una mano con la galería. Al menos le quedaban su casa y su negocio. La sensación de pérdida no era total.

Francesca le había dicho que, en cuanto tuviera tiempo, se pondría a buscar artistas nuevos. Tenía un montón de ideas en mente para que la galería siguiera avanzando y, en cierto modo, sentía que en adelante le debía explicaciones a su padre, a pesar de que él le había asegurado que no tenía intención de involucrarse demasiado. Estaba muy ocupado preparando una exposición para la primavera siguiente. Francesca podía contar con su apoyo incondicional, pero sin que eso interfiriera en su trabajo. Al fin y al cabo, sabía lo que hacía y ambos eran conscientes de que se necesitaría tiempo antes de que la galería diera los primeros beneficios. Henry lo comprendía mucho mejor que Todd, quien solo quería ver resultados. Sin embargo, las galerías de arte no funcionaban así. Su padre tenía razón: Todd había pasado por su mundo como un viajero. Y ahora se disponía a regresar a casa.

Esa noche revisó los anuncios del periódico y visitó algunas webs en busca de gente que necesitara un compañero de piso y un lugar donde vivir, pero nada de lo que encontró se adaptaba a sus necesidades, así que se dispuso a publicar su propio anuncio. Ya tenía decidido dividir la casa de Charles Street en pisos. En la planta superior había una sala de estar, coqueta pero muy luminosa, y una habitación más pequeña con un baño diminuto, aunque el conjunto era lo bastante grande para que alguien pudiera vivir allí. Ese había sido el dormitorio provisional de Todd desde la separación. El dormitorio que habían compartido los dos estaba una planta por debajo. Tenía vestidor, un baño de mármol que ellos mismos habían reformado y un pequeño despacho anexo para Francesca, donde trabajaba cuando no estaba en la galería.

Una planta más abajo estaba el comedor, que pensaba convertir en una sala de estar, con un baño de invitados que le vendría de perlas y una biblioteca que podría transformar en el dormitorio de quien alquilara ese piso. Y en la planta principal había una sala de estar que planeaba quedarse para ella. La cocina estaba un piso más abajo, a pie de calle. Era grande y luminosa, con una zona de comedor muy cómoda que los inquilinos y ella podrían compartir. Y junto a la cocina, un trastero muy espacioso en el que Todd se había montado un gimnasio. Tenía vistas al jardín y un baño de buen tamaño, por lo que podría convertirlo en un estudio para el tercer inquilino. Estarían apretados, pero había espacio suficiente para los cuatro siempre que se trataran con respeto y consideración los unos a los otros. Podía alquilar la planta superior, el piso por debajo de su dormitorio y el estudio anexo a la cocina. Estaba decidida a conseguir que aquello funcionara.

Esa noche redactó el anuncio, en el que describía la casa y cada una de las áreas que la formaban. Al principio consideró la posibilidad de alquilar solo a mujeres, pero luego pensó que cuanto más limitara la búsqueda, más le costaría dar con los inquilinos perfectos. Así pues, obvió el detalle del sexo y decidió esperar a ver las respuestas recibidas tras la publicación del anuncio.

Lo estaba repasando por última vez cuando Todd llamó a la puerta de su despacho y se quedó en el umbral, con el semblante serio.

—¿Estás bien?

Estaba preocupado por ella. Seguía pensando que no se las arreglaría sola y que lo mejor que podía hacer era vender, pero también sabía que no lo haría, que estaba decidida a salirse con la suya, aunque para ello tuviera que llenar la casa de desconocidos. En su opinión, su plan era una insensatez y eso lo inquietaba.

—Sí, estoy bien —respondió Francesca con voz cansada—. ¿Y tú?

—No lo sé. Todo esto es muy extraño, ¿no crees? Me refiero a dividir nuestras vidas. No esperaba que me resultara tan duro.

Se le veía triste, casi vulnerable. Francesca no pudo evitar recordar todo lo que le había encantado de él y sintió que se le encogía el corazón.

—Yo tampoco —respondió con sinceridad.

Sin embargo, ninguno de los dos tenía intención de reconstruir los puentes que habían ardido. Habían ido demasiado lejos y las diferencias que los distanciaban seguían ahí. Diferencias irreconciliables, como en un divorcio. Aun así, por muy mal que lo hubieran pasado en el último año, el proceso no dejaba de ser doloroso.

—No sé si quiero estar el día que te vayas. Puede que me traslade a casa de mis padres, a Connecticut, para no tener que estar presente.

Todd asintió, pero no dijo nada. Estaba preparado para

seguir con su vida, aunque al mismo tiempo le daba pena dejarla atrás. Francesca seguía siendo la misma mujer hermosa, cálida e interesante de hacía cinco años, pero de algún modo ambos habían cambiado. Ya no se pertenecían el uno al otro, eran piezas del pasado de cada uno.

—Si hay algo en lo que pueda ayudarte cuando me haya marchado, no dudes en llamarme. Aquí el señor Manitas a tu servicio. En mi próxima vida seré fontanero.

Esbozó una sonrisa triste y ella le devolvió el gesto. Estaba harto de ocuparse de las reparaciones de la casa, pero aun así le ofrecía su ayuda. Lo mejor y al mismo tiempo lo peor de la situación era que no se odiaban, y eso lo hacía todo aún más triste. Habría sido mucho más fácil si los dos hubieran estado enfadados, pero no era el caso.

—Te dejaré mis herramientas —le prometió Todd, que en el fondo se alegraba de deshacerse de ellas y de no tener que volver a utilizarlas nunca más.

—Gracias —respondió Francesca, y se rió—. Será mejor que aprenda a utilizarlas cuanto antes.

—¿Y si resulta que uno de los inquilinos está loco o es un criminal o un timador, o te desvalija la casa? —preguntó Todd.

A pesar de que estaba preocupado por ella, sabía que Francesca era una mujer fuerte y con las ideas muy claras. Había sobrevivido durante treinta años antes de que sus vidas se encontraran, por lo que era lógico suponer que se las arreglaría perfectamente bien una vez que él abandonara su vida. Aun así, la echaría de menos, no podía negarlo. Había resultado no ser la mujer de su vida, pero seguía queriéndola por el lugar tan especial que había ocupado en ella. Siempre estaría pendiente de sus cosas y esperaba que todo le fuera bien, lo mismo que Francesca deseaba para él.

—Si hay algún chiflado, le diré que se marche —respondió con decisión.

Todd subió a su habitación y Francesca aprovechó para terminar el anuncio. La idea era enviarlo al periódico y colgarlo en internet al día siguiente. Después, que fuera lo que Dios quisiera. Le costaba imaginarse viviendo en aquella casa con tres desconocidos. Sería un mundo totalmente nuevo para ella. Tendría tiempo de comprobar a conciencia las referencias que le entregaran ya que no podrían mudarse hasta que Todd se llevara todas sus cosas, pero parecía buena idea empezar a buscar cuanto antes. No se hacía la menor idea de cuánto tiempo le llevaría encontrar a tres personas dispuestas a vivir con ella.

Más tarde, cuando se metió en la cama, no pudo evitar sentirse extraña. Tenía ganas de que Todd se marchara, de que todo hubiera terminado. Aquella incertidumbre le estaba resultando demasiado dolorosa. Quería saber cuanto antes quién ocuparía las habitaciones. En breve, el 44 de Charles Street se convertiría en un lugar diferente, al igual que su vida sin Todd.

4

Francesca recibió muchas respuestas al anuncio, casi todas sorprendentes. Parecía increíble lo que la gente estaba dispuesta a contar sobre sí misma. Algunos acababan de salir de rehabilitación y no se veían capaces de alquilar un apartamento ellos solos, por lo que la idea de compartir piso con ella les parecía perfecta. A todos les encantaba la descripción de la casa. Otros pretendían mudarse con sus parejas; Francesca no tuvo más remedio que ser sincera y explicarles que los espacios que alquilaba eran demasiado pequeños para más de una persona. Además, no estaba preparada para vivir con más de tres inquilinos. Una de las parejas tenía dos hijos y querían alquilar dos de los tres espacios, un plan que a Francesca tampoco le pareció bien. Los niños tenían tres y cinco años, y le daba miedo que le destrozaran la casa. Dos de sus aspirantes hacía poco que habían estado en la cárcel, uno por agresión sexual y el otro por un delito de guante blanco que él no había cometido. Francesca prefirió no entrar en detalles. Cuatro parejas de lesbianas querían alquilar toda la casa y le preguntaban si estaba dispuesta a irse. No era lo que había pensado para poder conservar la casa, así que se negó. Al menos un tercio de los aspirantes tenían perro, la mayoría grandes: pastores alemanes, labradores, dos loberos irlandeses, un gran danés, un crestado rodesiano, un rottweiler y un pitbull. Tampoco estaba preparada para eso. Se preguntaba si aún quedaba gente normal, sin pareja, sin hijos, sin perro, sin adicciones ni condenas de prisión. Empezaba a perder la esperanza. Puede que Todd y su madre tuvieran razón. Quizá estaban todos locos, o la loca era ella por intentar dar con tres compañeros de piso cuerdos y normales. Ya no estaba segura de poder encontrar algo así en toda la ciudad de Nueva York.

Dos días antes de Acción de Gracias recibió la llamada de una chica que se presentó como Eileen Flanders. En mayo se había graduado en la universidad de Loyola Marymount, en Los Ángeles, aunque era originaria de San Diego, y hacía poco que había llegado a Nueva York, donde había encontrado trabajo como profesora de educación especial de niños con autismo. No mencionó haber pasado por rehabilitación ni tampoco haber pisado la cárcel; era ella sola, sin hijos ni perros. Un comienzo esperanzador. Francesca no pudo evitar preguntarse si estaría cubierta de tatuajes, o si quizá llevaba piercings por todo el cuerpo y una cresta en la cabeza, aunque la conversación inicial había ido bastante bien. Esperaba poder instalarse cuanto antes, si bien de momento había alquilado una habitación en una pensión y podía quedarse en ella unas cuantas semanas más, pero Francesca le explicó que la casa no estaría disponible hasta el uno de enero.

Todd acababa de encontrar un apartamento en la Ochenta y uno Este, cerca del río. La idea era recoger sus cosas entre Navidad y Año Nuevo, por lo que el uno de enero ya estaría fuera. Francesca no quería que se mudara nadie hasta entonces. Para los dos sería demasiado duro pasar el mal trago de la separación con la casa llena de desconocidos. A Eileen le pareció bien; de todos modos, tenía pensado pasar las vacaciones en San Diego con su familia. A Francesca le gustaba lo que había oído hasta entonces, así que quedó con Eileen en que fuera a ver la casa al día siguiente por la tarde.

Cuando llegó la hora, Francesca sintió un alivio enorme al abrir la puerta y ver a Eileen al otro lado. Llevaba unos vaqueros, unas Nike, una trenca roja con capucha, mitones blancos y orejeras. Parecía una niña sacada de una postal navideña. Era pelirroja, tenía los ojos azules, pecas y unos dientes blancos y perfectos que enseñaba cada vez que sonreía. No aparentaba más de quince años, iba sin maquillar y estaba visiblemente nerviosa mientras esperaba a que la anfitriona la invitara a entrar.

La hizo pasar al recibidor, donde las dos mantuvieron una charla animada. Eileen no dejaba de mirar a su alrededor y comentar lo bonita que era la casa. Había una vidriera de colores sobre la puerta principal y una escalera circular, estrecha pero elegante, que llevaba a las plantas superiores. También vislumbró una chimenea de mármol a través de la puerta abierta del salón. Francesca le explicó que aquel espacio lo reservaba para ella y a Eileen le pareció bien. Le explicó que no todos los muebles eran los definitivos; algunos, los que pertenecían a su actual compañero de piso, los reemplazaría en cuanto pudiera. La habitación de la planta superior estaba amueblada con cosas que Todd no tenía intención de llevarse. Tampoco le importaba pagar de su bolsillo lo que faltara.

Guió a Eileen escaleras arriba hasta la planta superior. Todd aún dormía allí, así que encontraron ropa suya desperdigada por la habitación. Eileen contempló las vistas al jardín trasero del vecino y luego inspeccionó el baño y los armarios. A juzgar por la expresión de su cara, le gustaba todo lo que veía. Y a Francesca le gustaba ella. Aparentaba ser saludable y limpia, una chica de pueblo perdida en la gran ciudad. Le explicó que era la mayor de seis hermanos y le preguntó si sabía de alguna iglesia católica por los alrededores. Era todo lo que

Francesca podía pedir de un inquilino, la personificación de la vecina de al lado, simpática y agradable. No había nada en ella que le inspirara desconfianza, y Eileen debía de pensar lo mismo, porque ambas parecían muy aliviadas.

Francesca le enseñó la planta que quedaba por debajo de la suya y le explicó que el comedor sería la sala de estar y el gimnasio provisional, otro dormitorio. Era más grande que la planta superior, aunque menos luminosa; Todd y ella habían pintado las paredes de verde oscuro, elegante para un comedor pero un poco sombrío para una sala de estar o, al menos, demasiado masculino. A Eileen no le gustaba estar al mismo nivel que el jardín. Dijo que le daría miedo que alguien pudiera colarse en la casa a través de las puertas correderas y que se sentiría mucho más segura en la planta superior. Lo que sí le encantó fue la cocina, de un estilo rústico que la hacía muy acogedora. La habían montado Todd y Francesca con sus propias manos, o más bien Todd mientras ella lo observaba todo, le acercaba las herramientas y preparaba café. Era su estancia favorita de la casa, y también la de Eileen.

—Se nota que hay mucho amor invertido aquí —comentó Eileen mientras Francesca asentía, sin saber muy bien qué decir y tratando de evitar que la joven se percatara de que tenía los ojos llenos de lágrimas.

Ciertamente habían invertido mucho amor en el 44 de Charles Street, y también muchas esperanzas. Por desgracia, todo se había ido al garete, y ella seguía allí, con aquella chica de San Diego con aspecto de duendecillo en lugar de Todd. No era justo, pero la vida no siempre lo es. Con el paso de los meses, Francesca no había tenido más remedio que hacerse a la idea; aun así, la transición había sido muy dura. Y hablar con Eileen de su futura mudanza lo hacía todo tan real que no le quedaba más remedio que enfrentarse a ello. La joven era sin duda la mejor candidata que había tenido hasta entonces. Solo tenía que comprobar sus ingresos y las referencias que le había entregado, y estaría encantada de alquilarle la planta superior de la casa. Le dijo el precio y Eileen no se inmutó. No era una barbaridad, pero sí lo suficiente para cubrir una cuarta parte del pago mensual de la hipoteca.

—Creo que me lo puedo permitir. La idea era alquilar un apartamento yo sola, quizá buscarme un compañero, pero lo que he visto hasta ahora se pasa de mi presupuesto. Sigue siendo mucho dinero para mí, pero creo que funcionará. Además, me gusta la idea de vivir con más gente. Me sentiré más segura y menos sola. —Francesca opinaba lo mismo—. ¿Ya sabes quiénes serán el resto de los inquilinos?

—De momento, eres la primera persona que me convence —respondió Francesca con sinceridad, y le contó que había roto con su pareja, que él se mudaría a otro sitio y que aquella iba a ser la primera vez que compartiera su casa con más gente.

—Lo siento —dijo Eileen, y parecía que estaba siendo sincera—. Yo también he roto con alguien hace poco, por eso me vine de Los Ángeles. Empezamos a salir al poco de acabar yo la carrera, pero resultó que no estaba muy bien de la cabeza. Cuando le dije que necesitaba un poco de espacio, empezó a acosarme. Una noche se encaramó hasta la ventana de mi habitación e intentó estrangularme. Al día siguiente dejé el trabajo y me marché a Nueva York. De eso hace ya un mes. He tenido mucha suerte de encontrar trabajo aquí.

Parecía aliviada mientras lo contaba, pero Francesca no pudo evitar sentirse mal por ella. Parecía tan dulce, tan inocente, que a duras penas podía imaginar que alguien quisiera asustarla o, peor, intentar estrangularla.

—Menos mal que pudiste alejarte de allí —comentó Francesca mientras desandaban el camino desde la cocina hasta la entrada principal—. El mundo está lleno de locos. —Ella misma había entrevistado a unos cuantos en calidad de posibles inquilinos—. Aunque es mejor que también vayas con cuidado en una ciudad como Nueva York. Este barrio es muy seguro. Yo siempre voy andando al trabajo. Tengo una galería de arte a pocas manzanas de aquí.

—¡Qué bien! —Eileen parecía encantada con la noticia—. Me encanta ir de galerías los fines de semana.

Le pasó la información sobre sus ingresos y el número de teléfono de su casero en Los Ángeles. Había vivido allí el último año de universidad y los cinco meses posteriores a conseguir el título. Trabajaba en un orfanato después de clase y, tras graduarse, en un centro de día para niños con necesidades especiales. Todo en ella parecía íntegro y sincero. Francesca le prometió que la llamaría en cuanto comprobara sus datos y le recordó que, con el fin de semana de Acción de Gracias de por medio, no sería hasta el lunes siguiente, pero que se pondría a ello de inmediato. Eileen dijo que le parecía bien y que esperaba poder mudarse a vivir con ella cuanto antes. Francesca le había caído muy bien y el sitio le encantaba. Sabía que se sentiría como en casa, porque le recordaba al lugar en el que había crecido. La situación era inmejorable para ambas. Eileen era exactamente la clase de inquilina que Francesca quería, una persona por la que no tener que preocuparse. No todos los días se encontraba a alguien tan transparente como ella. Podía considerarse afortunada de que hubiera respondido al anuncio.

Ahora que por fin había encontrado al primero de los inquilinos, Francesca se sentía más animada de cara al día de Acción de Gracias. Aun así, sabía que iba a ser duro: sería la primera vez en cinco años que no estaría con Todd. Él tenía pensado pasarlo con su familia en Baltimore, y Francesca con su padre en Connecticut. Su madre estaba en Palm Beach con unos amigos.

La mañana del día de Acción de Gracias, Todd y ella se encontraron en el recibidor de casa cuando ambos se disponían a salir. Intercambiaron una mirada de intenso dolor y él le dio un abrazo.

—No comas demasiado pavo —dijo ella con un hilillo de voz.

—Tú tampoco —respondió Todd, y le dio un beso en la mejilla antes de salir rápidamente a la calle.

Francesca suspiró, cruzó la puerta y se dirigió hacia su coche, que estaba aparcado en la misma calle. Se sentía rara, como muchas otras veces. Tenía la sensación de que aquella ruptura no terminaría nunca, aunque en el fondo sabía que ya quedaba poco. De lo que no estaba segura era de si eso era algo bueno o malo.

De camino hacia Connecticut, volvió a pensar en Eileen y en lo contenta que estaba de haberla encontrado. Parecía ser la compañera de piso perfecta y esperaba que no hubiera ningún problema con sus ingresos ni con su anterior casero.

Cuando llegó a casa de su padre, hacia el mediodía, ya había al menos una docena de invitados bebiendo champán alrededor de la chimenea, mientras Avery y el encargado del catering se ocupaban de la comida. El pavo tenía un aspecto delicioso. Francesca pensaba pasar la noche allí para no tener que volver a toda prisa a la ciudad. Casi todos los invitados eran artistas o gente de la zona. Enseguida reconoció a los vecinos de su padre, que eran dueños de una granja preciosa en los alrededores, y también a su marchante de arte en Nueva York. Formaban un grupo animado, muy interesante e intelectual. Francesca los conocía a casi todos y cada vez que los veía se lo pasaba en grande. Lo cierto era que su padre no se había comportado como tal hasta hacía relativamente poco y, desde entonces, la había tratado más como a una amiga que como a una hija. Francesca ya estaba acostumbrada, pero de pequeña se había sentido estafada, y es que ella lo que quería era un padre de verdad, como el de todo el mundo, no un tipo excéntrico como Henry con su colección de novias veinteañeras. Las cosas habían mejorado de forma ostensible desde su matrimonio con Avery, pero por aquel entonces Francesca ya tenía veinticinco años. Ahora, a los treinta y cinco, lo aceptaba tal y como era, un hombre con un talento enorme, irresponsable, bondadoso y divertido, y le agradecía que le echara una mano con la galería.

Durante la comida, Henry anunció a sus invitados que se había asociado con su hija, y más tarde su marchante le comentó a Francesca que acababa de vender otro de los cuadros de su padre por una cifra inmejorable, así que podría hacerle otro pago a Todd. Con la venta de las cuatro obras, la deuda estaba casi saldada. Un cuadro más y la habría cubierto por completo, y encima conservaría uno para ella. Todo había salido según lo previsto y en un tiempo récord. A partir de ahora lo único que tenía que hacer era encontrar dos inquilinos más para poder hacer frente a la letra de la hipoteca.

Pasó la noche en casa de su padre y de Avery, y volvió a la ciudad el viernes por la tarde. Había cerrado la galería dos días, pero pensaba abrir de nuevo el sábado. Los sábados solían tener muchos curiosos, pero de vez en cuando también algún que otro comprador serio. Por suerte, eso fue justo lo que ocurrió aquel día. Varias parejas jóvenes se paseaban por la galería visiblemente incómodos, convencidos de que los precios de las obras serían prohibitivos, pero acabaron descubriendo encantados que todas estaban dentro de sus posibilidades. Ese era el objetivo de Francesca: juntar a jóvenes coleccionistas con artistas que estuvieran iniciando sus carreras. Ese día vendió tres cuadros a dos de las parejas. Eran tres obras grandes, bastante económicas, y seguramente se convertirían en una pieza vital de la decoración de sus casas. Los precios eran tan bajos que no suponían una venta de las exitosas para Francesca, pero sí bastó para animarle el día, entre otras cosas porque sabía cuánto se alegrarían los tres artistas al saber que alguien había comprado sus obras, al menos tanto como sus nuevos y orgullosos dueños tras llevárselas a casa. Las piezas que vendían en la galería eran de un gusto exquisito; Francesca solo podía estar orgullosa de cada uno de sus artistas. Las dos parejas se mostraron tan encantadas con sus compras que no pudo evitar emocionarse. Siempre le pasaba. Se moría de ganas de decírselo a sus autores, que necesitaban el dinero desesperadamente. Francesca era como una madre para todos ellos y, tras la conversación del día anterior con los amigos de su padre, algunos de ellos artistas reconocidos, se sentía llena de energía. Le encantaba vivir rodeada de arte y ser parte del proceso. Era el puente entre los creadores, algunos de ellos sobrados de talento, y los coleccionistas de sus obras. Estaba exactamente donde quería estar y haciendo lo que mejor se le daba. Esa era su vida. Tenía buen ojo para los nuevos talentos, sabía dar buenos consejos y poseía instinto para distinguir lo que se vendería de lo que no. Y ese era el motivo por el que estaba tan convencida de que, con el tiempo suficiente, la galería acabaría despegando. A menudo pasaba horas y horas en el estudio con sus artistas, hablando del proceso o guiándolos hacia una nueva fase de su trabajo. Todos sentían un gran respeto por ella.

Empleó el domingo en limpiar armarios y preparar la planta superior para su inquilina. El lunes a primera hora llamó al antiguo casero de Eileen en Los Ángeles y verificó la información sobre sus ingresos. El casero le comunicó que era una chica adorable, que nunca le había dado el más mínimo problema y que siempre pagaba a tiempo. Tres días más tarde, le confirmaron que los datos económicos eran correctos. Nunca la habían demandado, no se había declarado en bancarrota ni tenía facturas pendientes. Cuando telefoneó a Eileen para decirle que podía mudarse a partir del dos de enero, un día después de que Todd se hubiera marchado, la chica se mostró encantada. Ahora Francesca solo tenía que encontrar dos personas más y, según su experiencia del último mes, no iba a ser tarea fácil. Eileen era una gema única en el mundo de los inquilinos, aunque en algún lugar de Nueva York tenía que haber dos más como ella, o al menos que se le parecieran. Los anuncios siguieron activos, pero durante semanas los únicos que respondieron fueron bichos raros. A veces la conversación era tan surrealista que al colgar no podía evitar echarse a reír.

El fin de semana después de Acción de Gracias cenó con su madre en un pequeño bistró del que eran asiduas y le contó con aire victorioso el hallazgo que había hecho con Eileen. Thalia seguía pensando que su hija estaba loca, lo mismo que Francesca hacía años que pensaba de su madre. Si de algo estaba segura era de que jamás habría aceptado a su madre como inquilina.

Thalia le relató uno a uno todos los eventos sociales a los que había acudido en Palm Beach. Siempre había llevado una vida social extremadamente activa, con un gusto especial por cualquier reunión que se celebrara en Palm Beach, Newport, Saint Tropez, Cerdeña o Saint Moritz, Gstaad o la isla de San Bartolomé en invierno. Nunca había trabajado y, gracias a sus ex maridos, podía permitirse hacer lo que quisiera. Siempre había sido muy indulgente consigo misma, hasta el punto de que Francesca la consideraba una niña caprichosa. Solo pensaba en sí misma. El fin de semana anterior había ido a una puesta de largo espectacular en Palm Beach y le describió a su hija hasta el último detalle del vestido que había elegido para la ocasión. Parecía bonito, aunque a Francesca no podía importarle menos. Por suerte, estaba acostumbrada a seguir la conversación con ruiditos y a poner cara de interés. No lograba imaginarse cómo había sido posible que sus padres hubieran acabado juntos, aunque por aquel entonces Henry era joven y muy atractivo, y su madre no se había convertido en una esnob consentida hasta bastante después.

Seguía siendo una mujer espectacular, alta y elegante, rubia como su hija, con los ojos verdes y la piel tersa e inmaculada. Se mantenía en forma gracias a la ayuda de su entrenador personal y era muy rigurosa con su dieta. Había aparecido en el restaurante con un abrigo de piel sobre los hombros, pendientes de zafiros en las orejas a juego con un vestido de lana azul marino de Dior y zapatos de tacón. Los hombres siempre revoloteaban a su lado como moscas alrededor de la miel, y seguían haciéndolo, pero había pasado mucho tiempo desde la última vez que alguien la había tomado en serio. Era demasiado excéntrica y su aspecto, demasiado cargado, de mujer consentida. Francesca solía describirla como «colorida», que era su manera de decir que estaba un poco loca. Le contó que tenía pensado ir a un spa para perder el peso que había ganado durante las vacaciones y que antes del verano se haría una liposucción. El biquini aún le quedaba espectacular, como a Francesca, aunque no tuviera tiempo de ponerse uno. Cuando se agachó para recoger la servilleta que se le había caído al suelo, no puedo evitar sonreír al ver los pies de su madre por debajo de la mesa: llevaba los zapatos de tacón de piel negra más sexis que había visto en toda su vida. Ella había entregado dos cuadros a dos de sus clientes aquella misma tarde y llevaba unos vaqueros y unas deportivas. Su madre y ella no podían ser más diferentes.

—¿Y qué piensas hacer en Navidad? —preguntó Thalia con una sonrisa de oreja a oreja, como si aquella fuera la hija de otra persona o una sobrina a la que solo veía una vez al año.

Por la pregunta, era evidente que no tenía intención de pasar las fiestas con Francesca. Nunca lo hacía. Solía irse a esquiar a Suiza o a San Bartolomé, en el Caribe, sobre todo si algún amigo la invitaba a su yate, algo que solía ocurrir a menudo. La vida de Thalia era una sucesión de períodos vacacionales, uno detrás de otro.

—Puede que las pase en casa de papá —respondió Francesca sin entrar en detalles.

—Creía que se iba a esquiar a Aspen —replicó su madre haciendo una mueca—. Si no recuerdo mal, eso es lo que dijo Avery. Hace tiempo que no hablamos.

—Pues me quedaré en casa. De todas formas, la galería abrirá esa semana, así que estaré ocupada. Todd estará de mudanza.

—Cuánto lo siento. Os tendríais que haber casado. Si lo hubierais hecho, quizá ahora seguiríais juntos.

—A ti eso nunca te detuvo cuando la cosa dejó de funcionar con cualquiera de tus maridos —dijo Francesca sin dar mayor importancia a las palabras de su madre.

—En eso tienes razón. —Thalia le dedicó una dulce sonrisa—. Por lo visto, siempre acabo enamorándome de otro hombre. —Francesca se abstuvo de recordarle a su madre el tiempo que había pasado desde la última vez—. Quizá conozca a alguien en San Bartolomé —continuó con aire ausente y una expresión de esperanza en el rostro.

Su madre esperaba enamorarse de nuevo y volver a casarse. Para ella, la vida sin marido no tenía sentido, así que siempre estaba alerta.

Francesca decidió cambiar de tema y le habló de su nueva inquilina; Thalia frunció el ceño en un gesto de desaprobación.

—Me da igual que haya estado en las Girl Scouts o que tenga cara de corderita degollada. Sigo pensando que vivir con desconocidos es una locura. No sabes quién es esa gente o qué traen consigo.

—No me queda más remedio si quiero conservar la casa, mamá.

—Estarías mucho mejor en un apartamento, tú sola.

—Pero no quiero un apartamento. Me encanta mi casa.

—No puedes vivir en esa casa sin un hombre a tu lado. Es peligroso.

—Puede que alguno de los inquilinos sea un hombre —replicó Francesca sin demasiado convencimiento, pensando en la gente con la que había hablado y sus perfiles, aunque esto último prefirió no compartirlo con su madre.

—Necesitas un marido, Francesca —insistió Thalia, y de pronto se echó a reír—. Y yo también.

Francesca no estaba de acuerdo, ni en su caso ni en el de su madre, pero no comentó nada. Thalia solía hacer aquella clase de afirmaciones, pero ella ya no mordía el anzuelo como antes. No tenía sentido hacerlo.

—¿Cuándo te vas a San Bartolomé, mamá? —le preguntó tratando de reconducir la conversación hacia terreno neutral.

—El veintitrés. No sabes las ganas que tengo. Estoy harta de tanto invierno. Y después del Caribe, me voy a esquiar a Suiza. Deberías hacer como yo e irte por ahí.

Su madre vivía en otro planeta, uno en el que siempre estaban de vacaciones y había fiestas a todas horas, y no era consciente de lo mucho que trabajaba Francesca. Todo lo que tenía lo había conseguido ella sola, de la nada. Su padre le había pagado los estudios y, desde entonces, se había mantenido por sí misma. El dinero que su madre había conseguido con cada nuevo divorcio lo guardaba para ella. En cierto modo, sentía que se lo había ganado.

Francesca salió del restaurante sintiéndose como siempre que veía a su madre: emocionalmente cabreada. Nunca sacaba nada positivo de aquellos encuentros, nada profundo o que tuviera un significado especial para ella. Al menos cuando estaba con su padre se divertía.

Henry pasó por la galería aquella misma semana y compró un cuadro pequeño que pensó que le gustaría a Avery. Francesca le descontó la parte que le tocaba de la venta como socio, tras lo cual el precio del cuadro resultaba casi ridículo, pero su padre parecía encantado con la compra. Le impresionó la cantidad de ferias de arte a las que Francesca acudía en busca de nuevos artistas, en Nueva York y en otras ciudades, y las horas que pasaba con ellos en el estudio, reflexionando sobre su trabajo. Casi todo lo que vio en la galería le pareció muy bueno. Estaba convencido de que al menos un par de sus representados tendrían carreras importantes en el futuro. Francesca le contó que el autor del cuadro que acababa de adquirir vendía mucho, que desde el día de Acción de Gracias había colocado algunas de sus piezas más grandes, pero su padre opinaba que los precios eran demasiado bajos. Francesca le comentó que la gente parecía más dispuesta a gastarse el dinero después de los festivos. Henry acababa de vender una pieza muy importante y estaba especialmente contento. Pensaba invertir parte de lo que había cobrado en un coche nuevo para su mujer, un Range Rover. Avery siempre había querido uno pero, a pesar de lo bien que le iban las cosas, seguía conduciendo un Toyota destartalado que, según él, no era seguro y que ella se negaba a jubilar. Le daría la sorpresa en Navidad, antes de partir hacia Aspen.

El día de Nochebuena, mientras cerraba la galería, Francesca se sorprendió pensando que a ninguno de sus padres parecía preocuparle con quién pasaba su hija las Navidades. Todos los años hacían planes por su cuenta y, precisamente por eso, pasarlas con Todd siempre había tenido un significado especial. Ahora eso ya era cosa del pasado. Esta vez él se iría por su lado y ella se quedaría en casa. Podía llamar a algún amigo, pero no le apetecía. Ya había rechazado dos invitaciones. Estaba melancólica y prefería pasar las vacaciones sola.

A Todd apenas le quedaban unos días en casa, así que cuando abrió la puerta se encontró el recibidor lleno de cajas. Francesca estaba preparada, pero eso no significaba que no se sintiera triste. Era complicado no sentirse así.

Pidió comida china y estuvo toda la noche viendo películas. No había montado el árbol de Navidad y tampoco lo echaba de menos. Quería que las fiestas acabaran cuanto antes. Después de Nochevieja, podría empezar una nueva vida, esta vez sola.

Sus padres la llamaron el día de Navidad. También se cruzó con Todd cuando estaba a punto de marchar de casa. La saludó con una sonrisa en los labios y salió por la puerta sin dejar de hablar por el móvil. Iba muy elegante, de traje. Francesca se preguntó adónde iría y con quién. Viendo la escena, parecía increíble que alguna vez hubieran vivido juntos o que hubieran tenido algo en común.

Por la tarde salió a dar un paseo por el West Village. Cada vez que se cruzaba con una pareja con niños, no podía evitar sonreír. Algunos se dirigían a casa de algún familiar o amigo cargados con montañas de regalos. Vio a un Papá Noel con su traje de terciopelo rojo bajándose de un coche, poniéndose el gorro y la barba, y desapareciendo a toda prisa camino de alguna fiesta. Era un día extraño para estar sola, pero la verdad es que tampoco le importaba. Así al menos no tenía que fingir una felicidad que no sentía. Pensó en su madre, surcando las aguas del Caribe tumbada sobre la cubierta de un yate y deseando conocer a un hombre, y en su padre, en Aspen con Avery, y se alegró de estar sola. Por la noche, se acostó temprano, encantada de que por fin el día hubiera terminado.

Y de pronto llegó el día que tanto había temido. La víspera de Año Nuevo se acostó a las nueve y a medianoche estaba durmiendo como un bebé. Por la mañana escuchó a Todd subir y bajar las escaleras como un torbellino moviendo cajas. Había alquilado un camión y dos de sus amigos le estaban ayudando. Francesca entró en la sala de estar justo a tiempo para verlos llevarse el sofá. Habían acordado quién se quedaba qué y el sofá lo había pagado Todd. Era muy bonito, de cuero marrón, a juego con el resto de la decoración. Francesca tendría que comprar otro. Todd había aceptado dejarle la cama y casi todos los muebles del dormitorio, a pesar de que también los había pagado él. Eso sí, el sofá sí lo quería para su nuevo apartamento, y las dos butacas que combinaban. Francesca intentó que no se le revolviera el estómago mientras los seguía con la mirada. Se sentía como si le hubieran cortado los brazos y las piernas, y los hubieran empaquetado cada uno en una caja diferente. En algún lugar, entre el plástico de burbujas y las bolitas de poliestireno, estaba su corazón, sepultado bajo una colección de copas de vino que también era de su ex.

Hacia media tarde, con el camión lleno hasta arriba, Todd fue hasta la cocina en busca de Francesca, que observaba el jardín con aire ausente y una expresión de desolación en la mirada.

—Me voy —anunció en voz baja. Cuando ella se dio la vuelta, vio que le corrían lágrimas por las mejillas. La rodeó entre sus brazos, llorando él también—. Sé que ahora mismo esto te parecerá una estupidez, pero te quiero. Siento que las cosas hayan tenido que acabar así.

—Lo mismo digo. Y yo también te quiero.

Sin embargo, lo de menos era el dolor que sintieran o lo mucho que se quisieran. Ambos sabían que lo mejor que podían hacer era separarse. Lo suyo no había funcionado.

—Llámame si me necesitas. Si te puedo ayudar en algo, no dudes en decírmelo.

Francesca asintió, incapaz de pronunciar una sola palabra más. Él la besó en la frente, dio media vuelta y desapareció escaleras arriba, dejándola a solas en la cocina, llorando. Unos minutos más tarde oyó que se cerraba la puerta principal. Todd se había ido. Era como si alguien le hubiera arrancado el corazón, y sabía que él se sentía igual. Le costaba creerlo, pero al final el día había llegado. La casa era suya, solo suya. La historia de Todd y el 44 de Charles Street ya formaba parte del pasado. Lo único que podía hacer era seguir con su vida; él era evidente que ya lo había hecho.

5

El día después de que Todd se marchara, Francesca compró flores y las repartió por casi todas las estancias de la casa. Limpió la cocina, pasó la aspiradora y revisó la planta superior para asegurarse de que todo estuviera en orden. Cuando por fin llegó Eileen, hacia el mediodía, la casa estaba impecable. Cruzó la puerta con una sonrisa de oreja a oreja en la cara. Traía consigo cuatro maletas, algunas cajas y tres bolsas llenas de zapatos. Las señaló, un tanto avergonzada, mientras Francesca le echaba una mano para subirlo todo hasta la planta de arriba.

—Lo siento, perdí un poco el control en Navidad. Estaba tan deprimida que me fui de compras. No cabían en las maletas.

—No te preocupes. —Francesca le sonrió—. Estoy acostumbrada. Mi madre es una fetichista de los zapatos. Le gustan cuanto más altos mejor. Yo, en cambio, soy adicta a las Nike.

—A mí también me gustan —admitió Eileen mientras dejaba las cosas en el suelo de su dormitorio. Luego, bajó de nuevo en busca de más cajas.

Por la tarde, el ambiente en la casa era completamente distinto. El día anterior Francesca se había sentido como si estuviera de luto y hoy, en cambio, le embargaba una agradable sensación de libertad. Por fin había pasado página. Todd ya no estaba y se sentía triste por ello, pero no tan destrozada como cuando le había visto cargar sus cosas en el camión e irse. Lo peor ya era cosa del pasado. Tampoco sabía si notaría mucho la diferencia, teniendo en cuenta que hacía meses que ellos dos llevaban vidas separadas. Así pues, cuando esa misma tarde vio a Eileen en la cocina, la situación le pareció divertida. Era domingo, la galería estaba cerrada y había decidido quedarse en casa y descansar.

Eileen sonrió al verla. Se comportaba como una niña.

—Me encanta mi habitación, es muy bonita. Y gracias por las flores. —Francesca había dejado un jarrón con rosas y claveles sobre la cómoda. Eileen estaba exultante—. Me siento como si finalmente hubiera encontrado un hogar. Desde que llegué aquí, no he hecho otra cosa que vivir en cuchitriles. Va a ser genial tener un espacio para mí sola. —Ni siquiera le importaba tener que subir tantas escaleras para llegar a la planta superior. De pronto, vio el ordenador encima de la mesa de la cocina y miró a Francesca con aire desvalido—. ¿Te importa si miro el correo? Aún no tengo portátil.

—Claro, adelante.

A Francesca no le importaba. Aquel era el portátil que solía dejar en la cocina y que Todd y ella apenas utilizaban, pero que siempre venía bien tenerlo a mano. Había otro en su despacho.

—Será solo un segundo.

Eileen se sentó frente al ordenador y sonrió mientras leía el correo. Con uno hasta se le escapó una carcajada. Francesca sonrió y salió de la cocina en dirección a su dormitorio. Era agradable tener compañía. La casa parecía más viva, más feliz que en los últimos meses. Casi sentía tener que buscar dos inquilinos más. Sería divertido compartir la casa solo con

Eileen, pero no se lo podía permitir. Tenía que encontrar a dos personas más y de momento no había hablado con nadie que fuera remotamente parecido a ella. Antes del parón navideño había recibido un nuevo aluvión de respuestas, a cuál más absurda y desquiciada. También había hablado con una mujer que parecía bastante normal, recién llegada a Nueva York desde Atlanta, pero había encontrado otro sitio antes incluso de visitar la casa. Debía dar con alguien lo antes posible. No podía hacerse cargo de las letras de la hipoteca solo con la ayuda de Eileen.

Decidió echarse un rato y dormir la siesta, algo que casi nunca hacía, pero aún estaba agotada después del mal trago emocional que había supuesto despecirse de Todd para siempre. Él le había prometido que la llamaría, pero ella no estaba segura de que lo hiciera y tampoco sabía si le apetecía. No quería perder el contacto ni hablar con él demasiado a menudo. Ambos tenían que mirar hacia delante y seguir con sus vidas.

Cuando bajó de nuevo a la cocina a la hora de la cena, Eileen seguía allí, sentada delante de la pantalla y tomándose un cuenco de sopa. Se disculpó en cuanto la vio aparecer por la puerta; Francesca se sirvió un vaso de leche y cogió una manzana. La sopa la había preparado ella misma, sin tocar su comida para nada, lo cual le pareció buena señal.

Se sentó a la mesa y vio que Eileen se había conectado a una de esas páginas de citas y que estaba repasando fotografías.

—¿Lo has probado alguna vez? —le preguntó con una mirada traviesa en los ojos, y se echó a reír—. A mí me encanta. Es como pedir comida a domicilio, pero en vez de comida pides tíos. Empecé a conectarme cuando iba a la universidad. Conocí a algunos chicos geniales en Los Ángeles y San Diego. Estuve saliendo casi un año con uno de ellos, hasta que un día se emborrachó y se enroló en los marines.

—No sabía que la gente aún hacía eso. Emborracharse y enrolarse en los marines, quiero decir. Y no, nunca he conocido a nadie por internet. Me parece un poco peligroso. Me daría miedo quedar cara a cara. No hay ningún filtro previo.

Nunca le había gustado la idea de conocer a alguien por la red. Parecía más propio de gente desesperada. Se sentía mucho más segura cuando se los presentaba algún amigo, aunque sabía de muchas chicas que habían encontrado pareja, incluso marido, en esas webs.

—Acabas desarrollando un sexto sentido para detectar a los que no te convienen. Yo solo me he encontrado con un par de tipos raros en todo este tiempo.

—¿Te conectas a menudo? —preguntó Francesca.

Le parecía curioso que una chica guapa y simpática como Eileen, con aspecto de animadora de instituto, tuviera la necesidad o incluso quisiera conocer a chicos por internet, cuando podría tener al que ella quisiera. Claro que también era consciente de lo difícil que resultaba encontrar hombres solteros y que valieran la pena, razón por la cual existían las páginas de contactos.

—La verdad es que no. Me sirve para distraerme cuando no tengo nada más que hacer.

Por un momento, Francesca se preguntó si debería establecer unas reglas sobre las visitas a la casa, pero enseguida se dio cuenta de que no tenía derecho a hacerlo. Era su casera, no la directora de una residencia de estudiantes, ni su madre. Ambas eran adultas y tenían su propia vida, de modo que a quién llevara Eileen a casa era cosa suya, no de ella. Así pues, no dijo nada. Volvió a su dormitorio mordisqueando la manzana y dejó a Eileen a solas con sus cosas. Que quisiera conocer hombres por internet era asunto de su nueva inquilina, le pareciera prudente a Francesca o no. De lo que sí estaba segura era de que aquello no era para ella.

De hecho, no se le había ocurrido la posibilidad de salir con alguien hasta aquel momento, y ni siquiera le apetecía. No estaba preparada. Eileen se veía llena de vida y se moría de ganas de conocer gente en aquella ciudad nueva. Francesca era mayor y más precavida. Las páginas de citas online no le decían nada. Si conocía a alguien, tendría que ser a la antigua, a través de un amigo, en algún tipo de reunión social o en la galería, pero de momento ni siquiera se lo planteaba. De todas formas, tampoco tenía tiempo y lo único que sí le interesaba encontrar en internet era dos inquilinos más.

Lo consiguió dos semanas más tarde, a mediados de enero. Recibió un mensaje de un hombre que por lo menos parecía estar cuerdo. En él decía que era diseñador gráfico, que trabajaba casi siempre desde casa, que de vez en cuando viajaba por asuntos de trabajo, que era solvente y que buscaba algo muy parecido a lo que Francesca ofrecía. Se había divorciado hacía poco, no tenía muebles y necesitaba un dormitorio y un pequeño estudio en el que instalar su mesa de dibujo y su ordenador. La primera planta, la del comedor, parecía perfecta para él. Quedaron un día para que pudiera ver la casa. Había mencionado que tenía treinta y ocho años y, cuando finalmente se conocieron, le explicó que tenía un hijo de siete años que pasaba los fines de semana alternos con él.

—¿Sería un problema? —preguntó visiblemente preocupado.

Ya había pasado por aquello más de una vez, pero nadie parecía dispuesto a aceptar niños. Francesca dudó un instante antes de asentir.

—No creo que haya problema, siempre que no pase aquí todo el tiempo.

Dos fines de semana al mes no eran gran cosa y Chris Harley pareció aliviado. Era un hombre alto, delgado, con el pelo rubio, los ojos grises y una expresión seria en el rostro. Estaba muy pálido, como si no hubiese tomado el sol en años. Si no estuviera siempre tan serio, podría decirse de él que era un hombre guapo.

Apenas habló durante toda la visita, solo para preguntar sobre su hijo. Recorrió las estancias con detenimiento, aparentemente satisfecho con lo que veía, hasta que por fin anunció con un hilo de voz que se quedaba la habitación. No alabó extasiado el gusto de Francesca como había hecho Eileen, de hecho casi ni abrió la boca. Parecía muy introvertido, pero a Francesca tampoco le importó. No estaban en una cita, no tenían por qué gustarse, ni conocerse, ni siquiera hacerse amigos. Lo único que le interesaba era saber si Chris era una persona responsable y si pagaría puntualmente. Aquello no era una historia de amor y él tampoco parecía interesado en que lo fuera. Después de enseñarle la primera planta, lo guió escaleras abajo hasta la cocina para enseñarle el estudio de la planta baja, pero él prefirió la otra zona disponible. El estudio que daba al jardín le pareció demasiado pequeño y además no quería ni necesitaba estar tan cerca de la cocina. Se ofreció a comprar los muebles del dormitorio y a Francesca le pareció bien.

Cuando entraron en la cocina, Eileen estaba sentada de nuevo frente al ordenador. Pasaba mucho tiempo allí, no solo revisando candidatos para sus posibles citas, sino también leyendo y contestando correos. Levantó la mirada de la pantalla y, al ver a Chris, sonrió. Tal y como le diría a Francesca más tarde, de entrada le pareció muy «mono». Francesca empezaba a pensar que su compañera de piso estaba un poco loca por los chicos. Salía de fiesta a menudo, pero nunca había traído a ninguno de sus pretendientes a casa ni habían supuesto un problema para la convivencia. Chris Harley parecía un inquilino inmejorable, aunque apenas sabía nada de él, solo que estaba divorciado, que era diseñador gráfico y que con eso se creía capaz de pagar el alquiler. Era lo único que le interesaba a Francesca, eso y sus referencias.

Le pidió algunos detalles, los mismos que a Eileen. Mientras anotaba sus referencias económicas, lo miró y de pronto su cara le resultó familiar. Era como si lo hubiese visto antes, aunque no recordaba dónde ni cuándo. O quizá no era más que una sensación. En cualquier caso, sellaron el trato con un apretón de manos y Francesca le comunicó que una vez hubiera comprobado sus ingresos, cosa que haría cuanto antes, podría mudarse cuando él quisiera. Así pues, si no se encontraba con ninguna sorpresa, por fin tendrían a su segundo compañero de piso.

Chris Harley parecía contento cuando poco después se marchó del 44 de Charles Street. Francesca le había prometido que le llamaría en cuanto supiera algo, pero lo cierto era que no parecía tener problemas para pagar el alquiler o las facturas. Aparentaba ser un hombre recto, conservador y que cuidaba su lenguaje. Le había dicho que diseñaba embalajes industriales y le había dado su tarjeta. A Francesca le transmitía buenas vibraciones y confiaba mucho en su instinto. Parecía un tipo decente, íntegro, alguien agradable con quien convivir.

Eso fue lo que le dijo a Eileen mientras las dos recogían la cocina.

—Y encima es guapo —dijo disimuladamente, y Eileen se encogió de hombros.

—Demasiado convencional, demasiado aburrido. No es para mí. —A Francesca le habría gustado preguntarle quién lo era, además del montón de hombres cuyas fotografías contemplaba a todas horas en internet—. Además, sería una estupidez liarse con alguien con quien compartes piso. Demasiado cerca como para sentirse cómodo.

En eso las dos estaban de acuerdo.

—Si algo saliera mal, uno de los dos tendría que marcharse. Prefiero salir con un hombre que conozca por ahí o por internet.

Ahora mismo, disponía de al menos media docena de candidatos con posibilidades con los que intercambiaba mensajes. Francesca no tenía ni idea de a cuáles conocía en persona y a cuáles no.

En cuanto hizo las comprobaciones pertinentes, descubrió aliviada que Chris no tenía problemas de solvencia. Eso lo convertía oficialmente en su segundo inquilino; aunque no había conocido a su hijo, sentía que no necesitaba hacerlo. ¿Qué problema podría suponer un niño de siete años? Y cuatro días al mes no parecía gran cosa. Llamó a Chris al número que él le había dado y le comunicó que podía mudarse en cuanto quisiera.

—Fantástico —dijo él, encantado—. Podría mudarme este fin de semana. No tengo muchas cosas. Mañana mismo compraré lo que necesito para la habitación.

A Francesca le habría gustado saber por qué no se había buscado un apartamento para él solo, pero no se atrevió a preguntar. Mejor para ella. Él comentó algo sobre habérselo dado todo a su ex mujer. Por lo visto, lo único que tenía era ropa, una pila de libros y dos cuadros. Todo lo demás lo había dejado en su piso, con su mujer y su hijo. Llevaba dos meses en un hotel y le gustaba la idea de vivir en una casa, no en un apartamento.

Cuando por fin se instaló, el ambiente de la casa volvió a cambiar por completo. Su presencia añadió algo más, algo sólido. Era tan serio y tan tranquilo que Francesca estaba segura de que no causaría ningún problema y sería muy fácil vivir con él. Cumplía todos los requisitos que buscaba en un inquilino, pero cuando lo comentó con Eileen, esta no se mostró impresionada.

—Es demasiado callado —dijo sin inmutarse.

De todas formas, Chris era demasiado mayor para ella. A Eileen le gustaban los chicos de su edad, recién graduados de la universidad. A sus treinta y ocho años, Chris era un hombre muy maduro, en algunos aspectos incluso más maduro que Todd. Francesca suponía que era consecuencia de ser padre o de haberse divorciado. En cualquier caso, era adulto y responsable, exactamente lo que ella buscaba en un inquilino.

Chris se mudó el fin de semana siguiente con su mesa de dibujo y sus cachivaches de pintura. Lo colocó todo con cuidado, junto con un juego de pesas, una pantalla plana, una minicadena y su ropa. Los muebles del dormitorio habían llegado el día anterior, entre ellos unas literas, lo cual había sorprendido a Francesca, aunque imaginó que serían para cuando viniera su hijo.

El resto del día lo pasó ocupándose de sus cosas. Francesca estuvo trabajando en la galería y, cuando volvió a casa, Chris se había preparado algo para cenar y ya estaba de vuelta en su piso, trabajando. Eileen estaba pasando el fin de semana fuera. La casa respiraba tranquilidad. No lo volvió a ver hasta el domingo, en la cocina, donde se lo encontró sirviéndose un café. Le preguntó si todo estaba a su gusto y él respondió que sí. Se sentó en silencio a la mesa de la cocina a leer el periódico, se sirvió una segunda taza de café y desapareció escaleras arriba. No intentó entablar conversación con ella, y a Francesca le dio la sensación de que había algo triste en su mirada. Cualquiera que fuese su historia, era evidente que no tenía intención de comentarla con ella. No parecía tener mucho interés por hacer amigos. Era un hombre agradable y educado, sereno como lo había sido desde el primer minuto, y a Francesca con eso le bastaba.

Esa misma noche, recibió una llamada de Avery y le habló de la llegada de Chris.

—Parece el inquilino perfecto —comentó Avery—. Reservado, educado y sin problemas económicos. ¿Ya has conocido a su hijo?

—Aún no. Supongo que vendrá el fin de semana que viene.

—Esperemos que no sea un bicho de niño.

—Chris no parece el tipo de padre que permite que su hijo se porte mal. No es un festival de hombre, precisamente. Hay algo triste en él. Y es muy reservado.

—Puede que la vida le haya tratado mal. O simplemente es así. No todo el mundo puede ser tan encantador y pizpireto como tu padre —replicó, y las dos se echaron a reír—. ¿Algún candidato para la planta baja? —A Avery le había impresionado la naturalidad con la que Chris y Eileen habían encajado en la casa, y temía que Francesca hubiera agotado toda su suerte de golpe. Uno era tranquilo y serio, la otra dulce y agradable. De momento, los resultados de la búsqueda habían sido inmejorables—. ¿Sabes algo de Todd?

—Llamó a la galería hace unos días, pero yo había salido a visitar a uno de mis artistas y a recoger unas nuevas obras. —Para ahorrar dinero y mantener los gastos bajo mínimos, se ocupaba ella misma de los trabajos más mundanos—. Dejó un mensaje en que me decía que esperaba que estuviera bien. Odio decirlo, pero lo echo de menos. Echo de menos cómo eran las cosas al principio, no el último año. Mi vida se ha vuelto demasiado tranquila. Lo único que hago es trabajar todo el día, volver a casa por la noche, comer, ver la televisión e irme a dormir.

—Ya verás, las cosas enseguida mejorarán. Necesitas salir, ir a fiestas, a inauguraciones.

Pero Francesca no estaba de humor para socializar. Le habló de un nuevo artista que había encontrado hacía poco en Brooklyn gracias a uno de los chicos de su galería. Luego charlaron un rato sobre su padre, sobre lo mucho que estaba trabajando para su próxima exposición. Según Avery, sus últimas obras eran increíbles. Era su mayor admiradora, de eso no cabía duda alguna. Después de colgar, Francesca apagó la luz y se tumbó en la cama, a oscuras. Podía oír el sonido de un televisor en el piso de Eileen, y a Chris moviéndose de un lado a otro, una planta por debajo de la suya. En cierto modo, se sentía más segura ahora que ya no vivía sola. Era una sensación agradable, a pesar de que apenas los conocía y quizá nunca llegaría a hacerlo. Mientras pensaba en ello, poco a poco se fue quedando dormida.

A la semana siguiente, Francesca inauguró una exposición en la galería. Este tipo de eventos siempre eran frenéticos y estresantes. Tenía que asegurarse de que todas las obras llegaran a tiempo a la galería, lo cual a veces suponía tener que amenazar a los artistas hasta el último minuto, además de repartir las invitaciones entre los clientes, suplicar a los críticos de arte que vinieran a la exposición para luego reseñarla y colgar e iluminar las obras ella misma. Para cuando por fin pudo dar la bienvenida a los invitados, estaba agotada.

El protagonista de la exposición era uno de sus artistas más difíciles, que no dejaba de insistirle para que moviera las obras una y otra vez. La noche de la inauguración vendieron cuatro obras y durante varias semanas estuvo tan ocupada que ni siquiera tuvo tiempo de revisar las respuestas al anuncio. Lo tenía presente, pese a que siempre se olvidaba. Necesitaba otro inquilino, pero no tenía tiempo para buscarlo. En casa, nunca se cruzaba con Chris ni con Eileen. La convivencia entre los tres de momento funcionaba. Un día, tres semanas después de la mudanza de Chris, por fin conoció a su hijo. Estaba sentada en la cocina comprobando el correo cuando, de pronto, oyó un ruido. Levantó la mirada del portátil, sobresaltada, y vio a un niño vestido con vaqueros y un jersey rojo que la miraba con curiosidad.

—Me gusta tu casa —fue lo primero que dijo, y acto seguido sonrió. Tenía el pelo oscuro y los ojos grandes y azules. No se parecía en nada a su padre—. Me llamo Ian —se presentó, y le ofreció una mano para que se la estrechara; era tan mono que parecía sacado de un anuncio.

—Yo me llamo Francesca. ¿Te apetece comer algo?

Eran las ocho de la mañana y no había ni rastro de su padre por ninguna parte. Ian se había vestido él solo antes de bajar.

—Vale. ¿Tienes plátanos?

Francesca tenía unos cuantos en un cuenco, dentro de la nevera. Sacó uno y él le dio las gracias.

—¿Te apetecen unos cereales para acompañar?

El pequeño asintió, así que Francesca llenó un bol de cereales, los cubrió de leche y le dio un plato para el plátano.

—Yo me preparo el desayuno solo todos los días —anunció Ian, orgulloso—. A mi madre le gusta dormir hasta tarde. Sale mucho por la noche.

Francesca no estaba acostumbrada a los niños de la edad de Ian y no sabía qué replicar, así que prefirió no decir nada.

—¿A qué curso vas? —le preguntó con una sonrisa mientras él le daba dos mordiscos al plátano y se llenaba tanto los carrillos que tuvo que masticar durante un minuto antes de poder responder.

—Segundo. Me he cambiado de cole este año. Me gustaba más el de antes, pero mi madre dice que está demasiado lejos.

Justo en ese momento, Chris apareció por la puerta. Miró a su hijo, sonrió y, al ver que Francesca le había dado de desayunar a su hijo, también le sonrió a ella. No lo había visto tan feliz desde que lo conoció. De pronto, parecía relajado y transmitía calidez. Saltaba a la vista que estaba loco por su hijo, además de muy orgulloso de él.

—Gracias por prepararle el desayuno. Se me ha escapado mientras me duchaba.

—Nos lo estábamos pasando muy bien —dijo Francesca.

Ian sonrió. Era un niño muy espabilado y era más que evidente que se sentía muy cómodo cuando estaba con adultos.

—Papá me va a llevar al zoo —le dijo el pequeño a Francesca—. Hay un oso polar nuevo, y un canguro.

—Vaya, qué divertido —comentó Francesca mientras Chris preparaba los huevos que había comprado para su hijo y para él.

—¿Quieres venir? —preguntó Ian con una sonrisa, y Francesca le devolvió el gesto.

—Me encantaría, pero tengo que trabajar.

—¿De qué trabajas? —quiso saber el pequeño.

—Tengo una galería de arte no muy lejos de aquí —respondió ella—. Vendo cuadros. Puedes venir a verla cuando quieras.

—Quizá vayamos —dijo Chris mientras dejaba un huevo en el plato de su hijo y se sentaba a su lado con otro para él.

Mientras uno y otro comían, Francesca siguió revisando el correo. Había recibido otro mensaje en respuesta al anuncio. Era de una mujer de Vermont que decía estar buscando una segunda residencia en Nueva York y estaba interesada en ver la habitación que Francesca alquilaba. Le enviaba su número de teléfono con la esperanza de que aún estuviera disponible y que la llamara. Francesca lo anotó junto con otro número, pero la mujer de Vermont le pareció mejor candidata. Además, no parecía que tuviera intención de pasar todo el tiempo allí, lo cual podía ser una ventaja a su favor. De momento, la convivencia iba viento en popa e Ian era un fichaje interesante para el grupo. Saltaba a la vista que era un buen chico.

Charló con él un rato más, le deseó que se lo pasara bien

en el zoo y volvió a sus dominios. Cuando bajó de nuevo, ya se habían ido.

En la galería no paró ni un segundo y vendió otro cuadro. Las ventas durante los últimos meses habían sido buenas, pero el problema era que los precios no eran lo suficientemente altos como para sacar un buen beneficio. En los últimos tiempos se estaba planteando la posibilidad de subirlos de nuevo, animada sobre todo por Avery.

A media tarde, se acordó de la mujer de Vermont que había respondido al anuncio y la llamó. A juzgar por su voz, parecía joven, más o menos de la edad de Francesca, de conversación alegre y agradable. Le dijo que la habitación estaba disponible y se la describió como mejor pudo, sin exageraciones. Le dijo que era pequeña, que era un estudio y que daba al jardín, que estaba al lado de la cocina y que tenía baño propio.

A la mujer, que se llamaba Marya Davis, le pareció perfecta. No necesitaba demasiado espacio y le gustaba hacer mucho uso de la cocina, ¿sería eso un problema?

—No, yo trabajo hasta las siete de la tarde seis días a la semana, así que no paso mucho tiempo en casa, y los otros dos inquilinos tampoco. Uno trabaja en casa a tiempo parcial, pero no suele salir de su apartamento, y la otra se acaba de graduar, es profesora y sale casi todas las noches. El ambiente es bastante tranquilo y ninguno de los tres utilizamos demasiado la cocina. Yo normalmente llego tan cansada que, como mucho, me hago una ensalada o compro algo preparado de camino a casa. Los demás hacen lo mismo, así que tendrías la cocina toda para ti.

Apenas se cruzaba con Chris o con Eileen cuando estaba en casa, y ninguno de los dos había utilizado la cocina para prepararse la cena desde que vivían allí.

—Eso sería genial. Si te parece bien, podría bajar la semana que viene desde Vermont para ver la casa. ¿Crees que aún estará disponible? —preguntó Marya, un poco preocupada, y Francesca no pudo evitar que se le escapara la risa.

—No hay una cola de gente esperando, precisamente. Tengo que hacer otra llamada, pero puesto que he hablado primero contigo, tendrás prioridad. ¿Cuándo te iría bien venir?

—¿Podría ser el miércoles?

—Por mí, perfecto.

Quedaron en la hora, que Francesca anotó para no olvidarse de la cita si se liaba mucho en la galería, y colgaron. La mujer le había parecido muy agradable, al menos por teléfono. Además, cuando habló con el segundo candidato, resultó que había encontrado otra cosa. Le había llevado desde Año Nuevo hasta comienzos de febrero encontrar dos buenos inquilinos; quizá por fin había dado con el tercero. Si le hubieran preguntado un mes antes, nunca habría imaginado que tardaría tanto tiempo en encontrarlos. Claro que también había tenido mucho cuidado con los posibles candidatos. De hecho, Eileen y Chris eran los únicos que le habían parecido aptos, y ahora quizá también la mujer de Vermont. Le había comentado que había enviudado hacía poco y que quería pasar más tiempo en Nueva York. Los inviernos en Vermont eran muy duros.

Francesca se olvidó de Marya y no volvió a acordarse de su cita con ella hasta el martes. El domingo por la noche vio a Ian un momento antes de que se marchara. Le dio la piruleta que le había traído de la galería, no sin antes pedirle permiso a su padre. Por lo visto, la visita al zoo había sido todo un éxito, entre otras cosas porque tenían un cachorro de tigre recién llegado. Ian le dio las gracias por la piruleta y se despidió de ella antes de marcharse. Era un crío encantador. Francesca nunca había sentido la necesidad de tener hijos, ni siquiera cuando conocía a niños como Ian. Se conformaba con conocerlos y disfrutar de su compañía. En vez de hijos, ella tenía artistas, quince para ser exactos, que a veces eran peores que niños. Con eso le bastaba y le sobraba, al menos de momento, o quizá para siempre, sobre todo ahora que no había ningún hombre en su vida. Conocer a Ian le bastaba para cubrir su cuota maternal. No necesitaba más, pero aun así se daba cuenta de lo mucho que Chris quería a su hijo. Cada vez que miraba al pequeño, se le iluminaba la mirada.

Marya, la mujer de Vermont, se presentó al día siguiente en el 44 de Charles Street cinco minutos antes de la hora acordada. Vestía unos pantalones de esquí, un par de botas de nieve y una parka con capucha, y es que en Nueva York también hacía frío. No se parecía en nada a la mujer que Francesca había imaginado. Tenía el pelo cano, llevaba un corte en melena moderno y estiloso, y era mucho mayor de lo que aparentaba por teléfono. Dijo que tenía cincuenta y nueve años, y que acababa de perder a su marido después de padecer una larga enfermedad. Sin embargo, parecía ser una persona feliz y alegre. Estaba en forma y tenía un aspecto y una actitud juveniles. Francesca se sorprendió pensando que tenía casi la edad de su madre, aunque ambas mujeres no podían ser más diferentes.

Marya estaba mucho más interesada en ver la cocina que su habitación, a la que apenas le había dedicado una mirada antes de decir que le parecía bien.

—Entiendo que te gusta cocinar —le dijo Francesca con una sonrisa.

—Sí, me encanta, desde que era una niña. Soy consciente de la suerte que tengo al dedicarme a mi pasión. Nunca siento que estoy trabajando.

De pronto, Francesca cayó en la cuenta de quién era aquella mujer y de su despiste al no reconocerla. Era Marya Davis, la famosa cocinera, autora de al menos media docena de libros de cocina muy conocidos, dos de los cuales formaban parte de su colección. Era una de las chefs con más éxito del país y se había especializado en acercar la cocina francesa al público de a pie y a la gente con poco tiempo libre. Había desmitificado algunas de las recetas francesas más conocidas y era autora de un libro dedicado por completo a los suflés. Y allí estaba, en su casa de Charles Street, sentada a su mesa mientras examinaba la cocina.

—Estoy trabajando en mi nuevo libro —le explicó— y he pensado que estaría bien pasar parte de mi tiempo aquí mientras lo escribo. Mi casa es demasiado tranquila, sobre todo ahora que estoy sola.

No parecía especialmente triste, solo un poco melancólica.

—¿Tú marido también se dedicaba a la cocina? —preguntó Francesca.

De repente, sentía curiosidad por aquella mujer. Tenía la mirada llena de vida y una sonrisa muy franca, y parecía la persona más cálida y amigable que hubiera conocido en toda su vida. Transmitía sencillez y modestia, como si aquella fuese su cocina de toda la vida. Si se mudaba con ellos, pensó con emoción Francesca, a partir de entonces comerían platos maravillosos.

Marya se rió al escuchar la pregunta sobre su difunto marido.

—Mi esposo se dedicaba a la banca, no a la cocina, pero le encantaba comer, sobre todo comida francesa. Todos los años pasábamos un mes en la Provenza mientras yo probaba recetas nuevas. Nos lo pasábamos muy bien los dos juntos. Lo echo mucho de menos —respondió con sencillez—, así que he pensado que me iría bien mudarme aquí una temporada y hacer algo nuevo. Tendré que volver a Vermont de vez en cuando para no dejar la casa abandonada, eso sí. Además, allí el final de la primavera es espectacular; pero bueno, ahora que ya no esquío, preferiría pasar los meses de invierno aquí.

La madre de Francesca seguía esquiando a sus sesenta y dos años, no muchos más que Marya, pero era evidente que las dos mujeres no se parecían en nada. Marya Davis era una persona con mucho talento, con sustancia, con sentido del humor y profundidad. Thalia, en cambio, no tenía ni una sola de esas cualidades. Francesca estaba disfrutando de la conversación. Era una mujer adorable y la idea de vivir con ella resultaba muy interesante. No podía quejarse de la suerte que había tenido con sus tres inquilinos.

Hablaron sobre los detalles del alquiler. A Marya el precio le pareció bien y el dormitorio era todo lo que necesitaba. Le gustaba la idea de dormir junto a la cocina. Era la localización perfecta para ella.

—Espero que me dejes probar alguna de mis recetas contigo —dijo Marya, un tanto azorada.

—Será un honor, señora Davis —respondió Francesca, más que encantada.

No podía dejar de sonreír. Aquella mujer era tan dulce que casi tenía ganas de darle un abrazo.

—Por favor, llámame Marya o conseguirás que me sienta muy vieja. Aunque supongo que lo soy. El año que viene cumplo los sesenta.

Aparentaba al menos diez años menos de los que tenía y parecía tan sencilla, tan humilde, que resultaba enternecedora y muy, muy cercana. Francesca ya tenía ganas de que se instalara. Marya pensaba ir a Vermont aquella misma tarde, pero le prometió que volvería en unos días.

La acompañó hasta la puerta y se despidió de ella con un abrazo, y mientras subía a su dormitorio con una sonrisa en los labios se cruzó con Eileen.

—Pareces contenta.

—Lo estoy. Marya Davis, la famosa chef, la que ha escrito un montón de libros de cocina, acaba de alquilar la habitación de abajo. Estoy emocionada, y encima dice que cocinará para nosotros cuando queramos. Vamos a ser los conejillos de Indias para su próximo libro.

—Qué guay —dijo Eileen, sonriendo de oreja a oreja—. Con lo que odio cocinar.

—Sí, yo también —asintió Francesca. Nunca había sido su punto fuerte y a Todd no se le daba mucho mejor que a ella—. Bueno, pues ya está. Por fin la casa está al completo —anunció, encantada y aliviada a partes iguales.

Ya podía pagar las mensualidades de la hipoteca ella sola, sin Todd. Y los cuatro juntos formaban un grupo interesante. Eileen, Chris, Marya y Francesca. Contra todo pronóstico, el suyo propio, el de su madre y el de su ex novio, había tenido mucha suerte con los compañeros que había encontrado.

Era perfecto. La casa estaba llena de gente encantadora y Marya era la incorporación perfecta. El 44 de Charles Street volvía a estar rebosante de vida y, por si fuera poco, en cuanto Marya se instalara, comerían como reyes. Las cosas no podían haber salido mejor.

6

Marya se instaló el día de San Valentín y, antes incluso de deshacer las maletas, ya había preparado galletitas de jengibre para todos, finas como obleas y con forma de corazón. Chris estaba en casa, terminando un proyecto para uno de sus mejores clientes. Era muy importante y requería toda su concentración, pero cuando el olor de las galletas subió hasta su despacho, ya no pudo concentrarse más y bajó para averiguar qué estaba pasando. Se encontró a Marya en la cocina, ataviada con un delantal a cuadros y canturreando en voz baja. Chris sabía de su llegada, pero aún no se habían conocido. Marya lo recibió con una gran sonrisa, dejó una bandeja de galletas sobre la encimera y le estrechó la mano.

—¡En toda mi vida no había olido nada tan delicioso! —exclamó Chris con la mirada fija en el horno.

Marya le ofreció un plato lleno de galletas y él no tardó en hacer desaparecer cinco de ellas, que se le deshicieron rápidamente en la boca.

—Es una vieja receta que casi había olvidado, nada más —dijo Marya con modestia.

Sin embargo, ahora que estaba en la cocina, Chris se percató de otros olores, a cuál más delicioso. Marya estaba haciendo algunas pruebas y preparando una de sus recetas más conocidas al mismo tiempo, y se le había ocurrido preparar algo para sus compañeros de piso por si alguno tenía pensado quedarse en casa esa noche. Chris aseguró que no tenía intención de moverse de allí, así que lo invitó a volver más tarde y servirse de lo que le apeteciera.

—Es maravilloso tener tanta gente para la que cocinar —afirmó Marya.

Se había sentido muy sola desde la muerte de su marido, así que aquella casa era el remedio perfecto para ella. Le encantaba la idea de vivir allí, tanto que ni siquiera se había molestado en deshacer las maletas, incapaz de resistir la atracción que aquella preciosa cocina ejercía sobre ella.

—Tengo entendido que tienes un niño encantador —le dijo a Chris mientras este se servía un vaso de leche de la nevera.

—Es muy buen chico —respondió él sonriendo al escuchar las palabras de Marya—. Se queda conmigo algunos fines de semana y normalmente lo recojo a la salida del colegio los miércoles. Vive con su madre.

—Tengo ganas de conocerlo.

Marya no tenía hijos, no porque no hubiera querido, sino porque simplemente no había sucedido y en su época las parejas con problemas de fertilidad no tenían tantas opciones como ahora. Así pues, su marido y ella habían aceptado su suerte y se habían dedicado en cuerpo y alma el uno al otro. Por eso, ahora que él ya no estaba, el agujero en su vida parecía mucho mayor, aunque esperaba compensarlo conviviendo con sus tres compañeros de Charles Street, que harían de su vida un lugar mucho más feliz de lo que lo había sido en la casa de Vermont que tanto quería. Deseaba estar con más gente. La mudanza a Nueva York era toda una aventura para ella, y se moría de ganas de visitar museos, ir de restaurantes y quedar con amigos. Estaba emocionada con los cambios que se estaban produciendo en su vida y por eso su actitud era tan alegre y positiva.

Chris volvió a su habitación a terminar el proyecto y, unos minutos más tarde, Marya conoció a Eileen. Acababa de llegar de trabajar y lo primero que hizo fue bajar a la cocina para leer el correo en el ordenador. Había olido el aroma de las recetas de Marya desde la puerta de entrada.

—¡Vaya! —exclamó mientras pasaba a la cocina y se encontraba cara a cara con Marya. Era una mujer muy atractiva, con una figura envidiable que se adivinaba incluso a pesar del delantal—. ¿Qué es eso que huele tan bien?

Ni siquiera conseguía distinguir si era dulce o salado. Marya tenía un pollo en el horno para los cuatro, estaba preparando unos espárragos de guarnición y quería hacer un suflé de queso cuando todos hubieran llegado. También había preparado un pastel de chocolate con forma de corazón para el postre. Un festín de San Valentín en toda regla.

—No sabía si alguno de vosotros cenaría en casa esta noche, pero aun así he preferido arriesgarme. San Valentín siempre es muy divertido.

Era la excusa perfecta para preparar una cena como aquella. Eileen sonrió mientras comprobaba su correo electrónico y vio que tenía una cita para aquella noche. Era la primera vez que iba a verse con un hombre con el que llevaba días intercambiando mensajes. Hasta el momento, había conocido a unos cuantos tipos agradables y a algún que otro caradura (a estos últimos se los quitaba de encima enseguida), pero solo había traído a dos a casa. A Francesca no le gustaba mucho la idea, pero no se lo había dicho. Al fin y al cabo, no creía que tuviera derecho a hacerlo. Eileen era una mujer adulta y aquella también era su casa, de modo que Francesca no era nadie para supervisar sus citas. Aun así, no le gustaba la idea de que un desconocido pasara la noche allí. De momento no había ocurrido nada, pero Eileen los había conocido a todos por internet, así que en realidad no sabía nada de ninguno de ellos. Eran desconocidos, también para ella, y a Francesca le parecía muy arriesgado meterlos en casa. Por eso nunca le había gustado la idea de conocer hombres por internet. Había tenido suerte con sus compañeros de piso, pero también se había preocupado en comprobar sus referencias y sus ingresos. Hacer lo mismo con alguien a quien hubiera conocido por una web de contactos habría sido mucho más difícil, además de peligroso, y de todos modos tampoco tenía ganas de salir con nadie. Solo habían pasado seis semanas desde que Todd se había ido. Seguía echándolo de menos y empezaba a hacerse a la idea de que había salido de su vida para siempre. A veces le resultaba muy difícil. No solo había perdido al hombre al que amaba, sino también a su mejor amigo y a su socio, lo cual suponía una pérdida tres veces más dura. En su vida solo había sitio para los artistas a los que representaba. Había invertido tanto tiempo y esfuerzo en la galería que la única gente con la que se relacionaba eran esos mismos, los artistas, los clientes y Todd.

Aquella noche Francesca fue la última en volver del trabajo. Cerró la galería a las siete y recorrió a pie el camino de vuelta a casa. Había vendido dos cuadros pequeños para San Valentín y llevaba toda la tarde un poco triste. Había olvidado que Marya se instalaba aquel día, así que cuando llegó a casa se encontró a sus tres inquilinos conversando animadamente en la cocina y compartiendo una botella de vino español que Marya había abierto para todos. Se había traído unas cuantas cajas de Vermont. Había caldos franceses, españoles y también algún chileno. En esta ocasión, estaban probando el español y a todos les estaba encantando.

—Bienvenida a casa —la recibió Marya con una sonrisa.

Verlos a los tres juntos le levantó el ánimo al instante. Temía volver a casa, encontrársela vacía y tener que olvidar a toda costa que era San Valentín. Todd, que siempre se lo había tomado muy en serio, todos los años cenaban en algún sitio romántico. No había sabido nada de él en todo el día y sabía que eso era lo normal, pero aun así no podía evitar sentirse un poco desanimada. Sonrió al ver que Marya le ofrecía una copa de vino. La cena estaba lista y, aunque en un principio ella no pensaba comer nada y Eileen tenía planes para aquella noche, los tres se sentaron alrededor de la mesa de la cocina y acabaron devorando la deliciosa cena que les sirvió Marya sin perder la sonrisa en ningún momento. Los espárragos con salsa holandesa estaban deliciosos, el suflé de queso era increíble y el pollo relleno de setas, asado al punto. También había ensalada, queso francés y pastel de chocolate de postre, que los tres apuraron hasta dejar los platos limpios mientras hablaban de comida, viajes, experiencias vitales y amigos. Marya acababa de llegar, pero era como si tuviera el poder de devolverles a todos la vida. Francesca nunca había visto a Chris tan cómodo ni tan hablador como aquel día. Era como si Marya tuviera un don especial con la gente, además de con la comida. Podían considerarse muy afortunados de tenerla allí, y Marya también parecía encantada de poder vivir en casa de Francesca. Se lo estaban pasando tan bien que Eileen estuvo a punto de olvidarse de su cita. Se levantó de la mesa a toda prisa, se puso los tacones y un poco de perfume y, sin tiempo para cambiarse, se despidió de todos y salió corriendo. Francesca, Chris y Marya terminaron de cenar y luego tomaron café con galletas de jengibre y trufas. Chris afirmó con rotundidad que aquella había sido la mejor cena de toda su vida, y Francesca estuvo de acuerdo con él. Hacía años que no disfrutaba tanto de un San Valentín, ni siquiera estando con Todd.

Recogieron la cocina entre los tres, aunque la cocinera había ido limpiando mientras cocinaba y apenas quedaba nada por hacer. En cuanto terminaron, Marya se retiró a su habitación para deshacer las maletas, y Chris y Francesca subieron lentamente las escaleras hasta sus respectivos pisos.

—He de confesar que temía que llegara este día —admitió Francesca—. Es mi primer San Valentín sin el hombre con el que compré la casa, pero al final he pasado una velada muy divertida gracias a Marya.

Chris asintió con solemnidad, un poco más distante ahora que estaba a solas con ella. Siempre se mostraba muy reservado con Francesca y con Eileen, salvo cuando Ian estaba presente, pero Marya había conseguido sacarlo de su cascarón. Francesca no podía evitar preguntarse qué le habría sucedido para volverse tan introvertido. Empezaba a creer que no era tanto por su personalidad, sino por alguna experiencia traumática que había dejado huella en él.

—Supongo que también ha sido un día difícil para Marya, sin su marido —añadió—. Es una mujer encantadora. Me alegro mucho de tenerla como compañera de piso. Cocina como los ángeles. Si lo de hoy se repite en noches sucesivas, acabaremos todos como focas.

Chris sonrió.

—Creo que era una ocasión especial. Hace años que no celebro el día de San Valentín o tan siquiera me acuerdo. Es para parejas que se quieren y para niños.

Y él no pertenecía a ninguna de las dos categorías, aunque había hablado con su hijo aquella misma tarde y le había mandado una tarjeta de felicitación. Ian le había contado a su padre que estaba coladito por su profesora y por una niña de su clase, y que les había enviado una tarjeta a cada una.

Se dieron las buenas noches frente a la puerta de Chris, que hasta no hacía mucho había sido su comedor y su biblioteca y que ahora se había convertido en el hogar de uno de sus inquilinos. Francesca no había vuelto a poner un pie en aquella planta desde que Chris se había instalado y tampoco tenía intención de hacerlo, así que siguió subiendo despacio en dirección a su dormitorio. Volvía a sentirse sola y es que era inevitable: se le daba tanta importancia a aquel día que, para quienes no tenían con quién compartirlo, se convertía en una jornada casi de luto. Por suerte, Marya le había alegrado la velada y se lo agradecía desde lo más hondo de su corazón.

Más tarde oyó llegar a Eileen, que por lo visto no venía sola. Era tan inocente y confiada con los hombres que conocía por internet que Francesca no podía evitar preocuparse por ella. Deseó con todas sus fuerzas que estuviera bien y, por suerte, no tardó en oírlos susurrar y reírse mientras subían escaleras arriba. A la mañana siguiente, se encontró a su acompañante en la cocina. Marya había preparado panecillos y cruasanes para todos antes de salir a pasear, y él estaba dando buena cuenta de ellos con tanta entrega que, cuando Francesca apareció por la puerta, apenas la saludó. No parecía especialmente refinado, pero a Eileen se la veía feliz y no dejaba de sonreír. A Francesca no le gustó demasiado encontrárselo en la cocina y Chris tampoco parecía muy contento mientras se servía una taza del café que Marya había preparado a primera hora. Desde que la cocinera vivía allí, las comidas eran mucho más interesantes.

—¿De qué os conocéis? ¿Sois pareja? —preguntó el amigo de Eileen.

Chris lo fulminó con la mirada y se sirvió un bol de cereales sin ni siquiera molestarse en contestar. Francesca se limitó a decir que eran compañeros de piso, nada más. El tipo llevaba el pelo largo y los brazos cubiertos de tatuajes de colores muy vivos. Por lo visto, trabajaba en televisión de operador de cámara, y no es que fuera muy vergonzoso porque le manoseó el culo a Eileen delante de todos cuando esta se disponía a sentarse. A Chris por poco se le escapó la risa al ver la cara de disgusto de Francesca, y es que le parecía demasiado atrevido hacer algo así durante el desayuno, entre desconocidos; en cambio a Eileen no pareció importarle y, de hecho, se mostró encantada. Lo besó apasionadamente y él le devolvió el beso metiéndole la lengua hasta la garganta. Se llamaba Doug y se habían conocido por internet, cómo no, que parecía ser la única fuente de hombres que Eileen frecuentaba, lo cual tenía a Francesca cada vez más inquieta. Se podía conocer a gente decente por la red, claro que sí, pero Eileen actuaba con una candidez alarmante.

Francesca y Chris se dirigieron hacia las escaleras y dejaron a Doug y a Eileen en la cocina. Ella tenía que hacer unas llamadas desde su despacho y él, acudir a una reunión con un cliente a las diez para presentarle un proyecto en el que llevaba semanas trabajando y que por fin había terminado. Se trataba del diseño del nuevo embalaje de una marca muy conocida. Se marchó de casa a los pocos minutos, cargado con su carpeta de diseñador, y Eileen no tardó en seguirlo. Francesca salió a las once en dirección a la galería. Marya había recogido la cocina a la vuelta de su paseo y se había ido otra vez, así que la casa se quedó vacía. Cada vez había más movimiento, más vida entre sus paredes.

Francesca había contratado un servicio de limpieza que venía dos veces a la semana. Lo pagaban entre todos y así se ahorraban tener que repartirse las faenas de la casa. Se dirigió hacia la galería bajo la fina lluvia de febrero sin dejar de pensar en Eileen. No sabía si volvería a ver a Doug, aunque esperaba no hacerlo. Eileen se merecía algo mejor, no un tipo tan bruto como aquel, si bien de momento parecía más interesada en la cantidad que en la calidad de sus conquistas o en afinar la puntería hasta encontrar a alguien que realmente mereciera la pena. Francesca se repitió a sí misma que Eileen aún era joven e inexperta. Le habría preocupado mucho más si hubiera sido su hermana pequeña, pero solo era su inquilina, así que no era asunto suyo, por muy inquietante que le resultara el uso que hacía de internet. Para ella era un mundo completamente nuevo que no tenía intención de explorar, aunque supusiera la fuente de alegrías de tanta gente que decía haber conocido a personas encantadoras gracias a esas webs. A Francesca le parecía demasiado arriesgado y esperaba que Eileen levantara el pie del acelerador y tuviera mucho cuidado.

Aquella tarde tenía que elegir las piezas para la nueva exposición y colgarlas. Llevaba meses trabajando en ella e incluía obras de dos pintores abstractos y un escultor, cuyos trabajos se complementaban a la perfección. Era importante que las obras no se eclipsaran entre sí y que no distrajeran en exceso la atención del espectador. Uno de los artistas trabajaba en unos lienzos enormes que le iba a costar mucho colgar ella sola. Se había quedado sin la ayuda de Todd, así que le había pedido a uno de sus artistas que, si tenía tiempo, se pasara por la galería para ayudarla. Trabajaba como montador en varias galerías para ganarse un dinero extra y siempre era muy solícito y agradable, pero tenía un concepto de la puntualidad un tanto peculiar. Había sido de los primeros en firmar con ella y sus obras se vendían razonablemente bien. Trabajaba duro y siempre era muy serio con su oficio. Para sorpresa de Francesca, esta vez sí llegó a la hora acordada. Colocaron cada obra en su sitio y luego él se pasó varias horas encaramado a una escalera ajustando las luces. Terminaron pasadas las seis, agotados pero contentos con el resultado. Él era diez años menor que Francesca y muy mono.

—¿Dónde se mete Todd últimamente? —preguntó sin darle importancia al tema.

Francesca había comentado con casi todos que la parte de Todd ahora era suya, pero aún no les había hecho llegar ninguna comunicación oficial. No había encontrado el momento ni el valor para hacerlo. Además, la mayoría ya se había dado cuenta de que Todd ya no pasaba nunca por la galería. Algunos se lo habían preguntado abiertamente, pero casi todos habían dado por supuesta su marcha al no volver a verlo.

—Le he comprado su parte —respondió Francesca tratando de quitarle hierro al asunto—. A partir de ahora, mi padre será mi nuevo socio. Todd ha decidido volver a la abogacía.

Era todo lo que tenía que decir al respecto y a él le pareció bien.

—¿Seguís juntos? —preguntó por encima del hombro mientras guardaba la escalera.

—No, ya no —dijo Francesca, y le dio la espalda, avergonzada y repentinamente triste ante la pregunta.

No sabía por qué, pero se sentía como si hubiera fallado en algo, como si no hubiera sido capaz de mantenerlo a su lado o de hacer que la relación funcionara. Odiaba con toda su alma esa sensación y se preguntaba si a Todd le ocurriría lo mismo.

—Ya me parecía a mí. Hace tiempo que no lo veo por aquí. ¿Habéis vendido la casa?

—No, me la he quedado yo. Ahora tengo tres inquilinos.

Era más información de la que necesitaba.

—Me alegro —replicó él con una sonrisa de oreja a oreja—. Llevo años esperando a tener el camino libre. ¿Te apetece cenar conmigo esta noche?

Se mostró muy interesado, y es que admiraba a Francesca por su capacidad para el trabajo y por lo bien que se le daba lo que hacía. Se dedicaba a sus artistas en cuerpo y alma, y hacía todo lo que estaba en su mano para promover sus carreras.

Francesca respiró profundamente antes de contestar.

—Será mejor que no, Bob. Nunca he sido muy partidaria de mezclar trabajo con placer. Hasta ahora no he salido con ninguno de mis artistas y no creo que deba empezar ahora.

Lo dijo con toda la seriedad que fue capaz de aparentar, pero Bob encajó la negativa sin inmutarse.

—Siempre hay una primera vez —insistió.

—Puede, pero no conmigo. Gracias igualmente. Aún no estoy preparada para salir con nadie. Es un cambio importante, después de cinco años.

—Sí... lo siento...

Parecía decepcionado, pero aceptó el rechazo y se marchó al cabo de pocos minutos. Francesca cerró la galería y regresó caminando a casa. Llovía de nuevo, más fuerte que por la mañana, lo cual reflejaba a la perfección su estado de ánimo. La idea de salir o de acostarse con alguien que no fuera Todd le resultaba deprimente, a pesar de que habían pasado meses desde la última vez. Si algún día llegaba el momento, le iba a costar lo indecible acostumbrarse a alguien nuevo, si bien de momento ni siquiera le apetecía.

Cuando por fin subió la escalera de entrada del 44 de Charles Street, iba empapada hasta los huesos y con un nudo en la garganta.

No se molestó en cenar. Subió directamente a su habitación y lloró tirada encima de la cama hasta quedarse dormida. Aún no había olvidado a Todd y no sabía cuánto tardaría en hacerlo. Puede que no lo consiguiera nunca.

Por la mañana ya se encontraba mejor. Entró en la cocina con una sonrisa, creyendo que no habría nadie porque aún era temprano, pero se topó con Marya, que estaba preparando tortitas para Ian. Tenían forma de Mickey Mouse, con una cereza por nariz y un par de pasas a modo de ojos. Por lo visto, acababan de conocerse. Era sábado y al pequeño le tocaba pasar el fin de semana con su padre.

—Hola, Ian —lo saludó Francesca como si fueran viejos

amigos—. Qué tortitas más chulas, ¿no? —le dijo, a lo que el pequeño asintió encantado mientras ella le sonreía a Marya por encima de su cabeza.

Era un niño irresistible, con una sonrisa enorme y unos ojos rebosantes de sabiduría.

—Marya va a hacer galletas luego conmigo. Con trocitos de chocolate. Antes a mi madre le gustaba que la ayudara a hacerlas —dijo con cautela—, pero ya no. Siempre está mala y se pasa el día durmiendo. A veces, cuando vuelvo del colegio, aún está dormida.

Las dos se miraron, pero no dijeron nada. Francesca supuso que tendría alguna enfermedad, pero prefirió no preguntar.

—A mí también me gustan las galletas con trocitos de chocolate —añadió para quitarle hierro al momento.

—Si quieres, puedes ayudarnos —propuso Ian mientras su padre entraba en la cocina—. O podemos guardarte unas cuantas si tienes que irte a trabajar.

—Me encantaría —respondió ella.

Eileen entró en la cocina de la mano del nada atractivo Doug, quien se apresuró a pedir tortitas para él, pero Francesca no dejó escapar la oportunidad. A Marya nadie le pagaba para que cocinara, era una chef de prestigio internacional que les hacía el favor y el regalo de hacerles el desayuno.

—Cada uno que se prepare lo suyo —dijo con tranquilidad—, menos Ian.

Doug la miró extrañado, se encogió de hombros y se sirvió una taza de café mientras Marya le daba las gracias a Francesca con la mirada. Chris también había tomado nota de lo sucedido; era evidente que Doug tampoco le caía bien. Era grosero y vulgar hasta el punto de presumir delante de todos de que se estaba acostando con Eileen. Incluso aprovechó un momento en el que Ian había salido de la cocina para insinuar que la noche anterior se lo habían pasado en grande. A Eileen no parecían importarle aquellos comentarios, pero a los demás sí. Era una falta de respeto flagrante de la que ella no era consciente o prefería no serlo.

Ajeno a lo que pasaba a su alrededor, Ian se terminó sus tortitas, le dio las gracias a Marya, aclaró con agua su plato y lo metió en el lavavajillas. Francesca lo siguió con la mirada y se preguntó si, con su madre enferma o durmiendo a todas horas, se habría tenido que acostumbrar a ocuparse de sí mismo. Parecía demasiado responsable para un niño de siete años.

Seguían todos en la cocina cuando de pronto sonó el timbre. Francesca subió a abrir la puerta y se encontró de bruces con su madre, que esperaba a que la invitara a entrar. Llevaba un chándal Chanel, unas deportivas Dior y el pelo recogido en una coleta. Estaba espectacular incluso sin maquillaje, pero era la última persona a la que Francesca quería ver aquella mañana. No le apetecía presentarle a sus compañeros de piso ni escuchar lo que tuviera que decir luego de ellos.

—Hola, mamá —la saludó sin saber muy bien cómo actuar—. ¿Qué haces aquí?

Esperaba que se marchara sin entrar, pero sabía que no lo haría. Era demasiado curiosa e insistente como para irse.

—Voy a ver a una dermatóloga nueva en el SoHo de la que he oído maravillas y, como me queda de camino, he pensado en venir a verte. ¿Puedo pasar?

La miró fijamente y Francesca se hizo a un lado. De pronto, volvía a sentirse como cuando era una niña y se metía en algún lío. Conocía a su madre y sabía lo poco que le gustaría la escena de la cocina.

—Pues claro —exclamó, y el corazón le dio un vuelco al pensar en el extraño revoltijo de gente que tenía en la cocina y en cómo reaccionaría su madre al verlos, sobre todo a Doug y sus tatuajes.

—Qué bien huele —comentó Thalia mientras su hija se

debatía entre llevarla a su dormitorio, con la cama sin hacer, a la sala de estar, en la que aún no había reemplazado el sofá y las sillas que se había llevado Todd y en la que, por tanto, no había en qué sentarse, o a la cocina, donde sus compañeros de piso seguían desayunando tranquilamente.

No quería que conocieran a su madre, pero Marya acababa de sacar una bandeja de cruasanes recién hechos del horno y era casi imposible resistirse al olor.

—Una de las inquilinas es una chef muy conocida —explicó Francesca mientras su madre bajaba las escaleras hacia la cocina sin molestarse en esperarla.

Chris e Ian estaban dibujando en la mesa, Marya seguía delante del horno con el delantal puesto y la bandeja de cruasanes en la mano, y Doug, con su colección de tatuajes al descubierto, se había enrollado alrededor de Eileen como una serpiente mientras a ella, que aún llevaba debajo de la bata el salto de cama con el que había dormido, le daba la risa tonta. No era la escena ideal con la que recibir a su madre. La presentó simplemente como eso, su madre, mientras Thalia fruncía los labios y levantaba la mirada por encima de todos ellos hacia Marya. Por lo visto, ya había llegado a la conclusión de que era la única persona civilizada de la casa.

—Usted debe de ser la chef —dijo un tanto intimidada.

No le gustaba que su hija viviera con toda aquella gente. Por si fuera poco, había localizado los tatuajes de Doug nada más entrar y le habían parecido horribles.

—Así es. ¿Le apetece desayunar, señora Thayer? —le preguntó Marya; parecía algo sorprendida ante el porte de la madre de Francesca. Incluso con un simple chándal, se comportaba como si llevara un vestido de noche.

—Ya no soy la señora Thayer, sino la condesa de San Giovane —se apresuró a corregir Thalia con el acento italiano que su último marido le había enseñado.

Solo pronunciaba su nombre de aquella manera en las grandes ocasiones, pero en la cocina de su hija era su manera de dejarles bien claro que estaban ante una mujer muy importante, mucho más que cualquiera de ellos, mensaje que todos captaron a la primera. Chris la miró por encima de la cabeza de Ian y siguió hablando con su hijo, mientras Doug le mordisqueaba el cuello a Eileen, que no podía contener la risa. No se parecía en nada a la bienvenida que Thalia estaba convencida que merecía. Francesca se preparó para lo peor.

—Por supuesto, condesa —rectificó Marya sin pestañear—. ¿Le apetecen unos cruasanes y una taza de café?

—Me apetecen, sí —respondió Thalia, y tomó asiento junto a Ian.

El pequeño la observó un instante en silencio y luego volvió a concentrarse en su dibujo. Marya apareció junto a ella con un plato de cruasanes calientes y una taza de café humeante, y lo dejó todo sobre la mesa. Francesca se sentó en la única silla que quedaba libre, justo delante de su madre, deseando que la tierra se abriera bajo sus pies y se la tragara. Ojalá no hubiera venido.

El ambiente siguió enrarecido unos minutos más hasta que, de pronto, cada uno se ocupó de sus cosas. Marya recogió la cocina, Chris subió a su habitación con Ian, y Doug y Eileen hicieron lo propio, no sin que antes Doug se encargara de aclarar que iban a meterse otra vez en la cama. Poco quedaba ya del aura de vecina de al lado que Eileen lucía cuando llegó a la casa. En apenas unos minutos, Francesca y su madre se quedaron solas en la cocina mientras Marya correteaba de un lado a otro.

—No puedo creer que vivas con esa gente —dijo Thalia, horrorizada y a punto de romper a llorar—. ¿Se puede saber en qué estás pensando? —continuó, ignorando a Marya.

—Estoy pensando que necesito el dinero para pagar la hipoteca. Además, son todos muy majos —respondió Francesca, testaruda, mientras Marya fregaba los platos y fingía no oír nada.

—¿Y el de los tatuajes?

—No vive aquí. Está saliendo con la chica que vive en el último piso. Es profesora de niños con autismo.

—Viéndola, nunca lo habría adivinado —replicó su madre con una mirada de desprecio en los ojos.

Y no se equivocaba. Eileen había ido extremando su aspecto y acortando la longitud de sus faldas a medida que se iba sintiendo más cómoda.

—Es muy joven —dijo Francesca, que trató de defenderla.

Ni siquiera ella soportaba a Doug y le preocupaba que Eileen hubiera bajado en camisón y bata. Era una muestra de inmadurez y de mal gusto, pero en ningún caso un crimen.

—Nos llevamos todos muy bien —intervino Marya mientras rellenaba la taza de Thalia con el delicioso café que había traído de Vermont—. Créame, son buena gente —añadió, y Thalia la miró esbozando un mohín con la cara, aliviada por haber encontrado al fin una amiga y aliada entre tanto desconocido.

—¿A usted no la incomoda la situación? —le preguntó.

—En absoluto —respondió Marya—. Estoy encantada. Todos son muy amables conmigo. Perdí a mi marido hace unos meses y me alegro de estar aquí con ellos y no sola en Vermont.

—¿De qué murió su marido? —preguntó Thalia, visiblemente interesada.

—De un tumor cerebral. Estuvo enfermo mucho tiempo. Es un alivio que todo haya pasado, creo que me vendrá bien pasar una temporada en Nueva York.

—Es una ciudad difícil para encontrar hombres —replicó Thalia sin miramientos. Francesca se sorprendió al escuchar las palabras de su madre y se sintió avergonzada, pero luego no pudo evitar que se le escapara la risa. Su madre no pensaba en otra cosa, en hombres y en sí misma—. Sobre todo a nuestra edad —añadió.

Marya se echó a reír. Thalia no le preocupaba. Se las había visto con colegas de profesión mucho más arrogantes que ella. Algunos de los chefs con los que había trabajado eran auténticos divos de los fogones y habían sido muy duros con ella, casi siempre por envidia, pero a veces también porque los había que estaban podridos por dentro.

—No estoy buscando un hombre —le explicó a Thalia—. Ni lo quiero ni lo necesito. Tuve la suerte de casarme con el mejor y compartir treinta y seis años de mi vida con él. Nadie podría estar jamás a su altura. Solo quiero pasármelo bien, trabajar y hacer nuevos amigos por el camino.

Thalia la observaba como si hablara en otro idioma. Era muy atractiva, ¿por qué narices no iba a querer encontrar un hombre? Seguramente estaba mintiendo. En su opinión, todas las mujeres necesitaban a un hombre.

—Ya cambiará de opinión dentro de unos meses —sentenció Thalia, que sabía mejor que nadie de qué hablaba, y luego la felicitó por el café.

—No, no cambiaré de opinión —afirmó Marya, convencida de sus palabras—. No necesito tener un hombre a mi lado para ser feliz. Encontré a uno que era maravilloso y fue muy bonito mientras duró. No espero tener la misma suerte, ¿por qué conformarme con menos? Sé que el resto de mi vida estaré sola y no por ello seré menos feliz.

Parecía muy segura de lo que decía, a pesar de que Thalia la miraba como si se hubiera vuelto loca.

Francesca consultó la hora. Había quedado con un cliente a las diez, antes de abrir, para poder ver las obras con tranquilidad sin que nadie los molestase.

—Lo siento, mamá, pero tengo que irme.

—No pasa nada, querida —dijo su madre, aposentada con firmeza en su silla y sin ninguna intención de moverse—. Yo seguiré conversando con Marya. Todavía tengo tiempo antes de la dermatóloga.

Marya, que había visto el pánico en la cara de Francesca, asintió para tranquilizarla y luego se volvió hacia Thalia.

—Condesa, ¿le apetece otra taza de café?

Lo dijo dirigiéndose a ella como si fuera Su Majestad; Thalia no podía dejar de sonreír.

—Por favor, llámame Thalia. No me gusta que la gente joven me tutee, pero tú no hace falta que uses el título. —Había decidido que eran iguales, en estatura y también en edad—. ¿Sabes? Tengo dos de tus libros de cocina. Me gusta especialmente la receta de la salsa holandesa. Es tan fácil que hasta yo puedo hacerla.

—Gracias, Thalia —dijo Marya sonriendo, y le acercó otro plato de cruasanes.

—Siento tener que irme, mamá —se disculpó Francesca.

Sin embargo, la verdad era que no se fiaba de ella. No podía saber qué le diría a Marya ni cómo se comportaría, y no quería ofender a su nueva inquilina, que parecía estar en su salsa en compañía de su madre.

—No seas tonta, querida. Luego te llamo.

Al parecer, había dejado de quejarse de los otros inquilinos y Francesca tenía que irse cuanto antes. El cliente con el que había quedado le había llegado a través de otro cliente satisfecho. Era la primera vez que se reunían y no quería llegar tarde.

Francesca miró a Marya una última vez al abandonar la cocina, corrió escaleras arriba, cogió el bolso y salió de casa a la carrera en dirección a la galería, sin poder sacarse a su madre de la cabeza. Sabía que tarde o temprano le cantaría las cuarenta sobre cada uno de sus compañeros de piso, excepto de Marya, que por lo visto le había caído en gracia.

En aquel preciso instante, las dos mujeres seguían congeniando en la cocina. Marya se lo estaba pasando en grande con Thalia, pero sin que la expresión de la cara la delatara. Siempre había sido capaz de contenerse cuando estaba con gente como la condesa y otros infinitamente peores que ella.

—No te puedes imaginar lo preocupada que estoy por ella, sobre todo desde que se le ocurrió esta locura de los inquilinos —se sinceró Thalia—. Tendría que haberse casado con Todd antes de comprar una casa a medias. Así le habría tenido que pasar una pensión como Dios manda y la casa sería suya gratis y sin habitantes indeseados. Es una locura vivir con toda esa gente.

Parecía muy afectada, mientras que Marya la escuchaba impertérrita.

—De momento, parece que funciona a las mil maravillas. Chris es un hombre respetable, muy educado, y su hijo es una ricura. La chica de la planta superior es joven y un poco alocada. Acaba de salir de la universidad y está emocionada con la ciudad y con la posibilidad de conocer hombres. Antes o después, acabará calmándose.

—Su amiguito parece recién salido de la cárcel —comentó Thalia, que estaba al borde de las lágrimas.

Marya necesitó una hora de reloj para tranquilizar a Thalia. Cuando por fin se marchó a su cita con la dermatóloga, ya se encontraba mucho mejor. Solo entonces pudo Marya sentarse a solas en la cocina, sonriendo para sus adentros mientras se decía que la condesa de San Giovane era incorregible. ¿Cómo era posible que Francesca hubiera salido tan normal y con los pies en el suelo con una madre así? Pero, por encima de todo, Thalia era una mujer vacía a la que solo le preocupaba encontrar otro hombre con el que poder casarse. Le había confesado sin inmutarse que sin un hombre a su lado ni siquiera se sentía mujer. Su identidad al completo dependía de quién tuviera a su lado. Y si no tenía a nadie, sentía que no valía para nada. No podía ser más distinta de Marya, que siempre había sabido quién era y qué quería de la vida, y que nunca había dependido de otra persona que definiera su identidad. Eran como el día y la noche. Y, según la opinión de Francesca, la obsesión más que evidente de su madre por encontrar otro marido era precisamente lo que llevaba años ahuyentándolos uno detrás de otro.

En la galería, Francesca había sacado prácticamente todas las obras que guardaba en el almacén. Le gustaba tener una buena selección de obras de sus artistas. El cliente con el que se había citado quería comprar algo grande; por lo visto, sentía una simpatía especial por los artistas emergentes, pero no sabía muy bien qué quería. Francesca intentaba aconsejarle la mejor opción para él, pero no acababa de convencerlo. Le dijo que se había divorciado y que hasta ahora su mujer era la que se ocupaba de las compras de arte. Esta vez quería escoger por sí mismo, pero no sabía por dónde empezar. Tenía cincuenta años, era dentista y venía de New Jersey; hacia el mediodía, Francesca ya estaba harta de él. Parecía incapaz de tomar una decisión. Al final dijo que se lo pensaría y que la llamaría a la semana siguiente si conseguía llegar a una conclusión. También comentó que le había gustado todo lo que le había enseñado, pero que no quería equivocarse. Los clientes como aquel siempre eran los más frustrantes.

Francesca le entregó un catálogo con imágenes e información sobre los artistas que más le habían interesado, y él se mostró todavía más confuso.

—Supongo que no querrás hablarlo mientras cenamos, ¿verdad? —preguntó, más interesado en ella que en su arte, pero Francesca no estaba interesada en él y encima ni siquiera le apetecía.

—Lo siento —respondió sonriendo—. Tengo por norma no salir con clientes.

Era la excusa perfecta.

—Aún no te he comprado nada. Técnicamente, no soy un cliente —replicó él.

Francesca habría preferido venderle algo, lo que fuera, antes que salir con él. Empezaba a sospechar que su interés por los cuadros no era más que una treta, en cuyo caso no solo habría perdido su propio tiempo, sino que se lo habría hecho perder a ella.

—Lo siento, no puedo —insistió sacudiendo la cabeza.

—¿Tienes novio? —preguntó él, y Francesca dudó un instante antes de llegar a la conclusión de que a veces una mentira es mejor que la verdad, sobre todo si gracias a ella podía salir de aquel atolladero.

—Sí, tengo novio —respondió con un mirada cándida.

—Lástima —se lamentó él, visiblemente decepcionado, antes de dirigirse hacia la salida.

Francesca se desplomó sobre la silla de su escritorio, agotada tras una mañana de pesadilla. Primero su madre y luego un cliente indeciso que había acabado invitándola a cenar. Demasiadas emociones para empezar el día.

Llamó a Marya para comprobar si había sobrevivido al interrogatorio de su madre y ella le aseguró que estaba bien.

—Me lo he pasado muy bien con tu madre. La verdad es que no os parecéis en nada.

De pronto, se echó a reír. Le gustaba el estilo de Thalia, a pesar de su egoísmo y de sus excentricidades.

—No podrías haberlo descrito mejor —convino Francesca sonriendo—. Toda mi vida he vivido atemorizada ante la posibilidad de acabar siendo como ella.

—Imposible —replicó Marya con decisión—. Que pases un buen día. Nos vemos esta noche.

Francesca colgó y se dispuso a concentrarse en el trabajo que esperaba sobre la mesa, con la agradable sensación de que había encontrado una nueva amiga en Marya.

7

La semana siguiente fue una locura. Visitó a tres artistas en sus estudios, reorganizó la zona donde almacenaba los cuadros y devolvió varias obras que no se habían vendido a sus autores para hacer espacio. También preparó una lista con las exposiciones grupales que le gustaría organizar para el año siguiente. Siempre era un reto decidir qué artistas podían exponer juntos sin que sus obras se eclipsaran entre ellas y no surgieran conflictos. Por si fuera poco, cuatro de sus artistas escogieron aquella semana para hacerle una visita. Siempre intentaba ser tan cordial con ellos como lo era con los clientes, pero iba muy justa de tiempo y aún tenía mil cosas pendientes de hacer. En medio de tanta actividad, vendió varias obras. Para su sorpresa, el dentista de la semana anterior llamó para comprarle tres cuadros. También tuvo clientes nuevos, que habían sabido de la galería a través de otros que ya lo eran. Dos asesores de arte le ofrecieron trabajos importantes y una decoradora de interiores pasó por la galería y le gustó lo que vio. Francesca estaba encantada. Llegaba a casa de madrugada y apenas veía a sus compañeros de piso. Marya le dejaba notas en la cocina con la comida que había en la nevera. El primer respiro en toda la semana lo tuvo el viernes por la noche. Su madre la había llamado varias veces para criticar a sus nuevos inquilinos, pero Francesca no había tenido tiempo de hablar con ella, lo cual era todo un alivio.

El viernes por la noche se tumbó en su cama, pensando que solo le quedaba una jornada de trabajo por delante y que el domingo podría quedarse en la cama leyendo todo el día. No tenía nada que hacer ni nadie a quien le apeteciera ver. Además, ese fin de semana tendría la casa para ella sola: Chris le había dicho que no estaría; Eileen había anunciado aquella misma mañana que se iba a esquiar con un chico nuevo, y Marya había decidido pasar el fin de semana en Vermont para comprobar que todo estuviera en orden. Así pues, el sábado por la noche cuando regresó del trabajo, Francesca estaba a sus anchas. Al principio aquella situación le pareció genial, pero el domingo por la mañana descubrió que se sentía un poco sola y baja de ánimos. El bullicio habitual que reinaba en la casa la protegía de los fantasmas del pasado, especialmente de Todd, que era el que seguía más vivo de todos.

Hacía más de un mes que no sabía nada de él, así que era evidente que se había adaptado a su nueva vida mucho mejor que ella. En los momentos más tranquilos del día, aún lo echaba de menos y empezaba a preguntarse si sería siempre así. Cuando pensaba en ello, tenía claro que no quería recuperar su vida de antes, pero aun así no podía evitar extrañarlo.

Cuando llegó la tarde, ya había empezado a apiadarse de sí misma y echaba mucho de menos a sus compañeros. No pudo evitar preguntarse si Chris tendría una cita, aunque sabía que no era asunto suyo. Nunca traía mujeres a su piso y era reservado en extremo.

Hacia las siete de la tarde aún seguía sola y era plenamente consciente de lo afortunada que era por tenerlos allí. La casa era demasiado grande, y si no tuviera con quien hablar, si no hubiese ni un solo signo de vida, se sentiría de lo más miserable en ella.

Se estaba preparando unos huevos revueltos para cenar, pensando en las increíbles recetas de Marya, cuando de pronto oyó un goteo continuo. No sabía de dónde venía, así que revisó toda la cocina hasta que encontró una gotera en el techo. Justo encima de la cocina había un baño y, cuando subió a comprobarlo, descubrió un pequeño torrente que atravesaba el techo desde la planta superior, donde Chris tenía su lavabo. No era la primera vez que aquel lavabo daba problemas. Corrió escaleras arriba y descubrió que estaba todo lleno de agua y que se filtraba a través de una pared, probablemente desde una tubería rota. Bajó como una exhalación en busca de una llave inglesa y de la caja de herramientas de Todd, pero no sabía qué hacer con ellas. Se puso tan nerviosa que cogió el teléfono y lo llamó.

—¿Qué hago? —chilló histérica, y él intentó explicárselo.

Dejó el teléfono a un lado e hizo lo que Todd le había indicado, pero no consiguió resultados. El agua seguía saliendo a borbotones y con más fuerza que antes.

—¡Cierra la llave de paso! —le gritó Todd desde el otro lado del teléfono, y le explicó dónde estaba.

Mientras intentaba llegar hasta ella, empapada de los pies a la cabeza, Chris apareció por la puerta y observó la escena con los ojos abiertos como platos. Francesca estaba chorreando, el agua les llegaba hasta los tobillos y de una de las tuberías de la pared brotaba un géiser de agua. Ella lo miró desesperada y él la apartó a un lado, le cogió la llave inglesa de las manos y cerró la llave de paso. En cuestión de segundos el chorro de agua que salía de la tubería desapareció.

—Lo siento. Y gracias —dijo Francesca sin dejar de mirarlo y apartándose el pelo de los ojos.

Chris le estaba sonriendo y parecía estar divirtiéndose.

—¿Llevas todo el fin de semana metida aquí? —bromeó, y ella negó con la cabeza.

—Acabo de descubrir la fuga. El agua había empezado a caer a través del techo de la cocina. —De pronto, abrió mucho los ojos y gritó—: Dios, he dejado los huevos en el fuego. —Bajó las escaleras a toda prisa, pero sus huevos ya se habían convertido en cenizas. Marya, que había llegado a casa mientras ella estaba arriba, en ese momento frotaba el fondo de la sartén en silencio—. Lo siento —se disculpó.

Entonces recordó que había dejado a Todd esperando al otro lado del teléfono, sobre el lavamanos del baño de Chris. Todd ya había colgado, pero cuando lo volvió a llamar contestó enseguida.

—¿Quieres que me acerque? —preguntó.

—No, estoy bien. Uno de los inquilinos ha conseguido cerrar el agua. Mañana a primera hora llamaré al fontanero.

—¿Dónde era?

—Donde siempre, la que nunca conseguías arreglar. En el lavabo de la biblioteca.

Ahora era el de Chris.

—Cuando menos te lo esperes, tendrás que cambiar las tuberías de toda la casa. Harías bien en venderla antes de que sea demasiado tarde.

A Francesca le molestaron las palabras de Todd. Puede que a él ya no le gustara la casa, pero a ella sí. Le dio las gracias por la ayuda y colgó. Chris le echó una mano con el agua del suelo. Estaba tranquilo y transmitía serenidad a pesar del desastre, no como Todd, que siempre se quejaba con amargura cada vez que se estropeaba algo, sobre todo durante el último año. Estaba harto de tantas reparaciones. Chris, en cambio, tenía una forma de ser mucho más sosegada.

—Es lo normal en las casas antiguas. Yo viví en una así hace mucho tiempo, cuando nació Ian. Me encantaba, a pesar de que era un engorro, pero también me divertía trabajando en ella. Casi todo lo hacía yo mismo.

Hasta entonces nunca había hablado de su vida anterior ni tampoco de la madre de Ian. Era increíblemente reservado y muy, muy discreto, hasta el extremo de parecer taciturno; no obstante, a Francesca le gustaba que fuera así.

—Aquí hicimos lo mismo —dijo ella—. Cuando la compramos era un desastre, pero a mí me encantaba. Al hombre con el que vivía entonces, no.

—Cuando era más joven, me ganaba la vida reformando casas antiguas. Me gustaba, pero el mercado inmobiliario subió tanto que al final apenas sacaba beneficios. A veces aún lo echo de menos.

—Bueno, pues puedes entretenerte con esta casa siempre que quieras —le dijo Francesca con los pies sumergidos en cinco dedos de agua, y Chris se echó a reír.

—Lo tendré presente —respondió, siempre muy amable.

Francesca pensó en preguntarle cómo le había ido el fin de semana, pero no se atrevió. No quería que pensara que se estaba metiendo en sus cosas. Lo que hiciera con su vida no era asunto suyo. Era su inquilino, no su amigo, jamás debía olvidarlo. Subió a su habitación y unos minutos más tarde oyó que llegaba Eileen. Asomó la cabeza por su puerta y le dijo que se lo había pasado en grande con un tipo genial. Le contó que, desde que se habían conocido, Doug había pasado a mejor vida. Francesca pensó que quizá era un poco pronto para pasar el fin de semana con él, pero ¿quién era ella para juzgar sus decisiones? Eileen era mucho más joven que ella, doce años para ser exactos, y pertenecía a otra generación. Básicamente era una buena chica, aunque más liberal que Francesca cuando tenía su edad. Ella había empezado a salir con chicos bastante tarde. Todd había sido su primer amor de verdad, con treinta años, aunque no su primera relación seria.

Se alegró al saber que Doug era cosa del pasado y que no volvería más. ¿Cómo sería el nuevo? No tardaría en enterarse. Aquella misma noche, no oyó nada cuando Eileen le abrió la puerta de madrugada, pero se lo encontró en la cocina a la mañana siguiente. Parecía un poco pijo y bastante aburrido, además de avergonzado de estar allí. Francesca le dio el visto bueno y luego se rió de sí misma por comportarse como si fuese su madre, siempre juzgando a todos los chicos que la rodeaban.

Aquella semana también fue una locura. Acudió a dos eventos en sendas galerías y a la inauguración de una exposición muy importante en el MOMA. Allí conoció a un fotógrafo. Se llamaba Clay Washington, y para su sorpresa, cuando la invitó a cenar, ella aceptó. Tenía que esforzarse más y sí, Avery tenía razón: no podía quedarse encerrada en su casa de Charles Street para siempre. La llevó a un restaurante chino de Mott Street y los dos pasaron una velada muy agradable. Era un hombre muy interesante, inteligente y atractivo. Conocía Asia gracias a sus viajes y había vivido muchos años en la India y en Pakistán. No se parecía en nada a Todd, pero Francesca intentó que eso no la desanimara. Tenía muchas cosas en común con ella, lo cual a ojos de Todd lo habría convertido automáticamente en un bohemio. A ella le gustaba la novedad, que fuese diferente. La acompañó a casa en taxi después de cenar y ella no sintió la necesidad de invitarlo a entrar. Le prometió que la llamaría. No había sido un flechazo, pero se lo había pasado muy bien en su compañía, y de momento Francesca se conformaba con eso.

La llamó tres días después, tal y como había prometido, y la invitó a comer. Pasó por la galería, visitó la exposición y se mostró sorprendido al saber que su padre era Henry Thayer. Todo en él parecía perfecto; aun así, Francesca no sentía atracción alguna, aunque quizá era solo cuestión de tiempo. Comieron en un restaurante llamado Bread y, al salir, Clay la besó en los labios. Francesca se dejó, pero no sintió nada. Era como si estuviera muerta por dentro, o atontada. Quizá Todd se había llevado su corazón como rehén.

Aquella misma noche intentó explicárselo a Marya.

—Ha sido muy raro. Me he sentido como si estuviera engañando a Todd.

—Se necesita tiempo para desengancharse de alguien. Antes de conocer a mi marido, y te estoy hablando de hace mucho tiempo, estaba comprometida con otro hombre. El pobre se mató navegando. Durante los dos años siguientes, fui incapaz de mirar a nadie más. Incluso llegué a plantearme la posibilidad de ingresar en un convento —dijo con una sonrisa en los labios—. Por aquel entonces, aún era muy joven. Poco después conocí a John, me enamoré perdidamente de él y sentí que volvía a estar viva, incluso más que antes. Nos casamos un año después. Ten paciencia, deja que pase el tiempo. Que alguien sea buena persona no significa que sea el indicado para ti. Cuando conozcas al definitivo, lo sabrás, te lo aseguro. Quizá el fotógrafo y tú podéis ser amigos.

A Francesca le pareció buena idea. Se alegraba de poder contar con la sabiduría y la perspectiva sobre el tema de Marya. Además, estaba segura de que tenía razón.

Cuando Clay volvió a llamarla, le dijo que estaba ocupada. Quería ir a una subasta de arte en Christie's y había pensado en preguntarle si quería acompañarla, pero de pronto se dio cuenta de que no le apetecía, así que fue sola. Era mejor que ir con la persona equivocada, y más fácil. Se lo pasó bien hablando con algunos de los presentes después de la subasta, que había sido muy intensa, y estaba a punto de irse cuando vio una silueta conocida en la distancia. Reconoció al instante la forma de andar y de moverse, y sintió que el corazón le daba un vuelco al verlo inclinarse hacia otra persona para hablar. Era Todd charlando con una joven muy guapa. Ella estaba cogida de su brazo y él sonreía mientras hablaba con la misma expresión en la cara de los primeros días de su relación. Francesca pensó en tirarse al suelo y esconderse o salir de allí arrastrándose antes de que él la viera. Se sentía como si estuviera espiando sus movimientos y no era cierto, pero no podía apartar los ojos de ellos, mientras el corazón se le desplomaba despacio hasta los pies. Ella era incapaz de sentir nada por ningún hombre y él, en cambio, ya había encontrado a otra y parecía absolutamente embelesado. Salió de la galería a toda prisa con los ojos anegados de lágrimas, se metió en un taxi y le dio la dirección de Charles Street. Lloró durante todo el trayecto e intentó entrar sin que nadie se diera cuenta. Quería estar sola, meterse en la cama y dejarse morir.

Fue como una llamada de atención. Estaba llorando por un hombre con el que había sido profundamente infeliz durante todo un año, un hombre al que amaba pero que no estaba hecho para ella. No podían estar juntos, por mucho que se quisieran. Al final se habían separado y él había seguido con su vida, mientras que ella se aferraba a algo, a los recuerdos, a la presencia de Todd, a la relación que habían intentado construir y que se había derrumbado. La reacción de Todd había sido mucho más sana. Estaba viviendo la vida; ella no. De pronto, se sentía como si alguien le hubiera tirado un cubo de agua helada por encima. Se preguntó si Todd estaría enamorado de aquella chica, aunque en realidad tampoco importaba. Ya no le pertenecía y nunca volvería a pertenecerle, ni tampoco lo quería. No le apetecía revivir la agonía que los dos habían compartido al final de la relación. El mensaje de aquella noche estaba muy claro: tenía que pasar página. Su relación con Todd se había terminado.

Seguía sin querer nada con Clay Washington, el fotógrafo que había conocido en el MOMA, pero sabía que en algún lugar había un hombre para ella y que tenía todo el derecho del mundo a encontrarlo. Su relación con Todd había tenido momentos memorables, pero ahora sabía que él no había sido ese hombre. Tendría que buscar su sueño en otra parte. Quizá él ya lo había encontrado, pero, fuera como fuese, Francesca tenía que empezar a vivir otra vez, y no solo en el espacio que iba de la galería al 44 de Charles Street. Necesitaba construirse una vida nueva y un mundo mucho más amplio, y ver a su ex con otra mujer le iba a servir de estímulo. Había sido horrible. Pasó buena parte de aquella noche pensando en ello, atormentada por la expresión de su cara mientras se volvía hacia la mujer que lo acompañaba. A la mañana siguiente, cuando bajó a la cocina y se sentó a la mesa con la mirada perdida en el infinito, aún no había conseguido quitársela de la cabeza. Ni siquiera oyó entrar a Chris.

—Menuda noche, ¿eh? —dijo él bromeando mientras encendía la cafetera.

Eran los primeros en levantarse.

—¿Mmm...? ¿Qué...? Perdona...

Estaba hecha polvo. Había dormido fatal y se le notaba en la cara.

—Tienes cara de resaca —dijo Chris, y le sirvió una taza de café.

Habían empezado a desarrollar la camaradería propia de los compañeros de piso.

—Más bien he recibido la visita de un fantasma del pasado. Ayer por la noche vi a mi ex con otra mujer. Supongo que me afectó más de lo que esperaba. Fue algo así como un baño de realidad.

—¿Quién pone las normas? ¿Quién establece cuánto duran las cosas? —preguntó Chris mientras se sentaba al otro lado de la mesa—. ¿Quién decide cuánto te ha de afectar algo? Si sirvió para abrirte los ojos, bienvenido sea. Tienes derecho a tener sentimientos. Nunca es agradable presenciar algo así.

Francesca supuso que Chris había pasado por lo mismo que ella, o al menos eso era lo que se desprendía de sus palabras, pero prefirió no preguntar y simplemente le dio las gracias. Justo en aquel momento, Marya entró en la cocina derrochando luz y simpatía como siempre. Era como si no conociera el mal humor, todo lo contrario que Francesca, que arrastró el portátil por encima de la mesa con el mismo ceño fruncido de antes. Chris nunca lo tocaba, Marya no tenía ni idea de cómo usarlo y la que sí lo utilizaba a todas horas era Eileen, que aún no había podido comprarse uno.

Francesca lo encendió y en la pantalla apareció una escena increíble: dos mujeres practicando sexo con tres hombres, dibujando unas posturas tan complicadas que los tres observaron la escena sin dar crédito a lo que estaban viendo. De pronto, Francesca supo qué había pasado: Eileen había estado viendo porno, seguramente con su nuevo novio. Jamás habría imaginado que alguien fuera capaz de adoptar todas aquellas posturas. Cuando finalmente volvió a la realidad, saltó sobre el portátil y lo apagó. Chris no podía parar de reírse y Marya tenía problemas para contenerse. Eran adultos y no deberían horrorizarse por algo así, pero no por ello resultaba menos curioso presenciarlo. Chris no parecía de los que ven porno, pero se lo estaba pasando en grande, quizá por la incongruencia del momento, allí sobre la mesa de la cocina y a la hora del desayuno.

—Supongo que Heidi no es tan inocente como parece —comentó.

El incidente le pareció inofensivo y ni siquiera le molestó, aunque su opinión habría sido muy distinta si Ian hubiera estado presente. En ese caso se habría enfadado, y mucho.

—Le pediré que no vea este tipo de cosas en el ordenador de casa —dijo Francesca con un hilo de voz y pensando también en Ian.

Al pequeño le gustaba jugar con el ordenador y, además, se le daba bien. Francesca no quería que se encontrara con otra escena como aquella por accidente y tampoco tener que encontrársela ella. Le caía bien Eileen, pero a menudo se sentía como si fuera su madre. Algunos de los hombres con los que salía tenían un aspecto cuando menos preocupante, pero ella siempre salía airosa, quedaba con ellos unas cuantas veces y enseguida pasaba al siguiente. El de ahora parecía buen chico y, de momento, estaba durando más que los demás, la mayoría de los cuales no tenían pinta de ser gente muy recomendable. Eileen parecía incapaz de notar la diferencia. Era una chica de pueblo en la gran ciudad, y siempre se mostraba emocionada por todo.

Chris, que aún no había dejado de reírse, subió a su habitación a trabajar y Francesca aprovechó un momento aquella misma tarde para decirle a Eileen, con toda la discreción de la que fue capaz, que no volviera a ver cosas semejantes en el ordenador de casa para que Ian no se las encontrara un fin de semana por accidente.

—¡Oh, jamás se me ocurriría hacer algo así! —exclamó Eileen, horrorizada—. Solo lo vimos porque nos pareció que era divertido. Anoche me pasé con la bebida. Lo siento de veras, Francesca.

Parecía tan arrepentida y tenía una cara tan inocente que Francesca se sintió mal por ella. De pronto se alegraba de no tener hijos. Detestaba la idea de tener que decirle a alguien qué hacer o reprenderle por su comportamiento. Las costumbres de Eileen no eran asunto suyo, pero tampoco quería porno en el ordenador de la cocina. Tras disculparse, Eileen le dio un abrazo y Francesca la siguió con la mirada mientras desaparecía escaleras arriba. Empezaba a sentirse como si fuera su hermana mayor y no estaba muy segura de querer serlo, pero era difícil resistirse a la dulzura de Eileen.

Al día siguiente por la noche, durante la cena, Chris siguió riéndose del incidente. Marya había preparado un asado espectacular, acompañado de verduras y pudin Yorkshire. Eileen había salido con su nuevo amigo.

—Quizá deberíamos regalarles una colección de porno en DVD —bromeó.

Se notaba que estaba de buen humor y que tenía ganas de hablar. Marya había compartido uno de sus mejores vinos con ellos y la cena había resultado un auténtico festín.

La chef había preparado *omelette à la norvégienne* de postre y acababa de flambearlo cuando, de pronto, sonó el teléfono de Chris. Lo sacó del bolsillo y respondió mientras admiraba la espectacularidad del postre que tenía delante. Vivir con Marya suponía disfrutar a diario de una cocina digna de un restaurante de lujo. A ella le encantaba cocinar para ellos y aprovechaba para alternar las recetas de siempre con las nuevas.

Francesca y Marya estaban hablando cuando Chris se levantó de la mesa de forma repentina con una expresión seria en la cara. Salió al pasillo con el teléfono aún en la oreja y Francesca lo escuchó hacer preguntas con voz tensa. Al cabo de unos segundos, entró en la cocina como una exhalación y cogió la chaqueta con la cara desencajada.

—¿Estás bien? —le preguntó Francesca, preocupada.

No eran amigos, pero vivir bajo el mismo techo había entrelazado irremediablemente sus vidas.

—No, no estoy bien —respondió él mientras se ponía la chaqueta y se dirigía hacia las escaleras.

—¿Es por Ian? —insistió Francesca, que había salido corriendo detrás de él.

—No... Sí. No tengo tiempo de explicarlo. Era la policía. Tengo que ir a buscarlo.

—Dios mío...

No le hizo perder más tiempo con preguntas. Solo esperaba que al pequeño no le hubiera sucedido nada. Volvió a la mesa y se sentó frente a Marya, aunque a ninguna de las dos les apetecía ya el postre. Únicamente podían pensar en el pequeño Ian al que tanto habían llegado a querer.

Marya recogió la mesa en silencio con la ayuda de Francesca. No sabían qué decir ni tampoco qué hacer. Chris había salido de la cocina pálido como el papel. Era evidente que estaba preocupado por su hijo, y ellas solo podían rezar para que el niño estuviera bien. No tenían ni idea de qué le había pasado ni tampoco forma de saberlo. Francesca hacía tiempo que se había percatado de algunas cosas de la vida del niño que preocupaban a su padre, seguramente relacionadas con la enfermedad de su ex mujer, de la que Ian hablaba muy de vez en cuando, o incluso algo peor.

Con la cocina ya recogida, se retiraron a sus dormitorios sin sacarse a Chris y a su hijo de la cabeza. Lo único que podían hacer era esperar. A medianoche Chris aún no había regresado y tampoco las había llamado a ninguna de las dos. Francesca era consciente de que no les debía ninguna clase de explicación. Le pagaba por ocupar una habitación de su casa, eso era todo, y lo único que le debía era eso, el alquiler. Los detalles de su vida privada no eran asunto suyo, pero sí explicaban mucho sobre su personalidad, sobre por qué era tan callado e introvertido, por qué nunca mencionaba su pasado y apenas hablaba. Hacía tiempo que sospechaba que Chris tenía muchas cosas en la cabeza de las que preocuparse.

Se quedó dormida hacia las dos de la madrugada con la puerta abierta para poder oírlo cuando llegara, por si acaso necesitaba apoyo moral o ayuda de cualquier tipo, pero no escuchó nada. A la mañana siguiente, la puerta de Chris seguía cerrada, y a las diez y media, mientras Francesca se arreglaba para ir a la galería, tampoco había aparecido por la cocina. No tenía ni idea de qué le podía haber pasado a Ian, cómo se había solucionado la crisis o ni siquiera si se había arreglado. Al pasar por delante de la puerta de Chris, pensó en el pequeño y siguió bajando las escaleras a toda prisa. Qué habría provocado la reacción de su padre era un absoluto misterio. Todos tenían problemas y traumas personales que nada tenían que ver con los de los demás y que solo les pertenecían a ellos.

8

Cuando Francesca volvió a casa por la noche, se encontró a Ian sentado a la mesa de la cocina con Marya, cenando un plato de sopa. A quien no vio fue a su padre. De pronto, cayó en la cuenta de que era jueves y que ese día Chris no solía ver a su hijo. Además, solo lo traía a casa los fines de semana, así que era evidente que algo había pasado.

Dejó el bolso encima de la mesa, se sentó al lado del pequeño y le sonrió. No sabía muy bien qué decir, pero le apetecía darle un abrazo, aunque no quería agobiarlo. Marya le había leído un cuento.

—Me alegro de verte, Ian —le dijo con una sonrisa, y le pasó la mano con suavidad por la cabeza.

El pequeño levantó su mirada de ojos tristes, como si llevara el peso del mundo sobre los hombros, y Francesca sintió que se le rompía el corazón.

—Mi madre se puso muy malita ayer por la noche —dijo—. Se quedó dormida y no se despertaba. Yo lo intenté pero no pude. Había mucha sangre. Pensaba que estaba muerta. Llamé a urgencias.

Francesca escuchó con atención mientras asentía, esforzándose con todas sus fuerzas para que el horror que sentía no se reflejara en su cara.

—Debiste de pegarte un buen susto.

Ian asintió y Francesca prefirió no preguntarle si su madre estaba bien o había muerto de madrugada. Eso explicaría la expresión de sorpresa y de pena que emanaba del rostro del pequeño. Tenía cara de huérfano desvalido, tanto que Francesca apenas podía reprimir el impulso de abrazarlo, pero irradiaba tanta fragilidad que no se atrevió.

—Está en el hospital, muy enferma. De momento, me quedaré aquí con papá.

—Me alegro de que te quedes con nosotros —le dijo Francesca.

—Y yo también —añadió Marya—. Así podrás ayudarme a preparar un montón de galletas. Si quieres, puedes llevarte unas cuantas al colegio.

Ian asintió de nuevo justo en el momento en que su padre aparecía por la puerta. Tenía unas ojeras enormes y, por la expresión de su cara, lo sucedido le había afectado tanto como a su hijo. Se sentó a la mesa, miró a Ian y le sonrió como si hubieran luchado juntos en la guerra. Y por lo que acababa de oír, Francesca sospechaba que así había sido.

—¿Cómo vas, campeón?

—Bien —respondió el pequeño, que apenas había probado la sopa.

—Creo que a los dos nos vendría bien acostarnos pronto y descansar. ¿Qué te parece?

Chris estaba completamente agotado.

—Vale —respondió Ian.

Ya no era el niño alegre y saltarín de los fines de semana, algo perfectamente comprensible teniendo en cuenta que había visto a su madre al borde de la muerte, rodeada de un charco de sangre.

Chris cogió a su hijo en brazos y Marya le acarició con suavidad el brazo. Se había portado de maravilla con el pequeño durante toda la tarde, así que Chris le agradeció el gesto y la ayuda con la mirada y se dirigió hacia su dormitorio. Francesca se quedó un rato con Marya en la cocina, hablando. Ninguna de las dos sabía qué había pasado exactamente, pero la cosa parecía grave y el horror que había presenciado se reflejaba en el rostro del niño.

Cuando el pequeño se durmió, Chris subió a hablar con Francesca, que veía la televisión en su dormitorio.

—Siento la tragedia griega —se disculpó, visiblemente afectado, mientras ella le ofrecía una silla para sentarse. Llevaba unos vaqueros y una camiseta, igual que él—. No es nuevo, al menos no para nosotros, pero aun así siempre es impactante. La madre de Ian es adicta a la heroína y ayer por la noche tuvo una sobredosis. Me juró que lo había dejado, pero siempre es mentira. No sé qué ha pasado exactamente, pero supongo que se estará viendo con alguno de los indeseables habituales. Se colocó y luego intentó cortarse las venas. Por poco se desangra delante de Ian. El niño llamó a urgencias; cuando llegaron, le estaba haciendo un torniquete con sus propias manos. Le ha salvado la vida. El pobre estaba cubierto de sangre, y ella también. La madre volverá a rehabilitación en cuanto salga del hospital. Siento contarte todo esto, Francesca. Es un tema bastante jodido y para él es muy duro. Yo conseguí salir de allí, pero ella es su madre y tenemos la custodia compartida.

»La única condición es que esté limpia, así que en cuanto esté mejor Ian tendrá que volver con ella. Es una situación odiosa, pero así son las cosas. Cuando está limpia, sabe ser muy convincente y a los jueces no les gusta apartar a los hijos de sus madres, así que siempre le dan otra oportunidad, al menos así ha sido hasta ahora. Le hacen una analítica semanal, y hasta que la caga, como ahora, compartimos la custodia. Además, Ian siempre la apoya. Es su madre y la quiere con locura, pero cada vez que pasa algo así es como si lo partiera por la mitad, y a mí por tener que ver a mi hijo en ese estado. Antes, cada vez que pasaba algo, quería matarla, pero ahora me conformo con que Ian pueda superarlo sin que acabe destrozándole la vida. A mí me gustaría tener la custodia completa, pero ella sabe cómo hablar delante de un juez y parecer la madre Teresa de Calcuta cuando le interesa.

Francesca era consciente del dolor que le provocaba aquella situación y no quería imaginarse cómo había sido su vida en pareja. Chris era la última persona a la que creía capaz de relacionarse con un drogadicto. Tenía unas convicciones tan firmes y parecía tan sensato... Ahora sabía que no era así. Resultaba imposible saber cómo era la vida privada de la gente, pensó Francesca. La de Chris había sido una pesadilla y ahora le tocaba a Ian sufrirla en primera persona. Mientras hablaba, Chris parecía a punto de derrumbarse.

—Quería hablar contigo porque no sé cuánto tiempo se quedará Ian conmigo. Su madre tiene que ingresar en rehabilitación en cuanto salga del hospital, si quiere. De momento dice que sí, pero podría cambiar de opinión en cualquier momento. Ian no volverá con ella a menos que los análisis digan que está limpia. Podría tratarse de un mes, dos, tres..., o podría aparecer muerta cualquier día de estos. Cuando nos conocimos, te dije que Ian solo se quedaría aquí dos fines de semana al mes, pero no voy a poder cumplirlo, al menos no de momento, así que quería preguntarte si quieres que me vaya. El trato no era traerme a un niño conmigo a tiempo completo, así que nos buscaríamos un apartamento para los dos, si así lo prefieres. No creía que necesitara uno cuando me mudé aquí, pero la situación ha cambiado. Depende de ti, Francesca, y lo entenderé perfectamente si quieres que nos vayamos. Tú dime qué quieres que haga y yo me ocuparé de todo lo antes posible.

Francesca lo observó en silencio, horrorizada por la sensación de agotamiento extremo que transmitía.

—¿Lo dices en serio? ¿De verdad me crees capaz de pedirte que te vayas con todo lo que os está pasando a ti y a Ian? Puede quedarse el tiempo que sea necesario, y tú también, obviamente. No quiero que te marches, jamás se me ocurriría pedírtelo. Aquí todos queremos a Ian e intentaremos ayudar en lo que podamos. Debe de estar pasándolo muy mal, y tú también. Siento todo lo que os está sucediendo.

Lo decía de verdad.

—Yo también —dijo Chris, y no pudo evitar recordar a su hijo cubierto de sangre la noche pasada cuando lo fue a buscar—. Ningún niño debería vivir algo así. Si su madre tuviera corazón o le quedara alguna neurona, renunciaría a la custodia, pero se niega a hacerlo. Le da miedo lo que puedan pensar sus padres y que dejen de pasarle dinero, así que se aferra a él. No puede cuidarlo como debería, pero sus padres tampoco quieren que renuncie a él, y así nos va. Mañana tengo una vista para establecer la custodia temporal. Me la darán a mí, pero en cuanto su madre esté mínimamente recuperada y sea capaz de camelarse al juez, estaremos en las mismas. Se me revuelve el estómago solo de pensarlo. Ya es la tercera vez que le pasa, y en cuanto se recupera físicamente, se lo vuelven a dar sin pensar en él. Su padre es un hombre muy poderoso y eso acaba teniendo mucho peso en la decisión del juez.

—¿Y qué es lo que quiere Ian? —preguntó Francesca.

—Tiene miedo de que su madre se muera si él no está ahí para salvarla. Es la segunda vez que lo hace, pero puede que la próxima ya no funcione y se muera delante de su hijo con una aguja clavada en el brazo.

Mientras hablaba, las lágrimas le rodaban por las mejillas. Francesca se levantó de la cama y le dio un abrazo.

—¿Quieres que te acompañe mañana a la vista? No debe-rías pasar por algo así tú solo.

Chris respondió que no con la cabeza.

—Tranquila, no es la primera vez. Te lo agradezco, de ver-dad, pero prefiero ir solo. El que tiene el problema soy yo, no tú, pero gracias por ofrecerte y por ser una buena amiga. Al menos el juez no ha pedido que Ian esté presente. Será muy rápido. Solo es algo temporal, hasta que su madre salga de rehabilitación. No creo que su abogado tenga mucho que de-cir después de lo de anoche.

Francesca podía ver en sus ojos que todo aquello era como una agonía interminable, para él y para Ian. Por fin entendía por qué pasaba tanto tiempo solo: seguía traumatizado por todo lo que había vivido junto a su ex mujer. Ahora lo único que pedía era estar con su hijo y llevar una vida tranquila. Convivir con aquella mujer había sido un infierno, e Ian toda-vía seguía allí. Sin embargo, también era consciente de que, si intentaba apartarlo de ella de forma permanente, el crío se culparía a sí mismo el resto de su vida por no poder cuidar de su madre. La situación era una auténtica pesadilla. El peque-ño se había convertido en el cuidador, y la madre en el niño.

Hablaron un rato más, tiempo que Francesca aprovechó para insistir en que no tenía que mudarse. Él le dio de nuevo las gracias y volvió a su dormitorio para estar con Ian. Ape-nas habían dormido la noche anterior y el pequeño tuvo unas pesadillas terribles. Francesca podía oír sus gritos a través del suelo de su habitación y la voz profunda de su padre tratando de calmarlo. Lo sentía muchísimo por los dos.

Al día siguiente, Chris se levantó a primera hora, se puso un traje y una corbata y, montado en un taxi, se dirigió ha-cia los juzgados, donde se reuniría con su abogado. Frances-ca, que nunca lo había visto tan serio como aquel día, rezó para que todo saliera bien. No era la primera vez que Chris pasaba por aquello e Ian también sabía de qué iba. Les explicó todos los detalles a Francesca y a Marya, que se había quedado a cargo del pequeño, mientras desayunaban en la cocina e intentaban distraer al chico, pero sin demasiado éxito. Les contó que a partir de ahora viviría con su padre hasta que su madre saliera del hospital, y que luego tendría que volver con ella para cuidarla y que no acabara muerta. Lo dijo con la mirada más triste que Francesca había visto en toda su vida. Chris le había comentado la noche anterior que Ian iba a un terapeuta dos días a la semana para que le ayudara a superar el horror en el que vivía. Francesca opinaba que era criminal hacerle pasar por aquello, además de un chantaje repugnante para el crío.

Ian había hablado con su madre por teléfono aquella misma mañana, con el permiso de Chris. Los dos sabían que en cuanto entrara en rehabilitación, ya no podría llamarle hasta que estuviera limpia. Hasta que llegara ese día, podrían pasar meses sin que Ian pudiera charlar con su madre, lo cual suponía un castigo añadido para el pequeño. Pasó la mañana inmerso en una especie de duelo, sentado en el regazo de Marya primero y luego acurrucado junto a Francesca hasta que finalmente se quedó dormido. Cuando Chris llegó a casa, sobre las once, aún seguía dormido. El juez le había concedido la custodia temporal, tal y como esperaba. Les dio las gracias a las dos entre susurros, cogió a su hijo en brazos y lo llevó de vuelta a su habitación para que descansara e intentara recuperarse de todo lo que le había ocurrido. Francesca se marchó a la galería aún con mal cuerpo y pasó el día pensando en los dos. Quería hacer algo por ellos, pero solo podía estar a su lado. Cada vez eran más amigos y se preocupaban los unos por los otros. Todo había salido mejor de lo que esperaba cuando decidió buscar inquilinos para su casa. Sentía que los habitantes del 44 de Charles Street se habían convertido en una familia.

9

Cuando Ian se instaló en la casa a tiempo completo, el ambiente del 44 de Charles Street cambió totalmente, al igual que había ocurrido con la llegada de cada uno de los nuevos inquilinos. Se convirtieron en una familia, en un auténtico hogar, con un niño ocupando el centro. Marya seguía cocinando y cuidaba de Ian cuando su padre estaba muy ocupado y no podía ir a buscarlo a la salida del colegio. Francesca se lo llevaba a la galería y a hacer recados los fines de semana. Al pequeño le encantaba pasar horas y horas en la galería, conociendo a los artistas que solían pasar por allí o admirando las obras que decoraban las paredes. Eileen, por su parte, demostró sus habilidades como profesora y le enseñó a jugar a multitud de juegos, además de a hacer pájaros de origami. Bajo su atenta dirección, dedicaron un fin de semana entero a confeccionar marionetas de papel maché hasta dejar la cocina hecha un desastre, pero el resultado fue espectacular e Ian se lo pasó en grande. Eileen tenía tanta mano con los niños que el pequeño de la casa la seguía como al flautista de Hamelín. Subieron juntos a su habitación y Eileen le leyó sus cuentos favoritos durante horas. Chris no podía estar más agradecido, e Ian se mostraba encantado.

Luego pintaron huevos de Pascua entre todos y los colocaron en un cesto, sobre una base de celofán verde que hacía las veces de hierba. Eileen se ocupó de los materiales. De pronto, Ian se sentía como si tuviera una abuela y dos tías que hasta entonces no había conocido. El día de Pascua, Francesca invitó a su padre y a Avery a cenar. Marya preparó un jamón espectacular y decoró la mesa con huevos de chocolate; uno gigante sobresalía en el centro del mantel e Ian se lo comió él solito de postre. Durante aquellos días, visitó varias veces a su abuela materna y Chris no tuvo ningún problema en llevarlo, pero era en Charles Street donde el pequeño se sentía más querido y se lo pasaba mejor. Las mujeres de la casa se dedicaban a él en cuerpo y alma, cada una a su manera, e Ian las adoraba por ello.

Chris no podía dejar de sonreír cada vez que veía a su hijo florecer de nuevo. Sin embargo, lo que tanto temía acabó ocurriendo, y en mayo tuvo que volver al juzgado. Su ex mujer, que ya había salido de rehabilitación, decía estar totalmente recuperada y solicitaba de nuevo la custodia de su hijo. Aquel día, Chris salió de casa pálido como una sábana y volvió peor aún. Con la ayuda de su padre, su ex mujer se las había ingeniado para convencer al juez. Al día siguiente, Chris tuvo que llevarle al niño y retomar el régimen de visitas anterior a la sobredosis. Fue como si su peor pesadilla se hiciera realidad. Delante del juez, la madre de Ian se había mostrado arrepentida y casi angelical.

Ian se despidió de las tres con una expresión de tristeza infinita en la cara.

—Estarás aquí otra vez el fin de semana que viene —le recordó Marya—. Haremos galletas de almendra. Nos vemos pronto, Ian —le prometió, y se despidió de él con un beso.

Francesca lo abrazó con un nudo en la garganta del tamaño de un puño y Eileen le regaló su osito de peluche para que se lo llevara con él. Cuando volvieron a entrar en casa, después de que padre e hijo se alejaran a bordo de un taxi, las tres estaban llorando. Chris también lloró al regresar. Tenía cara de enfermo y Francesca sabía que lo estaba. Subió a su habitación, se metió en la cama y no salió de allí en dos días. Marya le subió bandejas con comida, pero él se negó a comer. Pasó todo el fin de semana deprimido y muy preocupado. ¿Y si le pasaba algo a Ian? ¿O su madre se volvía a colocar y ponía en riesgo la vida del niño? Chris apenas fue capaz de funcionar hasta que tuvo otra vez a Ian en casa el fin de semana siguiente. Todos lo habían echado muchísimo de menos, y cuando se volvió a marchar, el domingo por la noche, la casa parecía un cementerio.

Sin Ian, la casa recuperó su ritmo habitual. Marya regresó a Vermont para comprobar que todo estaba en orden y Eileen retomó las citas y empezó a salir casi todas las noches. Había reducido drásticamente la frecuencia durante el tiempo que Ian había estado en la casa porque le gustaba estar con él. En los últimos meses, había tenido citas con unos cuantos chicos y en junio empezó una relación con uno nuevo. Francesca, por su parte, estaba intentando acostumbrarse a la idea de querer salir con alguien. Todo había quedado en suspenso con la presencia de Ian, pero ahora que no estaba volvían a ser adultos solteros con unas vidas que manejar. Los fines de semana, sin embargo, todas se concentraban en el pequeño. Chris estaba emocionado. Su hijo y él habían encontrado una nueva familia en la casa de Charles Street, y él en particular, tres buenas amigas a las que acudir en las situaciones difíciles. De momento, su ex mujer se estaba portando bien con Ian y los análisis decían que estaba limpia. Por desgracia, si algo había aprendido con el tiempo era que aquello no podía durar.

Junio fue un mes de locos para todos. Marya estaba trabajando a tope en su nuevo libro y todas las noches les hacía probar alguna receta nueva. A Chris le encantaba meterse con ella. A medida que pasaba el tiempo, parecía más relajado, menos preocupado por Ian, aunque seguía mostrándose escéptico sobre la habilidad de su ex mujer para permanecer sobria durante un largo período.

—Me deprime volver a casa y no encontrarme una cena de cinco estrellas en la mesa. Creo que he engordado cinco kilos desde que me mudé aquí —se quejó a Marya con una sonrisa.

—Los necesitabas.

Marya también sonrió. Los fines de semana que Ian pasaba en casa los dedicaba a enseñarle a cocinar. De momento su madre se estaba comportando, pero Chris sabía que solo era cuestión de tiempo que volviera a caer. Por algo había convivido diez años con ella. Había descubierto su adicción a las drogas antes de que se quedara embarazada. Las dos primeras rehabilitaciones había estado a su lado. Luego se quedó embarazada, y ese fue el único período limpio de cualquier sustancia que le había conocido. Tres semanas después del nacimiento de Ian, recayó. Ahora Chris ya no creía que su mujer fuese capaz de mantenerse bien indefinidamente. Sabía que en cualquier momento volvería a las drogas. Solo esperaba que cuando ocurriera, porque acabaría ocurriendo, Ian no se viera involucrado en las miserias de su madre. Sabía que sucedería; lo único que no sabía era cuándo.

Eileen se presentó un día en casa con su nuevo novio y Francesca descubrió decepcionada que era de los que llevaban tatuajes y perforaciones varias. Por lo visto, Eileen iba de los chicos con aspecto de pijos que trabajaban en publicidad o en bancos, los maestros de escuela u otros trabajos tradicionales, a los malotes que vivían de la trastienda del arte o de algún campo similar. Esta vez había ido un poco más allá y estaba saliendo con un mecánico de motos. Francesca no lo soportaba y creía que su falta de educación era intolerable. Era guapo, no podía negarlo, y muy atractivo, pero ocultaba algo bajo su fachada que incomodaba a todos los habitantes de la casa por igual, y siempre intentaba controlar todo lo que hacía su novia. Cada vez que Eileen hablaba de ello, Francesca perdía los nervios. Era como si se sintiera halagada por el control al que la sometía y lo confundiera con amor. Para Francesca, se parecía más al acoso. Tampoco se cortaba a la hora de ponerla en evidencia delante de todos y ningunearla. Una mañana, después de que Marya preparara el desayuno para todos, Brad, el nuevo novio, le hizo un comentario muy feo a Eileen y luego hizo otro de igual jaez pero, en esta ocasión, sobre ella. Francesca se enfureció, pero no dijo nada. Brad insistió y esta vez ya no pudo contenerse. Eileen no sabía dónde meterse y no se atrevía a levantar la vista del plato. No le gustaba que se enfadara por su culpa.

—¿Por qué dices esas cosas sobre tu novia? —lo retó Francesca.

Solo se habían visto unas cuantas veces, pero no había nada de él que le gustara.

—¿Y a ti qué te importa?

Brad la fulminó con la mirada desde el otro lado de la mesa, tratando de intimidarla. No lo consiguió, pero sí alimentó su ira.

—Es ruin. Eileen es una mujer maravillosa y se porta muy bien contigo. Todos somos amigos suyos. ¿Qué sentido tiene que digas esas cosas de ella?

La había llamado tonta varias veces, algo que Eileen no era ni por asomo, aunque quizá con él sí. Y no lo había dicho en tono cariñoso.

Tuvieron otro encontronazo minutos más tarde cuando Brad, aún molesto por lo que ella le había dicho, intentó arrebatarle la cafetera de las manos. Se sentía humillado. El café caliente salpicó sobre la mano de Francesca, como él esperaba. Al sentir la quemadura, ella gritó y soltó el asa.

—Vaya, ¿te has quemado? —preguntó él con una sonrisa—. Lo siento, preciosa —se disculpó en tono burlón mientras se servía una taza y regresaba a la mesa.

Antes de llegar, se encontró con Chris, que lo observaba con una mirada asesina.

—No vuelvas a hacer algo así. Ni se te ocurra —le dijo—. Aquí todos somos familia y nos apoyamos los unos a los otros. Tienes suerte de estar aquí, así que será mejor que te portes bien con todo el mundo mientras estés bajo este techo, y eso incluye a Eileen. ¿Lo has entendido, tío?

Francesca se quedó petrificada al ver las miradas que intercambiaron los dos. Chris a duras penas disimulaba la ira. Brad lo fulminó con la mirada, tiró la servilleta al suelo y salió de la cocina como una exhalación. Eileen se disculpó rápidamente y salió corriendo detrás de él; a continuación, escucharon los gritos de él junto a la puerta de entrada, seguidos del sonido de su moto al arrancar.

—No me gusta ese tío —dijo Chris apretando la mandíbula—. Es peligroso. No sé qué hace Eileen con un tipo como ese.

Nadie lo sabía, pero Brad era guapo y ella, joven como él. El clásico síndrome del chico malo. Quizá salía con él simplemente porque podía y se creía capaz de controlarlo. Francesca se estaba planteando la posibilidad de pedirle que no lo volviera a traer a casa, pero también era la casa de Eileen. Puede que la reacción de Chris lo mantuviera a raya una temporada o que se planteara no volver. Lo que había dicho de la casa era conmovedor. A ella también le encantaba aquella sensación de familia que compartían los cinco.

Por su parte, Francesca empezó a salir con alguien aquel

mismo mes. De momento, solo se habían visto tres veces y, aunque no estaba enamorada de él, era un hombre muy agradable y se lo pasaban bien los dos juntos.

También era artista, aunque no uno de sus representados. Disfrutaba mucho con él, pero por ahora la relación no era nada serio. Tenía una mentalidad muy de izquierdas y creía que su padre era un vendido por haber aprovechado el éxito para subir el precio de sus obras. Defendía que los artistas tenían que crear para la gente, algo que a Francesca le parecía demasiado irreal. Aun así, era inteligente y divertido, y un poco irresponsable. De alguna manera, le recordaba a su padre cuando era joven. Compartían físico y encanto, incluso una cierta sensación difusa que su padre irradiaba cuando tenía su edad. Todo en él le resultaba muy familiar. Reconocía al tipo de hombre, pero no tenía la paciencia de Avery para adaptarse ni tampoco se planteaba la posibilidad de hacerle cambiar. Se conformaba con cenar con él de vez en cuando. Más habría sido demasiado, puesto que también era el primer hombre con el que salía después de Todd. Le servía de práctica, pero sabía que nunca iría en serio. Se reía mucho con él, lo cual era importante, y volvía a sentirse mujer, que tampoco estaba mal. Sin embargo, entre los dos no había química alguna. Tenía la inmadurez y la falta de realismo de un niño, y a Francesca le apetecía salir con un hombre, al menos esa era su pretensión cuando decidiera dar de nuevo el paso. Muchos de los artistas que conocía y representaba eran como él, niños encerrados en un cuerpo de adultos, y no le apetecía convertirse en su madre.

Al día siguiente del encontronazo de Chris con el novio de Eileen, Marya les pidió que probaran una de sus recetas nuevas. A todos les encantó la idea y le prometieron que estarían en casa para cenar. Justo antes de sentarse a la mesa, Eileen llamó a Francesca al móvil y le dijo que tenía un resfriado espantoso y que le había subido la fiebre. No había salido de su habitación en todo el día y Marya estaba preocupada por ella.

—Pobrecilla. Le subiré un plato de sopa —dijo Marya.

Preparó una bandeja y Francesca la subió hasta el piso de Eileen. Cuando llamó a la puerta, fue una sorpresa encontrársela cerrada con pestillo y que la joven se negara a abrir.

—Marya te ha preparado algo para comer —le explicó Francesca a través de la puerta, a lo que Eileen respondió que se encontraba demasiado mal para comer—. No puedo llevármela otra vez a la cocina, la pobre Marya se lo tomará fatal —insistió desde la escalera.

—Déjala junto a la puerta —respondió Eileen a lo lejos—. No quiero pegártelo.

—Tranquila, no me pasará nada. Estoy fuerte como un roble. —Pero Eileen siguió sin abrir la puerta—. Eh... ¿estás bien? —insistió Francesca—. Me estás preocupando. Déjame entrar. También te he traído un paracetamol para la fiebre.

—Deja la bandeja al lado de la puerta. La cogeré en cuanto pueda.

Francesca se dio cuenta entonces de que estaba llorando y se puso muy nerviosa.

—Abre la puerta, Eileen —insistió, esta vez más seria.

Se sentía como una intrusa, pero por otro lado tenía la sensación de que algo no iba bien. De hecho, escuchando la voz de Eileen ni siquiera parecía que estuviera resfriada.

Se hizo el silencio a ambos lados de la puerta, pero Francesca tenía claro que no pensaba retirarse. De pronto, oyó moverse el pasador, pero la puerta permaneció cerrada. Dejó la bandeja en el suelo y giró el pomo lentamente. Eileen estaba al otro lado de la puerta, llorando en silencio y en camisón, con la cara magullada y el peor ojo morado que

Francesca hubiera visto en toda su vida. También tenía golpes por todo el cuerpo, por los brazos y sobre el pecho. Alguien le había dado una paliza y sospechaba quién había sido.

—¿Te lo ha hecho Brad?

Eileen no dijo nada, asintió despacio y rompió a llorar.

—No se lo digas a nadie..., por favor, prométemelo... Dice que le he humillado delante de todos vosotros..., que no me he puesto de su lado.

—Ahora mismo llamo a la policía —dijo Francesca, que no daba crédito a lo que estaba viendo.

Tenía muchas ganas de llorar. Abrazó a Eileen y dejó que sollozara sobre su hombro.

—Me ha amenazado con matarme si llamo a la policía y creo que lo dice en serio. Prométeme que no harás nada, Francesca. No volveré a quedar con él. Te lo prometo.

—No quiero que vuelva a pisar esta casa.

Prefirió no decirlo en voz alta, pero si volvía a verlo allí, tendría que pedirle a Eileen que se marchara. Estaba claro que Brad era un peligro para todos, no solo para ella. Había quemado a Francesca a propósito con el café y Dios sabe qué le podría haber hecho a Chris si hubiera tenido oportunidad. Tenía que llamar a la policía, si bien tampoco quería poner a Eileen en una situación aún más comprometida.

—¿Quieres que te lleve a urgencias?

—No —respondió ella sin parar de llorar—. Podrían avisar a la policía. Estoy bien, no es la primera vez que me pasa. Cuando era pequeña, mi padre nos pegaba a mi madre y a mí continuamente. Es alcohólico. Por eso me fui de casa.

—No sabes cuánto lo siento —repuso Francesca; deseaba poder hacer algo con Brad, como meterlo en la cárcel para siempre—. Eileen, no puedes seguir relacionándote con hombres como ese. No sabes nada de ellos. Seguro que te parece emocionante conocerlos por internet, pero algunos son gente peligrosa. Y tampoco puedes traer a cualquiera a casa.

—No volveré a hacerlo, te lo juro —le aseguró entre sollozos, sin apartarse de ella—. Por favor, no me eches. Me gusta vivir aquí. Es el único hogar de verdad que he conocido en toda mi vida.

Al escuchar aquello, Francesca sintió que se le partía el corazón.

—Está bien, pero prométeme que a partir de ahora irás con más cuidado.

—Te lo prometo... De verdad... —De pronto, miró a Francesca a los ojos con una expresión de culpabilidad en la cara—. Se llevó mi llave. Intenté impedírselo, pero la cogió y se marchó corriendo después de pegarme. Dijo que volvería y que lo haría de nuevo si se lo decía a alguien.

—Cambiaré la cerradura —replicó Francesca, muy seria.

Besó a Eileen en la frente, le prometió que estaría de vuelta después de la cena y bajó corriendo a la cocina, de la que había salido hacía ya media hora.

—¿Por qué has tardado tanto? —le preguntó Chris en cuanto la vio entrar por la puerta. Marya no quería que se enfriara la comida, así que hacía un buen rato que habían empezado con el primer plato—. Debe de estar muy enferma.

—Ni te lo imaginas —repuso Francesca.

No quería que se preocuparan, pero tampoco sabía qué decir. Apenas abrió la boca en toda la cena, hasta el punto de que Chris se dio cuenta de que le pasaba algo. Hacía meses que compartían casa y, con el paso del tiempo, habían llegado a conocerse los unos a los otros a la perfección. Marya se levantó de la mesa, sacó el suflé de chocolate del horno y se dispuso a preparar una *crème anglaise* y otra de chantillí como acompañamiento, momento que Chris aprovechó para dirigirse a Francesca en voz baja:

—¿Qué pasa?

Ella dudó un instante y luego decidió contárselo. Necesitaba de su consejo.

—Brad le ha pegado. Una paliza. Tiene la cara y el cuerpo cubiertos de moratones y un ojo completamente negro.

—Dios. —Estaba furioso—. ¿Ha llamado a la policía?

Francesca negó con la cabeza.

—Dice que le ha dicho que la matará si se lo cuenta a alguien. Ni siquiera puede ir a trabajar. Está hecha un cromo.

—¿Crees que debería buscarse otro sitio para vivir? —preguntó él mientras Marya seguía con la elaboración del postre. Hacía tanto ruido que era imposible que pudiera oír lo que decían.

—Me ha suplicado que la deje quedarse. Le he dicho que él no puede volver por aquí. Se ha llevado una llave. Mañana mismo llamaré para que cambien la cerradura. Esta noche podemos echar la cadena.

Chris suspiró y se apoyó en el respaldo de la silla.

—Espero que no esté enganchada a este tío ni a que le peguen palizas. Es muy difícil librarse del abuso físico, es de las peores adicciones.

Que ellos supieran, era la primera vez que le pasaba, lo cual al menos era esperanzador.

—Creo que no es más que una mala persona a la que ha tenido la mala suerte de conocer por internet. Ojalá dejara de insistir con el tema. Lo hace con la mejor intención, y es una niña muy dulce, pero se arriesga ella y nos pone en riesgo a los demás.

Chris asintió justo en el momento en que Marya llegaba con el postre. Francesca lo probó, pero fue Chris quien por poco se lo come entero. La cena había sido inmejorable. Las nuevas recetas de Marya estaban deliciosas, aunque Chris y Francesca no podían quitarse de la cabeza lo que estaba pasando en la planta superior de la casa. A Marya no le contaron nada, habían acordado que era mejor no hacerlo.

Después de recoger la cocina, Francesca subió de nuevo a la habitación de Eileen. Seguía hecha unos zorros, pero al menos había comido algo y se sentía mejor. Le hizo mil promesas a Francesca, que luego bajó a hablar con Chris. A los dos les preocupaba Brad, pero confiaban en que, después de lo sucedido, la dejara en paz. Eileen le había jurado que nunca más volvería a quedar con él.

Aquella noche durmieron con la cadena echada y Chris se comprometió a llamar al cerrajero por la mañana para que cambiara la cerradura mientras Francesca estaba en la galería. No podían hacer mucho más, excepto estar alerta. Francesca le había dicho a Eileen que si Brad aparecía por casa, llamaría a la policía sin pensárselo dos veces. Apenas pegó ojo; no podía dejar de pensar en los moratones de la cara de Eileen y en las palabras de Chris sobre lo difícil que podía llegar a ser para alguien superar la adicción al maltrato físico. ¿Cómo podía haber personas adictas a aquel horror? No tenía sentido. Estaba convencida de que Eileen había aprendido la lección y de que, a partir de entonces, se mantendría alejada de Brad. Después de ver lo que había sido capaz de hacerle, Francesca no lo dudaba ni por un instante.

10

Al día siguiente, Chris se ocupó del cambio de cerradura. Eileen llamó al trabajo y pidió una semana libre con la excusa de que había tenido un accidente de coche. Luego habló con Marya y le contó lo sucedido. La mayor de la casa se mostró escandalizada y más segura después de saber que Francesca había cambiado la cerradura. Lo sentía muchísimo por Eileen, que aún era una muchacha joven e inocente. Por muy irresponsable que hubiese sido con lo de las citas por internet, no se merecía que alguien la tratara así. Ni ella ni nadie. Francesca llegó a la conclusión de que Eileen no tenía un problema con la red, que al fin y al cabo no era más que un lugar donde encontrar pareja, como un bar o cualquier otro local social, sino que su verdadero pecado era el poco juicio que aplicaba a los hombres que conocía y su tendencia a sentirse atraída por los tipos equivocados.

Después del incidente, necesitaron un tiempo antes de que las aguas volvieran a su cauce.

Francesca reanudó sus citas con el artista y el encuentro esta vez le pareció incluso menos interesante que la vez anterior. Era un hombre agradable, pero no tenían nada en común y además eran muy diferentes. No quería volver a cometer el mismo error, así que decidió no seguir por aquel camino. Actuaba como un niño sin responsabilidades, no como Todd, que era todo un hombre. No tenía sentido forzar las cosas, así que habló con él y le dijo que no quería volver a verlo. Prefería estar sola, por mucho que su madre no la dejara en paz. Thalia no podía entender que su hija se conformara sin tener un hombre a su lado y le sugirió que retomara las visitas al psicólogo. A Francesca se le escapó la risa, pero antes le aseguró a su madre que todo iba bien. No tenía prisa por comprometerse de nuevo; había estado mucho tiempo con Todd.

La siguiente noticia sorprendente que recibió en aquellos días vino precisamente de su ex. La llamó a la galería de arte, le preguntó cómo estaba, hablaron un rato sobre nada en particular y luego él le anunció que se había comprometido con otra mujer.

—¿Tan rápido? —Francesca estaba muy sorprendida—. Si te fuiste de casa hace apenas cinco meses. ¿Qué prisa tienes?

—Tengo cuarenta y un años. Quiero casarme y tener hijos.

Ella tenía treinta y cinco y en cambio no sentía la misma presión que él.

—¿Es la mujer con la que te vi hace unos meses? Alta, rubia. Estabais en una subasta de Christie's.

Francesca no lograba disimular la tristeza que sentía en su interior. Le costaba imaginar que Todd pudiera estar con otra mujer.

—Seguramente sí. Llevamos saliendo desde febrero. La idea es casarnos a comienzos del año que viene. Pensé que tenía que decírtelo antes de hacerlo público o de que te llegara por otra persona.

—Gracias —respondió ella con un hilo de voz.

Si eso era lo que Todd quería, se alegraba por él, pero no por ello resultaba menos doloroso y él se había dado cuenta. Eran dos personas diferentes con necesidades muy dispares.

Aquello era precisamente lo que los había separado. Y ahora se había prometido. La noticia la dejó descolocada durante el resto del día.

Aquella noche, cuando volvió a casa, aún no se había recuperado. Estaba subiendo las escaleras que llevaban hasta la puerta principal cuando un taxi se detuvo junto a la acera y se bajó Chris de él. Venía del centro de entregar el diseño de un proyecto para una cápsula con aspecto futurista que serviría para poner el detergente de la lavadora. La vio y se le escapó una sonrisa.

—¿Qué tal ha ido el día? —le preguntó mientras ella abría la puerta.

A ambos les gustaba volver a casa y tener a alguien con quien hablar.

—No muy bien. Me ha llamado Todd para decirme que se va a casar.

Apenas tenían secretos el uno para el otro, excepto quizá sus sueños y sus esperanzas para el futuro, que preferían no desvelar a nadie. Sin embargo, después del drama de la madre de Ian y de la paliza de Eileen, comentaban todo lo que les ocurría a diario y se consideraban amigos, y a Marya y Eileen también.

—Vaya, qué duro —comentó Chris mientras la seguía al interior de la casa.

Lo primero que percibieron nada más entrar fue el delicioso olor que subía desde la cocina. Ya se habían acostumbrado y cada vez se mostraban menos impresionados, a pesar de que aquel día el olor era especialmente sugerente. Todos se habían ofrecido en algún momento a ayudar con la comida, pero Marya insistía en ocuparse ella sola. Era como un regalo que les hacía, y ellos se lo agradecían sinceramente. Le regalaban pequeños detalles siempre que podían. Chris solía optar por botellas de buen vino.

—¿Estás bien?

Cuando se volvió hacia él, Chris se dio cuenta de que estaba muy afectada. Lo cierto era que no se esperaba algo así de Todd, al menos no tan pronto.

—Si te soy sincera, no mucho —respondió con franqueza—. Supongo que debería ser más elegante y decir que me alegro por él, pero no sé si estaría diciendo la verdad. Aún sigo compadeciéndome de mí misma por no conseguir que funcionara.

—Al menos los dos admitisteis vuestra parte de culpa y pusisteis punto y final a la relación de mutuo acuerdo. Yo necesité diez años para llegar a la misma conclusión y, cuando por fin abrí los ojos, estaba tan hecho polvo que decidí no volver a estar con nadie. Vosotros solo necesitasteis la mitad de tiempo y os comportasteis como personas civilizadas. Yo esperé hasta que mi ex mujer estuvo a punto, no solo de destruir mi vida, sino también la suya. No dejaba de repetirme que Kim podía desintoxicarse en cualquier momento y dejar las drogas para siempre. Teníamos una relación muy enfermiza. Yo era adicto a ella, por eso estaba convencido de que podía ayudarla a solucionar sus problemas, pero eso es imposible. Su vida es un desastre. En cambio, Todd y tú sois personas normales, aunque con intereses diferentes. Os disteis cuenta y seguisteis con vuestras vidas. Él ya ha encontrado a alguien y tú también lo harás. Decidisteis separaros sin destruiros en el proceso.

Al oírle hablar de la madre de Ian, Francesca no pudo evitar sentirse mal por él. Podía imaginarse la pesadilla que había sido vivir con ella, pesadilla de la que aún no se había librado, y con el pequeño como moneda de cambio, lo cual era todavía peor.

—Tú tampoco estás tan mayor como para no encontrar a nadie, ¿sabes? —le recordó con el esbozo de una sonrisa en los labios.

—No estoy tan mayor —asintió Chris, que tenía treinta y ocho años—, pero estoy demasiado tocado, demasiado quemado para arriesgarme. No podría confiar en una pareja. Kim me mentía continuamente y yo me lo creía todo. Se acostaba con su camello. Tardé tres años en darme cuenta de que jamás podría dejar las drogas. Los adictos son siempre grandes mentirosos, muy convincentes. Tendrías que verla en acción. Ahora me da pena, pero odio lo que le está haciendo a Ian.

Francesca asintió. Chris había renunciado a la relación con su ex mujer hacía ya dos años, si bien había seguido viviendo con ella hasta hacía seis meses. Al principio se había refugiado en casas de amigos y luego en un hotel, hasta que había encontrado la casa de Charles Street. Francesca estaba convencida de que acabaría encontrando a alguien, lo mismo que él decía de ella. Eran demasiado jóvenes para renunciar al amor.

—Vamos a ver qué nos está preparando Marya para esta noche —propuso Chris para distraer la atención.

Llevaban semanas probando recetas nuevas casi a diario y todos habían ganado algo de peso.

Francesca lo siguió escaleras abajo hasta la cocina. Los dos esperaban encontrarse a Marya en su hábitat natural y se sorprendieron al ver en su lugar a un hombre alto y de cabello cano. Tenía una mirada azul y penetrante, y la melena le llegaba hasta los hombros. Se quedó mirándolos fijamente, muy serio, hasta que de pronto sonrió.

—¿Francesca y Chris? —preguntó con un marcado acento francés.

Al parecer, sabía quiénes eran. Él se presentó como Charles-Edouard y, de pronto, Francesca reconoció su nombre. Se apellidaba Prunier y era uno de los chefs más famosos de Francia y, por lo visto, amigo personal de Marya. Ella no tardó en aparecer y les explicó que Charles-Edouard venía directamente de París, que aquella noche se ocuparía de la cena y que sería una experiencia inolvidable. Él escuchó atentamente las explicaciones de su amiga sin apartar los ojos de ella. Era un hombre muy atractivo.

Para celebrar su llegada, abrieron una botella de champán que él mismo había traído desde Francia. Todos estaban emocionados con la posibilidad de probar su comida. Eileen llegó a casa unos minutos más tarde con flores para Francesca y Marya, y una botella de vino para Chris. Cuando entró en la cocina, se los encontró enfrascados en una conversación muy animada sobre Francia. Charles-Edouard les explicó que hacía treinta años que conocía a Marya. Era evidente que bebía los vientos por ella. Mientras cocinaban, no dejó de tirarle los tejos ni un segundo. Ella le hacía de pinche y se ocupaba de la tabla de cortar, mientras él controlaba media docena de sartenes al mismo tiempo, más el doble de cuencos. Marya lo miraba de vez en cuando con afecto. A ambos se les notaba que estaban a gusto juntos.

Cuando finalmente se sentaron a la mesa, el resultado fue asombroso. Todos estuvieron de acuerdo en que nunca habían cenado tan bien en toda su vida. Charles-Edouard demostró ser muy modesto, y divertido, y extravagante, y no dejaba de observar embobado a Marya, que ignoraba sus insinuaciones con una sonrisa. Le encantaba cocinar con él y estaban pensando en escribir un libro a cuatro manos sobre las hierbas provenzales y cómo usarlas correctamente, pero saltaba a la vista que a él le gustaría colaborar con ella de otra forma, una mucho más directa.

—Es adorable —le susurró Francesca a Marya mientras fregaban los platos—. Y está loco por ti.

Todos se habían dado cuenta. Chris y Charles-Edouard habían salido al jardín a fumar mientras las tres mujeres recogían la cocina. Cuando terminaron, Eileen se disculpó y subió a su habitación.

—¿Qué te parece?

Francesca creía que hacían muy buena pareja. Además, el francés era de la edad de Marya.

—No digas tonterías —respondió Marya, visiblemente incómoda, y se echó a reír—. ¿Y su mujer? Charles-Edouard es muy francés. Está casado con una dulzura de mujer que antes era su segunda de cocina. Lleva años siéndole infiel.

Lo dijo como quien habla de las travesuras de un hermano pequeño.

—¿Crees que se divorciaría de ella? —preguntó Francesca.

Empezaba a ver el compromiso de Todd con más perspectiva, seguramente gracias a la magnífica velada, a la deliciosa cena entre amigos y a una selección de vinos inmejorable.

—Pues claro que no. Es francés. Los franceses no se divorcian, son infieles hasta que se mueren, preferiblemente en la cama de alguna de sus amantes. Lo que no sé es si ella le es fiel o no. Él dice que nunca han sido felices y se dedica a acostarse con la mitad del personal femenino de las cocinas en las que trabaja. Prefiero no meterme en semejante lío y tenerlo como amigo.

—Qué lástima. Es muy mono y muy atractivo. Mantenlo alejado de mi madre o lo arrastrará hasta el abogado matrimonialista más cercano que encuentre. Quizá sería una buena estrategia para ti también.

Marya negó con la cabeza y se rió.

—Podría ser una buena elección para tu madre, no para mí. La infidelidad es algo que no soporto. John y yo nos fuimos fieles toda la vida. Esa es la clase de hombre que me gusta. Charles-Edouard es guapo y divertido, pero es un chico muy muy malo.

—Entonces es como mi padre antes de casarse con Avery. A veces los hombres como ellos también se reforman.

—Sí, uno entre un millón. Prefiero no arriesgarme. Así

puedo seguir trabajando con él y tenerlo como amigo —afirmó Marya con decisión y una sonrisa—. Así el problema no lo tengo yo, lo tienen otros.

Chris y Charles-Edouard entraron de nuevo en la cocina con lo que quedaba de los habanos que el famoso chef había conseguido introducir en el país. Sirvió una copa de coñac para cada uno y, mientras se lo bebían, les confesó que llevaba treinta años enamorado de Marya. La miró con auténtica adoración en los ojos y ella se rió de él. Para Marya, aquella declaración estaba vacía de significado.

—Sí, de mí y de diez mil mujeres más. La lista es demasiado larga, Charles-Edouard —bromeó mientras él sonreía.

—Pero tú siempre has estado en lo alto de la lista —replicó, y le guiñó un ojo.

—Eso es porque yo siempre te he dicho que no y seguiré diciéndotelo. Además, me cae bien tu mujer.

—Y a mí —replicó con picardía Charles-Edouard—, pero no estoy enamorado de ella. Creo que nunca lo he estado. Ahora somos muy amigos. Un día me persiguió con un cuchillo de carnicero en la mano —explicó señalándose la entrepierna con lo que quedaba del puro, y todos se echaron a reír—. Desde entonces, me porto muy bien con ella. —Comentó que no tenía hijos, como Marya, que no quería—. Para niño ya estoy yo —les confesó.

Era encantador y muy agradable. La velada había sido mágica. Les prometió que, antes de marcharse, volvería a cocinar para ellos. A Francesca le había caído muy bien. Ojalá estuviera libre para Marya. Era evidente que se tenían un gran respeto y que se lo pasaban en grande juntos. Además, a él le encantaba tontear con ella y había conseguido que se abriera como una flor en primavera. A Francesca le gustaba aquella faceta nueva de Marya, idolatrada por un hombre. Era una mujer hermosa, amable y con tanto talento que era una lástima que estuviera sin pareja. A ella no parecía importarle demasiado, pero Francesca estaba convencida de que de vez en cuando no podía evitar sentirse sola. Marya no irradiaba la estridencia de su madre, siempre desesperada por encontrar un hombre, y eso la hacía aún más atractiva. Era muy femenina y, sin dudarlo ni un segundo, Charles-Edouard estaba loco por ella. Era una lástima que estuviera casado. Se notaba que Marya lo conocía tan bien que su decisión solo podía ser la correcta. Charles-Edouard hablaba de su esposa sin afecto ni admiración, pero aun así no tenía intención de divorciarse. Sin duda era muy, pero que muy francés.

Más tarde, después de darle las buenas noches a Marya, Francesca y Chris se detuvieron frente a la puerta de él y charlaron un rato sobre Charles-Edouard. Era todo un personaje, además de un chef con un talento infinito. No volvieron a mencionar a Todd. Chris no quería molestarla y Francesca seguía digiriéndolo, pero se sentía mejor gracias a la velada que acababa de pasar junto con sus amigos. Al cabo de un rato, se despidieron y Francesca subió a su dormitorio. Chris había estado hablando de Ian durante la cena, así que todo iba bien.

Con todos en sus habitaciones, el silencio se apoderó de la casa. Habían bebido demasiado. Los vinos que habían probado eran muy buenos y estaban deliciosos. Charles-Edouard había servido un Château d'Yquem con el postre y el coñac había sido el remate final. Cuando Eileen bajó las escaleras de puntillas con los tacones en la mano, todos estaban felizmente dormidos. Se dirigió hacia la puerta principal con el sigilo de un ratón, la abrió y volvió a cerrarla con el mayor cuidado del mundo. Brad la estaba esperando en la calle. Había aparcado la moto en la esquina y parecía enfadado.

—¿Por qué has tardado tanto? Llevo una hora esperándote.

—Lo siento.

Eileen no apartó los ojos de él. Estaba nerviosa. Por fin podía disimular los moratones con maquillaje. Brad la había convencido de que ella tenía la culpa de que le hubiera pegado por no defenderlo delante de sus compañeros de piso y por conseguir que se cabreara. Su padre también le decía que era la culpable de todo cada vez que la tiraba, a ella o a su madre, por las escaleras. Le había roto dos veces un brazo.

—He tenido que esperar a que se acostaran todos —se explicó, y él la fulminó con la mirada de camino a la moto, que estaba aparcada en la esquina.

—¿Cuántos años tienes? ¿Doce? Pagas tu parte del alquiler, ¿no? Esa zorra no tiene derecho a decirte qué puedes y qué no puedes hacer.

—Sí, sí que puede. La casa es suya. Puede echarme.

—Que le den —exclamó, furioso.

Le ofreció un casco y, un minuto más tarde, se alejaron de allí a toda velocidad, Eileen sentada detrás, sujetándose a él como si le fuera la vida en ello. Brad estaba cabreado, pero ella había sido inflexible: no podía subir a su habitación, así que tendrían que ir a su casa. Estaba enfadado y ella quería compensárselo de alguna manera. Tenía razón, no había dado la cara por él delante de sus compañeros de piso. Brad la había convencido, igual que hacía su padre, de que la mala era ella, de que la culpa siempre era suya. Aquella noche pensaba demostrarle que se equivocaba.

11

A la mañana siguiente, Eileen entró en casa antes de que los demás se despertaran. Se sentía como cuando era pequeña. Nadie sabía que había pasado la noche fuera. Brad no había querido traerla, y de todos modos ella había preferido que nadie oyera la moto, así que había cogido un taxi. Llegó con tiempo suficiente para darse una ducha y vestirse para ir a trabajar. Brad la había tratado genial, con mucho cariño y delicadeza. Sin duda, el de aquella noche había sido el mejor sexo de toda su vida. Era una lástima que sus compañeros de piso no lo conocieran mejor. Brad era un tipo legal. Habían empezado con mal pie, eso era todo. Esperaba que, con el tiempo, Francesca se relajara y lo pudiera perdonar porque ella ya lo había hecho. Aquella noche habían vuelto a quedar. Cuando Eileen estaba con él, sentía que la cabeza le daba vueltas.

La tarde fue muy tranquila. Marya se dedicó a sus recetas, mientras Francesca hacía la colada y Chris leía en la cama. Eileen les comentó que había quedado con unos amigos del trabajo. Se lo habían pasado tan bien la noche anterior con Charles-Edouard que se tomaron el resto del día libre. Marya había dejado preparada una olla con sopa en la cocina, y Francesca estaba subiendo las escaleras cargada con un cesto lleno de ropa limpia cuando, de pronto, Chris salió corriendo de su habitación con el rostro desencajado.

—¡Lo ha vuelto a hacer! —exclamó debatiéndose entre la ira y el miedo—. Ha tenido otra sobredosis. Está en coma. Ian estaba con ella y, cuando la han encontrado, estaba histérico. Está conmocionado, ni siquiera puede hablar. Había un tío con ella. Está muerto. Creen que esta vez puede que se quede.

Y en algún lugar remoto de su corazón, Chris esperaba que acabara sucediendo y así las cosas fueran mucho más fáciles para Ian. Estaba desesperado por ver a su hijo. Bajó los escalones de tres en tres y cruzó la puerta como una exhalación. Francesca lo siguió con la mirada, rezando para que el pequeño estuviera bien.

Esperó despierta hasta que por fin volvieron a casa. Eran las cuatro de la madrugada. Chris llevaba a Ian en brazos. El niño estaba profundamente dormido. Cuando oyó la puerta principal, salió de su habitación y bajó por las escaleras.

—¿Cómo está? ¿Se encuentra bien? ¿Puede hablar?

Estaba tan preocupada como Chris; parecía que lo hubiera arrollado un autobús. La noche había sido larguísima.

—Ha pronunciado algunas palabras antes de quedarse dormido. Me han dicho que podía traérmelo a casa. Ha visto a un hombre morir delante de él por una sobredosis. No se me ocurre nada más traumático para un niño. Van a acusar a Kimberly de lo sucedido. Por lo visto, eso es lo que pasa cuando alguien muere de sobredosis, que el que sobrevive carga con la culpa de su muerte. Por eso cuando pasa algo así nadie llama a la policía. Seguramente la meterán en un calabozo, o en la cárcel, hasta que los abogados de su padre vuelvan a sacarla.

—¿Ella cómo está?

—Viva, por desgracia —respondió Chris, furioso—. Cuando me he ido, acababa de recuperar el conocimiento. No puedo permitir que Ian vuelva a pasar por esto —dijo, desesperado, mientras Francesca lo seguía hasta su habitación y le ayudaba a acostar a su hijo sin que este se inmutara—. Lo han sedado. Estaba histérico en el hospital. Pensaba que su madre había muerto. Esta vez pienso pedir la custodia. Ningún juez que esté en sus cabales sería capaz de mandarlo otra vez con ella. No permitiré que vuelva a pasar. Está demasiado enferma.

Francesca asintió mientras se preguntaba quién sería el padre de aquella mujer y por qué sus abogados parecían tener tanto poder. Eso era lo que Chris le había contado en otra ocasión, pero esta vez no se atrevió a preguntarle. En aquel momento era irrelevante. Ian era lo único que importaba.

Bajó a la cocina en busca de una taza de leche caliente para Chris. Al volver, vio a Eileen entrando en casa. Era muy tarde para una cena con compañeros de trabajo. Por cómo iba vestida, parecía evidente que había tenido una cita, pero Francesca no tenía ni idea de con quién. Al menos esta vez no se lo había traído a casa. Con un poco de suerte, habría conocido a algún chico agradable y educado. Por lo menos parecía feliz mientras corría escaleras arriba hacia su dormitorio. Francesca la siguió con la taza de leche para Chris. Cuando entró en su habitación, estaba sentado en una silla observando a Ian, que dormía profundamente en la litera de arriba.

—Lo pasará muy mal si su madre acaba en la cárcel —dijo mientras se tomaba la leche.

En realidad, era consciente de que, si le quitaba la custodia del niño, no tendría remordimientos. Lo único que le importaba era Ian. Hacía años que había dejado de preocuparse por ella, al menos en todo lo que no afectaba al pequeño.

—No te preocupes por eso —le susurró Francesca en la

penumbra de la habitación—. Acuéstate y descansa. Mañana ya tendrás tiempo para ello.

Por si fuera poco, en los próximos días tendría que enfrentarse a otra vista sobre la custodia de su hijo. Así funcionaban las cosas. Los casos de custodias tenían prioridad y pasaban delante de todo lo demás.

—Gracias —dijo Chris.

Francesca salió de la habitación y subió a la suya.

El misterio de quién era la madre de Ian se resolvió al día siguiente en la portada del periódico. Chris había estado casado con Kimberly Archibald, hija de una de las familias más poderosas de la Costa Este. Su padre era un inversor muy influyente que había ganado una fortuna gracias al dinero que ya tenía. El artículo explicaba básicamente lo mismo que Chris le había contado a Francesca de madrugada: había sido acusada de homicidio imprudente por la muerte de otro drogadicto en su apartamento. En el artículo se afirmaba que ella se había ocupado de comprar y pagar la droga. Mientras leía, Francesca no dejaba de pensar en Chris y en Ian. Al llegar al segundo párrafo, se detuvo ante el nombre de Chris. De pronto, se dio cuenta de lo ingenua que era. Según el periodista que firmaba la información, Kimberly Archibald había estado casada y más tarde se había divorciado de Christopher Harley, miembro de la conocida familia de políticos de Boston; y había más: su madre era una Calverson. Entre sus parientes se encontraban senadores, gobernadores y dos presidentes. El matrimonio entre Chris y Kimberly había supuesto la fusión de dos de las familias más poderosas del país, una dedicada a las finanzas y la otra a la política. Chris no era un simple diseñador gráfico que se ganaba la vida como podía y alquilaba una habitación en su casa de Charles Street. Era el heredero de una importante dinastía de la cual, por lo visto, se había separado para llevar una vida sencilla y tranquila hasta que su ex mujer lo había arrastrado hasta las portadas de todos y cada uno de los periódicos de Nueva York. Y él no tenía ni idea. Al cabo de un rato, cuando padre e hijo bajaron a desayunar, Francesca guardó el periódico en un cajón para que el niño no lo viera. Marya aún no sabía nada de lo sucedido la noche anterior. Se sorprendió al ver a Ian, pero no dijo nada de su palidez ni de lo nervioso que parecía. El pequeño no sonreía y prácticamente no abrió la boca durante todo el desayuno, ni siquiera cuando Marya le preparó sus tortitas favoritas, las que tenían forma de Mickey Mouse. Aún estaba un poco adormilado por la medicación que le habían dado la noche anterior y apenas probó bocado.

—¿Qué ha pasado? —le susurró Marya a Francesca después de que Chris le diera las gracias por el desayuno y se llevara al crío de vuelta al dormitorio.

Chris estaba agotado y muy preocupado, y eso que todavía no había visto el periódico. Francesca se lo enseñó a Marya, que leyó el artículo en silencio, soltando alguna exclamación de vez en cuando.

—Dios mío, es horrible. Espero que ahora sí que le den la custodia a Chris y que no se la vuelvan a quitar.

—Supongo que se la darán, sobre todo si ella acaba en la cárcel. Chris dice que su padre no lo permitirá.

—No creo que tenga otra opción —dijo Marya, sabia como siempre—. Ian tiene muy mal aspecto.

—Ha visto morir a un hombre, y a su madre con otra sobredosis.

—Ningún niño debería pasar por algo así.

Se sentía fatal por ambos, igual que Francesca.

Al cabo de un rato, Chris bajó de nuevo, esta vez sin Ian. Lo había dejado durmiendo porque quería ver el periódico. Mientras leía el artículo, su boca se contrajo hasta dibujar una fina línea.

—Qué agradable, ¿eh? —dijo con ironía y el ceño fruncido.

La historia ya sonaba lo bastante mal por sí sola como para encima empeorarla con el desglose de las generaciones de sus antepasados familiares. Por lo menos mucha de la gente que lo conocía nunca llegaría a atar cabos. Y en el artículo tampoco indicaban que Ian lo había visto todo, gracias a Dios. Por extraño que pareciera, habían respetado el hecho de que el niño solo tuviera siete años.

—Quémalo, ¿quieres? —le dijo a Francesca, y le devolvió el periódico antes de regresar a su dormitorio.

Para entonces, Eileen ya había bajado a desayunar y Francesca le había explicado lo sucedido. Ninguna de las dos mencionó la hora a la que había vuelto el día anterior ni dónde había estado. Francesca seguía pensando que, mientras no pusiera en peligro al resto de los habitantes de la casa, no era asunto suyo, y esperaba que esta vez estuviera siendo más inteligente.

Chris prefirió que Ian no fuera al colegio aquel día. Por la tarde, cuando Francesca y Eileen llegaron del trabajo, la casa seguía en silencio. Charles-Edouard se quedaba a cenar. Había pasado toda la tarde con Marya repasando recetas y hablando del libro que querían publicar en común. Se ofreció a prepararles una cena sencilla y una pizza especial para Ian. Había traído cangrejos de caparazón blando y unas cuantas langostas, y en un momento entre Marya y él prepararon otro festín como el del día anterior. Marya le había puesto al corriente de lo sucedido con el hijo de Chris, y él se había mostrado horrorizado. Cuando el pequeño entró en la cocina, Charles-Edouard se presentó y le preguntó si le importaba ayudarle un momento. Era la primera vez que se veían. Le pidió que sujetara un huevo y que no se moviera. Ian obedeció con una expresión impasible en la cara hasta que Charles-

Edouard, muy serio, le acercó una mano a la oreja y sacó el huevo.

—¿Qué has hecho? —le preguntó al pequeño con aire solemne—. Te he dicho que lo sujetaras, no que te lo metieras en la oreja. —A pesar del trauma por el que acababa de pasar, Ian no pudo reprimir una sonrisa—. Esto es muy serio. Coge el huevo, por favor. Y esta vez no te muevas. Ah, y aguanta esta zanahoria con la otra mano. Perfecto. Por favor, presta atención a las instrucciones, que soy un chef muy importante.

Ian ya no podía parar de sonreír. Esta vez, Charles-Edouard le sacó el huevo de la nariz y la zanahoria del cuello de la camisa. El pequeño no pudo aguantar las carcajadas mientras el francés hacía cada uno de sus trucos. En apenas cinco minutos, consiguió que Ian luciera una sonrisa de oreja a oreja, y que luego se doblara de la risa al sacarle otro huevo del jersey y un limón de los vaqueros.

—No puedo confiar en ti, ¿verdad? —se lamentó Charles-Edouard, y se puso a hacer malabares con los tres huevos, algunas verduras y un par de cucharas.

Ejecutó el truco con maestría hasta que uno de los huevos cayó al suelo y se rompió. A Ian el incidente le produjo un ataque de risa. El francés fingió sentirse avergonzado y dejó caer otro huevo, con lo que el desastre solo hizo que empeorar. Para entonces, todos los presentes se desternillaban. Ian levantó la vista hacia aquel hombre tan alto y de pelo blanco, y le dijo que era un poco torpe. Por fin había vuelto a hablar, incluso parecía divertirse. A Francesca se le llenaron los ojos de felicidad al presenciar la escena. Charles-Edouard tenía un don para los niños. Era tan buen payaso como cocinero.

Marya recogió el desastre antes de que fuera a más y el francés se sentó con Ian sobre el regazo.

—¿Te gustaría ayudarme a preparar la cena? —le preguntó, a lo que Ian respondió que sí.

Unos minutos más tarde, ya le había puesto un gorro de chef en la cabeza y le estaba enseñando a cocinar langostas y cangrejos. Cuando sirvió la cena, pidió un aplauso a los presentes en honor a su joven asistente de cocina. También le enseñó a preparar pizza y a lanzar la masa al aire sin dejar de girarla. La cena estaba deliciosa, como no podía ser de otra manera, pero lo mejor era que Ian no paraba de hablar por los codos. Cuando salieron al jardín a fumar, Chris le dio las gracias a Charles-Edouard y este se apresuró a quitarle importancia, pero lo cierto era que aquello significaba mucho para Chris. El famoso chef se había ganado su corazón para siempre. Era mucho mejor que cualquier trabajador social y que muchos loqueros.

El resto de la noche, después de que Charles-Edouard se marchara, fue muy tranquila. Les prometió que volvería el fin de semana y que se ocuparía de la cena, y Marya le propuso a Francesca que invitara a su madre. Al principio se negó, pero sabía la ilusión que le haría a Thalia.

Cuando la llamó para invitarla, su madre aceptó encantada. Al día siguiente, Chris tuvo la vista sobre la custodia de Ian. Fue un circo mediático. Los abogados de su ex mujer ni siquiera intentaron oponerse. Estaban demasiado ocupados intentando librar a su clienta del cargo de homicidio. El abogado de Chris les había advertido de que su cliente deseaba la custodia permanente. Después de lo que había hecho, ya no sentía lástima por su mujer. El juez le concedió la custodia temporal. Por la noche, la noticia salió en las noticias y Thalia, que las estaba viendo, llamó rápidamente a su hija.

—¿Sabes quién es ese hombre?

Su madre estaba muy impresionada por los vínculos familiares de Chris, mientras que Francesca optaba por su humildad y su discreción.

—Sí, lo sé.

—Está relacionado con algunas de las personas más poderosas de este país.

—Supongo que sí, la verdad es que no habla mucho de ello. Todo esto de su ex mujer les está afectando mucho, a él y a su hijo.

—Ella tiene pinta de ser un auténtico desastre. Lo siento por sus padres.

—Y yo por su hijo. Solo tiene siete años y ya ha pasado por varias situaciones difíciles por su culpa.

Thalia no tenía nada que decir al respecto.

—No me puedo creer que el mismísimo Charles-Edouard Prunier vaya a preparar la cena de mañana. No sabes las ganas que tengo —le dijo, cambiando de tema a uno más agradable—. ¿Cómo lo has conseguido?

—Es amigo de Marya.

—La verdad es que te has buscado unos inquilinos muy interesantes —dijo su madre sonriendo, como si la idea hubiera sido suya.

Así solían funcionar las cosas con ella. Si algo salía mal, la culpa siempre era de los demás; si salía bien, el mérito era todo suyo. A Francesca le habría gustado invitar a Henry y a Avery, pero disfrutaba más de sus padres por separado que juntos en una misma estancia. Su madre a veces intentaba competir con Avery, y Francesca lo pasaba muy mal.

Thalia se presentó en casa de su hija el sábado por la noche con un vestido negro, corto y muy sexy, y encaramada en un par de tacones altísimos. Francesca se percató de la expresión de Charles-Edouard al verla. Marya, por su parte, observaba la escena con una sonrisa. Ella había preferido mocasines, vaqueros y un suéter negro, con la chaqueta de chef por encima. Ian se había vuelto a poner su gorro de chef y parecía encantado.

Cenaron *capellini* con caviar y *chateaubriand* con foie gras con trufas negras. La comida estaba espectacular. Thalia bebió más de la cuenta y, como no podía ser de otra manera, le tiró los trastos sin descanso a Charles-Edouard, y parecía que a Marya no le importaba lo más mínimo.

—Es encantador, ¿verdad? —le comentó Thalia a su hija.

Los hombres habían salido a fumar al jardín y se habían llevado a Ian, que se había puesto un par de vitolas a modo de anillos.

—No te emociones demasiado, mamá —le advirtió Francesca—. Está casado. Y es francés, lo que significa que jamás se divorciaría para estar contigo.

—Eso no lo sabes. Cosas más extrañas han pasado —replicó Thalia, muy segura de sí misma.

—En Francia no —dijeron a la vez Francesca y Marya, y se echaron a reír.

Aquella noche Eileen había salido, según ella, con un chico que acababa de conocer. Era la chica más ocupada de la ciudad y también la más feliz, a juzgar por el buen humor que derrochaba últimamente. Las cosas le iban bien y a Francesca le alegraba que así fuera. Le encantaban su trabajo y sus compañeros de piso, y volvía a pasárselo bien después del incidente con Brad, que por suerte ya era historia.

—Es un hombre encantador y muy atractivo —insistió Thalia, que se negaba a abandonar el tema.

Francesca decidió que ya era hora de que bajara de las nubes y le contó que Charles-Edouard llevaba años enamorado de Marya.

—No es justo —protestó dirigiéndose a Marya—. Tú no necesitas un hombre, me lo dijiste tú misma. Yo sí, y resulta que el que me gusta está enamorado de ti.

—No está enamorado de nadie —replicó Marya con naturalidad—. Simplemente, le gustan las mujeres. A puñados. Hace años que somos muy buenos amigos.

—Qué desperdicio —se lamentó Thalia justo cuando los hombres volvían del jardín.

A pesar de lo que acababan de hablar, Thalia decidió seguir utilizando todos sus encantos para llamar la atención del famoso chef. A veces le hacía pasar vergüenza ajena, pero Francesca tenía que admitir que su madre era muy guapa. Estaba increíble con aquel vestido negro. Tenía las piernas de una veinteañera y las cruzaba de vez en cuando con aire seductor; no obstante, Charles-Edouard solo tenía ojos para Marya, lo cual lo hacía inmune al despliegue de Thalia. Cuando decidió irse a casa, parecía un poco decepcionada. Era la primera vez que su belleza y su encanto no surtían el efecto deseado, aunque Charles-Edouard la encontraba espectacular, pero no para él. Además, pensó Francesca, también estaba su esposa. Tenía demasiadas mujeres revoloteando a su alrededor.

Gracias a él, la velada volvió a ser perfecta, aderezada con interesantes conversaciones y una comida deliciosa. Sentía pasión por la historia y la literatura, además de por la comida. Después de tantas emociones, el domingo fue un día de descanso. Charles-Edouard pasó a buscar a Marya para que lo acompañara a un restaurante chino que quería probar, a cuyo chef había conocido en Pekín; Chris e Ian iban al lago al que los vecinos solían llevar sus barcos teledirigidos; Francesca tenía cosas que hacer en casa, y Eileen aún no había vuelto de su cita.

Por la tarde, mientras repasaba diapositivas de artistas que quizá le podían interesar, Francesca oyó entrar a Eileen. La llamó, pero desde donde estaba sentada no alcanzaba a verla y Eileen ya estaba subiendo por las escaleras. Cuando se levantó para cambiar el carro del proyector, vio a su amiga doblada sobre su estómago, incapaz de moverse. Cuando volvió la cabeza, la expresión de su rostro era de auténtica desolación. Francesca ahogó un grito de horror. Le habían dado otra paliza.

—¿Quién te ha hecho esto? —le preguntó mientras le pasaba un brazo alrededor de los hombros para ayudarla a incorporarse.

Eileen estaba llorando y se negó a contestar.

—¿Has vuelto a quedar con Brad?

Esta vez asintió.

—Se estaba portando muy bien conmigo. Se mostraba tan cariñoso... Hasta que le he vuelto a decepcionar. Le ha parecido que me estaba burlando de él. Me ha dicho que se ha sentido humillado delante de sus amigos.

—Eileen, júrame que esta vez buscarás ayuda. No puedes quedar más con él.

—Ya lo sé. Me ha dicho que no quería verme nunca más. Dice que lo nuestro se ha acabado y que no vuelva a llamarlo. Me ha dejado.

Francesca sabía que no era verdad, que nunca la dejaría, que aparecería cuando menos se lo esperara y que la agrediría de nuevo. Tenía que ser Eileen quien se apartara de él para siempre, y temía que la joven no tuviera ni el valor ni la fuerza necesarios para hacerlo.

La ayudó a subir hasta su habitación y la dejó tumbada en la cama. Mientras bajaba las escaleras, se le revolvió el estómago pensando en ella, en lo que le estaba pasando. Los temores de Chris habían resultado ser más que fundados. Eileen estaba enganchada a aquel hombre y al maltrato.

12

Esta vez los residentes del 44 de Charles Street fueron mucho menos comprensivos con Eileen. Marya le soltó el típico sermón de madre, eso sí, después de pasarse cinco días subiéndole platos de sopa y de comida blanda para que no tuviera que masticar. Además de un ojo morado y la cara hecha un desastre, esta vez Brad le había roto varios dientes. Eileen tuvo que ir al dentista dos veces en tres días. Marya le dijo que no podía permitirse volver a quedar con semejante bestia. Francesca, por su parte, se mostró tajante en sus opiniones y le suplicó que se dejara ayudar. Chris, en cambio, no quiso saber nada de ella.

—Estoy cansado de chalados y de drogadictos y de gente autodestructiva —le dijo a Francesca—. Está enganchada a ese tío y, por mucho que la encadenes a la pared de su habitación, se las ingeniará para ir a verlo y él se lo pagará con otra paliza. Está muy enferma. Yo pasé por lo mismo con Kim y con las drogas. No se puede luchar contra las adicciones ajenas. Es algo que aprendí hace mucho tiempo y ni siquiera voy a intentarlo. Eileen hará lo que sea necesario para proteger su adicción. Es igual que con las drogas. No puedes arreglar nada ni detenerla, y si lo intentas te romperá el corazón.

—No puedo quedarme sentada sin decirle nada —insistió Francesca, sorprendida ante la frialdad de Chris.

—Estás perdiendo el tiempo. Es ella la que tiene que pedir ayuda y, hasta que no se decida a hacerlo, nada de lo que digas o hagas le hará cambiar de opinión.

Francesca odiaba ver a Eileen así y no poder cambiar las cosas. Era tan dulce y tenía tan poca autoestima... Ahora se daba cuenta. Se padre se había ocupado de arrancársela a golpes. Esperaba que la agredieran, incluso creía merecerlo.

Sus jefes también estaban hartos de la situación. Se cogió una semana libre hasta que el maquillaje disimulara los moratones y, cuando volvió a la escuela, la despidieron. Aquella tarde regresó a casa con la moral por los suelos. Se había quedado sin trabajo. Brad se negaba a hablar con ella y le había dicho que no quería verla más. Le había dado la espalda, pero ella seguía preguntándole a Francesca si creía que algún día volvería a llamarla. Era enfermizo.

—Espero que no —le repetía una y otra vez, pero empezaba a darse cuenta de que Chris tenía razón y que el maltrato era una adicción.

Tenía mono de Brad, a pesar de lo que le había hecho, y se negaba a buscar ayuda. Francesca esperaba que él se mantuviera alejado el tiempo suficiente para que Eileen pudiera recuperar la cordura y desintoxicarse.

Por si fuera poco, la madre de Ian había pedido que su hijo la visitara en la cárcel. Chris se negó en redondo aduciendo que semejante experiencia acabaría de destruir al pequeño. Los dos psiquiatras que lo habían tratado estaban de acuerdo. Ian era feliz con su padre, con el que llevaba una vida perfectamente normal. Todo lo que hacían padre e hijo juntos era positivo para su recuperación.

Charles-Edouard se pasaba muy a menudo por casa para ver a Marya y trabajar en los preparativos del libro a dos manos, y cada vez que iba, Ian no se separaba de él ni un segundo. Le estaba enseñando francés y también a cocinar cosas sencillas. Le caía genial el pequeño de la casa y, además, se le daban muy bien los niños, a pesar de que nunca había querido tener uno propio. Se sentía mal por él y por las cosas terribles que le habían pasado. A Ian le encantaba cuando Charles-Edouard fingía sacar un huevo de su oreja, a veces dos, y siempre le pedía que lo volviera a hacer, a lo que el francés aceptaba contento.

—Últimamente pasa mucho tiempo en casa, ¿no? —le preguntó un día Francesca a Marya cuando estaban las dos solas en la cocina.

—Estamos trabajando en el libro —respondió Marya sin captar las intenciones de su amiga.

—¿Estás segura de que está tan comprometido con su mujer? —insistió Francesca; esperaba una respuesta negativa.

Lo cierto era que hacían tan buena pareja que le habría encantado verlos juntos, a pesar de que Marya siempre decía que era imposible y se notaba que lo decía de verdad. No tenía intención de comenzar una aventura con un hombre casado y Charles-Edouard lo sabía, aunque no por ello dejaba de perseverar como había hecho durante treinta años. Marya se reía de él y de vez en cuando le recordaba que estaba casado y que tenía una mujer esperándolo en casa.

El francés tenía que volver en breve a París, antes de que acabara el mes, y después de eso viajaría al sur. Marya se reuniría con él en julio para trabajar en su proyecto común, y luego viajaría sola, primero a España y luego a Italia, para visitar algunos restaurantes que quería conocer y aprovechar para reunirse con algunos amigos del mundo de la cocina. Agosto lo pasaría en Vermont y no regresaría a Nueva York hasta septiembre. En total, estaría fuera más de dos meses. Francesca ya la echaba de menos. Ella también estaba intentando planear las vacaciones. No solo Marya la había invitado a ir a Europa con ella, su madre también, pero ella prefería navegar por las aguas de Maine con el grupo de amigos de todos los años, cuatro de los cuales los había pasado junto a Todd. En realidad eran los amigos de su ex, pero Francesca los adoraba y con el tiempo se habían convertido también en sus amigos. Él también tenía planeado visitarlos con su prometida, pero en otro momento.

—No te hará ningún bien —le dijo su madre—. Sigues haciendo las mismas cosas que hacías con él. Necesitas cambiar de aires.

El verano de Thalia incluía Saint Tropez y Cerdeña, como todos los años, y es que siempre había sido un animal de costumbres.

—¿Estás segura de que quieres ir al mismo sitio que él, aunque sea en fechas distintas? —dijo Chris, que pensaba como su madre—. ¿No es un poco arriesgado?

Los dos sabían que Todd iría con su prometida.

—Me encanta navegar en Maine —insistió Francesca con obstinación.

—Podrías venir a vernos a Martha's Vineyard. A Ian le encantaría.

Pasarían en la isla todo el mes de julio y buena parte de agosto. Chris quería adelantar trabajo mientras estuviera allí. Francesca sabía que su familia tenía una casa enorme en la isla y no se veía durmiendo en ella. Solo eran amigos y, ahora que sabía quién era su familia, tenía la sensación de que eran demasiado poderosos y de que, si decidiera ir, lo pasaría fatal. Se había planteado visitar un rancho en Montana o Wyoming para ver el Grand Teton, pero no quería ir sola. Avery y su padre acudirían a Aspen, pero tampoco le apetecía ir con ellos, ni a Europa con su madre o con Marya. No sabía qué destino elegir, aunque tampoco podía permitirse unas vacaciones demasiado caras. La opción más sencilla seguía siendo repetir con sus amigos en Maine. Por mucho que le fastidiara, era consciente de que seguía dirigiendo la galería que había abierto con Todd, viviendo en la casa de ambos y pasando las vacaciones de verano en el mismo lugar.

—Quizá harías bien renunciando a cosas como esa —le sugirió Chris.

Estaba estancada. Todo lo que se le ocurría ya lo había hecho antes con Todd, pero se negaba a admitirlo, incluso a sí misma. Al menos navegar por la costa de Maine supondría un cambio de aires y con seguridad sería tan divertido como las otras veces. Decidido: las tres primeras semanas de agosto las pasaría allí.

La única que no tenía planes para el verano era Eileen. Se había quedado sin trabajo y no se podía permitir ningún viaje. De momento, tenía ahorros suficientes para mantenerse a flote un par de meses; para entonces, esperaba estar trabajando otra vez. Francesca le sugirió que fuera a San Diego a visitar a su familia, pero ella no quería, y después de las historias que le había contado de su padre, prefirió no insistir demasiado. Se sentía fatal por ella. La pobre no tenía adónde ir, claro que, ahora que estaba en el paro, tenía todo el día libre. Había empezado a mandar su currículum a varias escuelas de educación especial, pero de momento no había recibido ninguna respuesta. Las referencias de su antiguo trabajo no eran precisamente buenas. Se había cogido demasiados días libres, siempre por culpa de Brad, y eso le iba a dificultar la búsqueda. No solo le había hecho daño físico, sino que además, por su culpa, se había quedado sin ingresos. No había vuelto a saber nada de él desde la última paliza, lo cual era un alivio. Con un poco de suerte, no volvería a cruzarse en su camino. Chris, que había pasado por una situación parecida, lo dudaba.

—Un maltratador nunca pierde de vista a su presa. Volverá, ya lo verás.

—Puede que haya encontrado a otra chica a la que pegar —dijo Francesca, consciente del cinismo que dejaban traslucir sus palabras.

—Volverá, tiempo al tiempo —insistió Chris.

Apenas hablaba con Eileen. Le recordaba demasiado a su mujer. Había sufrido mucho por su culpa y lo último que le apetecía era meter a otra adicta en su vida, aunque solo fuera como amiga. En su opinión, las dos compartían la misma patología. La adicción de Eileen a las agresiones físicas era eso, una patología, y precisamente por ese motivo le resultaba imposible librarse de ella. Desde que se había perdido su plaza en la escuela, se pasaba el día tumbada en la cama, llorando y acordándose de Brad, en lugar de dedicarse a buscar trabajo. Francesca era consciente de la espiral en la que estaba sumida, pero no sabía qué hacer para ayudarla.

Charles-Edouard volvió a Francia. Fue el primero en marcharse y dejó un vacío imposible de llenar. Se lo habían pasado en grande gracias a él. Hasta Marya admitió que lo echaría de menos, a pesar de que se reencontrarían en cuestión de pocas semanas en la Provenza para trabajar en el libro.

—Quién sabe, quizá este verano decida dejarlo con su mujer —dijo Francesca, y Marya se echó a reír.

Desde luego, no creía que llegara a ocurrir y, si sucedía, tampoco sabría qué hacer con él.

—En mi vida no hay sitio para un hombre —le dijo a Francesca, tan práctica como siempre—. Me gusta mi vida tal y como es. Estoy muy a gusto. Además, soy demasiado mayor para buscarme un hombre y tampoco quiero hacerlo.

Francesca no pudo evitar pensar de nuevo en lo distintas que eran su madre y Marya. La única motivación de Thalia era conocer a un hombre en Saint Tropez o en Porto Cervo. Tenía amigos repartidos por todas partes y su intención era viajar durante dos meses, como todos los años. Incluso había quedado con un grupo de amigos en Venecia para asistir a una fiesta muy importante. Sus veranos siempre eran mucho más glamurosos que los de su hija o cualquiera de sus conocidos.

Chris e Ian se fueron a Martha's Vineyard a pasar el fin de semana del Cuatro de Julio. Ian se quedaría allí con sus primos el resto del verano, lejos del horror que había vivido por culpa de su madre, y podría disfrutar de los picnics, las barbacoas y los partidos de rugby que la familia organizaba todos los años. Le iría muy bien alejarse un poco de la realidad, y a Chris también. Siempre se organizaban muchas fiestas y coincidiría con sus amigos de siempre. Era una vida que Chris trataba de evitar durante el resto del año, pero en verano no tenía más remedio que claudicar. Sus padres estarían allí y, aunque la relación con ellos era un poco distante, también tenían derecho a ver a su nieto. Ian pasaría asimismo unos días con la familia de su madre, en Newport, de camino a casa. Chris odiaba la intensidad de la vida social de sus ex suegros, pero les había prometido que les llevaría al niño durante un fin de semana largo. Era cuanto estaba dispuesto a hacer. Ellos seguían defendiendo a su hija a capa y espada, culpaban a Chris de todos sus males por haberla abandonado, y se negaban a reconocer su problema, aunque con los cargos por homicidio imprudente cada vez les resultaba más difícil ignorar la realidad. Kimberly seguía en la cárcel, donde se estaba sometiendo a un tratamiento de desintoxicación. El juez se había negado a establecer una fianza, a pesar de todos los movimientos y tejemanejes de su padre.

Marya se marchó a Francia el diez de julio para poder pasar el día de la Bastilla allí. Primero haría una escala unos días en París para visitar a algunos colegas de trabajo, algunos de los cuales dirigían los mejores restaurantes de la ciudad. Ella misma había sido su maestra y seguía conservando la amistad con algunos de ellos. Después se desviaría hacia la Provenza y trabajaría codo con codo en el libro con Charles-Edouard.

Tras su partida, la casa se sumió en un silencio perpetuo. Francesca aprovechó el tiempo libre para hacer algunas reformas y para descansar. La galería estaba muerta en verano, así que cerraba pronto todos los días. En julio no vendieron nada y en agosto cerraron casi todo el mes. Se mantenía ocupada organizando ficheros y revisando diapositivas de nuevos artistas. Cuando volvía a casa, el silencio le pesaba como una losa. Cometió el error de salir con uno de sus artistas por puro aburrimiento. Se bebieron hasta el agua de los floreros y él acabó llorándole en el hombro por la novia con la que acababa de cortar. La velada no hizo más que deprimir a Francesca. Él la llamó al día siguiente para disculparse, pero el desastre fue tan absoluto que decidió que nunca más volvería a salir con uno de sus artistas. Siempre acababa siendo una mala idea.

Eileen parecía más animada, aunque seguía sin trabajar. Todavía echaba de menos a Brad, un asunto que Francesca se negaba a tratar con ella para no alimentar su enfermedad. Antes de irse de vacaciones, cenó con ella varios días. Siempre habían conectado mucho, desde el primer momento. Era tan dulce, tan confiada, tan abierta, como si careciera de todas las defensas necesarias para protegerse del mundo. Francesca esperaba que con el tiempo se endureciera un poco, que fuera menos vulnerable, pero entonces no sería Eileen. Se sentía culpable por dejarla tres semanas sola. La había invitado a ir con ella a Maine, pero Eileen insistía en que estaría bien. Había vuelto a las andadas con internet, pero Francesca no se creía con el derecho de decirle nada, por muy preocupante que le resultara. Internet era el epicentro de su vida y la única manera que tenía de conocer amigos. Los chicos solo eran una parte del problema. Como buena representante de su generación, había nacido unida a un ordenador por el cordón umbilical. Siempre estaba conectada o enviando mensajes, algo que Francesca apenas hacía. Ella prefería levantar el teléfono y llamar a quien fuera, escuchar su voz. La generación de Eileen, en cambio, optaba por comunicarse mediante correo electrónico o mensaje de móvil. A la mayoría aquel sistema les funcionaba; a Eileen la convertía en un imán para los indeseables.

En su última noche en Nueva York se la llevó a cenar fuera. Fueron al Waverly Inn y se lo pasaron en grande. Aún quedaba mucha gente en la ciudad y Eileen estaba de mejor humor que en los últimos tiempos. Francesca le dijo que la casa parecía un internado, con todo el mundo pasando las vacaciones en sus lugares de origen. Aquello le hizo recordar que Eileen era la única que no tenía adónde ir. Los demás contaban con familia, amigos, otras casas. Ella respondió que estaría bien, que había pensado aprovechar para ir a la playa cuando no estuviera buscando trabajo. Le apetecía tener tiempo para ella, estar sola. Al día siguiente, cuando salió por la puerta, Francesca sintió que se le encogía el corazón. Eileen parecía una niña, de pie junto a la puerta en pantalones cortos y con dos coletas, diciéndole adiós con la mano mientras el taxi se alejaba hacia el aeropuerto, desde donde Francesca volaría hasta Bangor para reunirse con sus amigos. Cuando el taxi giró en la esquina, entró de nuevo en casa, cogió el móvil, que estaba sonando, y contestó. Era Brad.

13

El verano pasó volando para los cinco. Marya fue la que más kilómetros recorrió. Bajó desde París hasta la Provenza en coche, y luego siguió hacia el sur hasta Saint Paul de Vence y Antibes, donde pasó un fin de semana con unos amigos. Luego voló desde Niza hasta Girona para visitar a su amigo Ferran Adrià en El Bulli de Roses, donde creaba auténticas maravillas. Había inventado la cocina molecular, que consistía en «deconstruir» la comida para luego devolverla a su estado original. Había cerrado el restaurante de forma temporal, pero tenía intención de volver a abrir después de pasar una temporada únicamente investigando. Marya siempre había encontrado sus ideas fascinantes, propias de un genio de la creación como él. Desde Girona voló a Florencia, Boloña, Venecia, Padua, Roma y otra vez a París para pasar allí unos días antes de volver a Boston y, desde allí, a Vermont. Tenía amigos por todo el mundo que siempre estaban encantados de recibirla. Aquel verano se lo pasó genial, aunque también se alegró de volver por fin a Vermont, donde podría dormir en su cama y cocinar en su cocina, si bien siempre notaba más la ausencia de su marido cuando estaba allí. Hacía un año que se había ido y todavía lo echaba de menos, pero al mismo tiempo llevaba una vida muy plena y continuamente tenía algo que hacer.

Charles-Edouard y ella habían viajado por toda la Provenza hasta descubrir algunas recetas nuevas que incluirían en su libro. Ya tenían hecho el borrador y, en cuanto el editor les diera el visto bueno, empezarían con la redacción definitiva, seguramente en septiembre. Añadió dos capítulos más mientras estaba en Vermont y luego partió hacia New Hampshire. Por la noche empezaba a refrescar y las hojas de los árboles habían comenzado a cambiar de color. El viento ya olía a otoño. Se quedó más días de los que había planeado con sus amigos de North Conway y luego regresó tranquilamente a casa. Se lo había pasado muy bien durante todo el verano, pero mientras conducía de vuelta a casa, pensó que había llegado la hora de regresar a Nueva York, quizá hacia la segunda semana de septiembre. Recorrió el camino que llevaba hasta su casa y, al detener el coche, se sorprendió al ver a Charles-Edouard de pie en el porche. Parecía nervioso y aliviado de verla, todo al mismo tiempo.

—¿Qué estás haciendo aquí? —le preguntó, incrédula. Llevaba el pelo más largo y más alborotado que nunca, y sus ojos eran del mismo azul que el cielo de Vermont—. Creía que estabas en Saint Tropez.

Tenía una casa en Ramatuelle, muy cerca de la localidad costera, donde, según le había comentado, pensaba pasar el mes de agosto. Marya no había sabido nada más de él desde la Provenza, y tampoco esperaba noticias suyas. Habían acordado llamarse cuando ella estuviera de vuelta en Nueva York, así que no tenía ni idea de qué hacía en Vermont.

En cuanto puso un pie en el porche de la casa, él empezó a hablar:

—Me ha dejado por uno de mis asistentes. ¿Te lo puedes creer? Ha hecho las maletas y se ha marchado.

—¿Quién?

Marya estaba segura de que Charles-Edouard se refería

a la chef que llevaba su restaurante de París. Hacía años que mantenían una relación tormentosa y ella siempre le amenazaba con largarse.

—Arielle. Mi mujer —respondió, visiblemente indignado.

De pronto, la miró y se le escapó una sonrisa de oreja a oreja. Se alegraba de verla y se le notaba.

—¿Tu mujer te ha dejado por uno de tus asistentes?

Marya no daba crédito a lo que acababa de escuchar.

—Quiere el divorcio. Hace cinco días recibí una carta de su abogado, que es quien le lleva los papeles. Nada más leerla, me monté en el primer avión que encontré, pero tú no estabas.

—Si querías hablar conmigo, ¿por qué no me has llamado? —preguntó Marya, que aún no había asimilado su presencia allí.

—Quería hablar contigo en persona —respondió Charles-Edouard mientras ella sacaba del bolso las llaves de casa y abría la puerta.

—¿De qué? El editor aún no habrá vuelto de vacaciones. Por cierto, la semana pasada añadí dos capítulos más. Creo que te gustarán. Uno es todo de especias y cómo usarlas, y el otro, de pescados.

—No he venido hasta aquí para hablar contigo de pescados —replicó él, un tanto molesto.

—Y entonces, ¿para qué has venido, si se puede saber?

Marya no sabía cómo actuar. Se paseó por la casa, seguida de cerca por él, hasta que por fin se acomodó en el sofá y Charles-Edouard se sentó a su lado y la miró a los ojos.

—He venido para decirte en persona que soy un hombre libre. Durante los últimos treinta años, te has negado a tomarme en serio porque estaba casado y tú también. —Un mero detalle, según él, en el esquema de las cosas. Ahora, sin embargo, la situación había cambiado para los dos—. Yo ya no estoy casado, o al menos no lo estaré en breve. Si Arielle quiere casarse con ese imbécil, adelante, no me importa. De todos modos, hace años que no siento nada por ella. Estoy enamorado de ti desde el primer día que te vi, Marya. No pienso permitir que sigas ignorándome sin más. Te quiero. Además de una gran chef, eres una gran mujer, la única que he conocido a la que le sería fiel. No pienso irme de aquí hasta que aceptes casarte conmigo. Eso es lo que he venido a decirte.

Y sin nada más que aclarar, la besó hasta dejarla sin aliento. Por un segundo, Marya no supo qué contestar hasta que, de pronto, se le escapó la risa.

—Charles-Edouard Prunier, has perdido la cabeza por completo. Estás loco. No quiero volver a casarme. Te quiero tanto como tú a mí, pero ya estoy muy mayor para esas cosas. Voy a cumplir sesenta en breve. La gente de mi edad no se casa. Sería el hazmerreír de todos mis amigos, y tú también.

Se le había acelerado el corazón al escuchar las palabras de Charles-Edouard. Siempre le había querido como a un amigo, pero conteniendo cualquier sentimiento de atracción que pudiera sentir hacia él. Ahora, de repente, todo había cambiado y los obstáculos del pasado ya no le bloqueaban el camino.

—Me da igual —dijo él con una mirada feroz en los ojos—. *L'amour n'a pas d'âge.* El amor no tiene edad. Me daría igual aunque cumplieras cien años. Yo tengo sesenta y cinco, y estoy enamorado de ti desde que tenías treinta. No pienso esperar otros treinta.

La besó de nuevo y, para su propia sorpresa, ella también le besó. De pronto, sentía todas las emociones que llevaba muchos años ignorando, y eso a pesar de lo mucho que había querido a su marido mientras este vivía.

Lo miró fijamente, horrorizada.

—Dios mío, ¿y ahora qué vamos a hacer?

—De momento, tú vas a hacer lo que deberías haber hecho hace muchos años: casarte conmigo —respondió él con decisión, y Marya se rió de nuevo.

—No, ni pensarlo.

—Sí, por supuesto que sí —insistió él—. No pienso rendirme hasta que aceptes.

—Estás loco. Somos demasiado mayores para casarnos —repitió ella.

—Eso no es verdad. Además, quiero que tengamos un hijo. —Esta vez Marya no pudo contener una carcajada—. O que escribamos un libro juntos. O lo que te apetezca hacer a ti. Por cierto, la casa de Ramatuelle y el piso de París se los queda ella. Creo que deberíamos buscarnos algo para nosotros. De todas formas, nunca me ha gustado ese barrio. Te compraré un piso.

—Espera un momento —dijo Marya en un tono más grave—. No tan rápido. ¿Todo esto lo dices en serio?

Lo miró con los ojos abiertos como platos, incapaz de saber si estaba bromeando o no.

—¿Crees que si no lo dijera en serio llevaría una semana sentado en el porche de tu casa? Llevo toda la vida esperando este momento, Marya.

Ella también lo quería, como amigo. Formaba parte de su círculo más íntimo y le gustaba trabajar y pasar tiempo juntos, pero nunca se había permitido pensar en él de otra manera. Había querido muchísimo a su marido y la vida a su lado había sido maravillosa, pero Charles-Edouard era una fuerza de la naturaleza, un espíritu libre, y hasta entonces siempre habían congeniado muy bien.

—Si de verdad hablas en serio, necesito tiempo para pensármelo. Y repito: no me seduce la idea de casarme.

—¿Por qué no? Y no vuelvas a decirme que eres demasiado mayor, porque no pienso aceptarlo.

—No sé si es imprescindible que lo nuestro acabe en boda. Tú eres francés. A los franceses os gusta tener aventuras. Podemos tener eso, una aventura, durante los próximos treinta años. Quizá con eso nos baste.

—Tú no eres esa clase de mujer —dijo él fingiéndose sorprendido.

—Puede que, llegados a estas alturas de la vida, sí lo sea. No estoy segura.

Nunca se había planteado la posibilidad de estar con otro hombre y ahora, de repente, estaba hablando de matrimonio y de tener una aventura con Charles-Edouard.

—¿Podemos intentarlo una temporada y ver si funciona? —De pronto, lo miró fijamente, muy seria—. No quiero estar casada con un hombre que me engañe, que es lo que llevas haciendo tú toda la vida. Nunca le has sido fiel a Arielle.

—Mis padres me obligaron a formalizar nuestra relación. De hecho, Arielle tampoco me quería. Te prometo solemnemente que te seré fiel.

Parecía que lo decía de verdad, pero Marya no estaba segura de que fuera capaz de mantener su palabra.

—Demuéstramelo. Si me eres fiel, si no me engañas con otra, me casaré contigo. Bueno, al menos me lo pensaré —añadió, y ambos se echaron a reír.

Estaba respondiendo a la ofensiva de Charles-Edouard con evasivas, y es que aquel estaba siendo uno de los momentos más deliciosos de toda su vida. A sus casi sesenta años, un francés atractivo y encantador le confesaba su amor y le suplicaba que se casara con él. Cada vez le gustaba más la idea.

—¿Quién cocinaría cuando fuéramos marido y mujer? —le preguntó con interés.

Charles-Edouard tardó unos segundos en responder. En verdad, era una buena pregunta.

—Los dos. Juntos.

—¿Quién haría de segundo? ¿Tú o yo?

—Tú. Para algo eres la mujer.

—Qué machista —replicó Marya, aunque en realidad estaba encantada.

Se lo estaba pasando en grande, tanto como él. De repente, se sentía más joven.

Aquella noche Charles-Edouard la llevó a cenar y aprovecharon la velada para hacer planes y decidir si vivirían en París o en Nueva York. Los dos preferían París. Marya llevaba toda la vida queriendo vivir en la Ciudad de la Luz, y él creía que lo mejor era buscar un piso en el margen izquierdo del Sena, en el sexto o séptimo *arrondissement*.

Cuando volvieron a casa de Marya, aún no habían cerrado el tema del matrimonio. Marya hablaba en serio cuando decía que quería que le demostrara que podía ser fiel, algo que Charles-Edouard no había sido en toda su vida. Quería probar unos meses y ver qué pasaba. La idea era mudarse con él a París, siempre que antes se hubiera comportado, hacia finales de año. Una vez allí, tendrían tiempo de decidir si querían casarse o no. Hasta entonces, podrían aprovechar para disfrutar el uno del otro. Él, por su parte, se ofreció a quedarse en Nueva York unos cuantos meses para trabajar en la redacción del libro.

La acompañó hasta el interior de la casa y a partir de allí todo sucedió de forma muy natural. Se dirigieron al dormitorio y acabaron sobre la cama, abrazados, la ropa desaparecida casi por arte de magia. Se sentían como si hubieran estado juntos toda la vida y aún les quedaran cien años más por delante. Entre sus brazos, Marya volvía a ser una niña.

El tiempo que Chris pasó con su familia fue justo lo que su hijo necesitaba, y a él también le vino muy bien, sobre todo en un año tan duro. Ian volvió a comportarse como un niño, jugando con sus primos y nadando todos los días. Aprendió a hacer esquí acuático e hizo un montón de nuevos amigos. Todo era tan normal, tan fácil, tan natural, que por un momento casi olvidó que su madre estaba en la cárcel. Le llamaba una vez a la semana. Chris sentía pavor por aquellas llamadas. Tenían el terrible poder de traer a Ian de vuelta a la realidad y de recordarle todo el dolor que había sentido, siempre por culpa de su madre. Chris seguía furioso con ella por arrastrar al pequeño a aquel infierno. Sin embargo, en Martha's Vineyard fue como si las heridas de ambos cicatrizaran, aunque a él aún le costaba hablar con sus padres de la madre de su hijo. Ellos opinaban que había que alejar a Ian de su Kimberly, aunque eso significara enviarlo a un internado, algo con lo que Chris no podía estar más en desacuerdo. Aún era muy pequeño y quería que viviera con él. Sus padres no pensaban lo mismo.

—Tú no tienes un hogar estable en el que criar a tu hijo —le dijo su madre una tarde después de comer, cuando Ian ya se había excusado de la mesa—. Sigo sin entender por qué, pero es así. Vives en una casa llena de gente, con «compañeros de piso», o en una especie de comuna, como un estudiante. Tienes un hijo, Chris, y si no puedes proporcionarle un hogar de verdad, deberías mandarlo a un internado. O al menos buscarte un apartamento para ti solo y una canguro para que se ocupe de él. Cuanto más lejos de su madre, mejor. Debería verla lo menos posible.

Chris estaba de acuerdo con ella en lo último, pero se negaba en redondo a todo lo demás. Ian era su hijo, no de ellos. Qué fácil era observarlo todo de lejos y criticar. Nunca habían sido especialmente intervencionistas en la educación de su nieto, pero se creían con derecho a comentar las decisiones de Chris con respecto a su hijo y, en este caso, no estaban de acuerdo con él.

—No vivo en una comuna —respondió Chris, enfadado— y mis compañeras de piso son personas inteligentes y maravillosas que enriquecen la vida de Ian mucho más que cualquier canguro. Tomé la decisión de mudarme a esa casa antes de que Ian viviera conmigo porque entonces no estaba preparado para vivir solo en un apartamento, pero ahora me doy cuenta de todas las cosas positivas que aportan a la vida de mi hijo.

Creía con vehemencia en sus propias palabras, pero su madre no parecía muy convencida.

—Es demasiado moderno para mí —replicó sin tacto ninguno—. Un niño necesita un padre y una madre, además de un hogar como Dios manda. En tu caso, con una madre como Kimberly, está claro que Ian está mejor solo contigo, pero únicamente si le proporcionas una vida normal y sana en una casa de verdad, no en una habitación alquilada en casa de un extraño. Lo siento, pero es que no te entiendo, Chris. Te puedes permitir un piso para ti solo. No es más que pereza por tu parte. Y, con el tiempo, será Ian quien pague el precio de tus errores. ¿Qué les dice a sus amigos del colegio? ¿Cómo describe a toda esa gente con la que vivís? Eres demasiado mayor para compartir piso, Chris, y tienes un hijo.

—Soy muy consciente de eso, madre —replicó Chris con frialdad.

Su padre opinaba igual y así se lo había hecho saber en varias ocasiones. Describía el «estilo de vida alternativo» de su hijo como poco apropiado para un niño. Sus padres eran muy conservadores, y para ellos que alquilara una habitación en una casa del West Village y se llevara al crío a vivir con él era cualquier cosa menos una buena idea. Según su padre, era una irresponsabilidad, más o menos lo mismo que opinaba su madre. Era imposible que entendiera la ternura con la que Francesca, Marya y Eileen trataban a su hijo. Ian vivía en un mundo muy especial en el que cuatro adultos se desvivían por él. Incluso Charles-Edouard, el chef francés, había sido encantador con el pequeño. Ian no vivía solo con su padre soltero, sino en el seno de una pequeña tribu, y en cierto modo Chris sentía que ese era el antídoto perfecto para curar todo el dolor que le había provocado su madre. Que Kim no podía hacerse cargo de él era algo que nadie discutía, pero seguía siendo su madre e Ian la quería, así que tenía derecho a seguir manteniendo el contacto con ella, siempre que fuera en un entorno seguro para él. Chris era consciente de que para sus padres habría sido un alivio que Kim hubiera muerto de una sobredosis porque así Ian podría pasar página y seguir con su vida, pero por desgracia la vida nunca era tan sencilla como ellos creían y Kimberly seguía viva.

—Espero que pienses mejor lo del internado —insistió su madre, y Chris recibió la sugerencia con el ceño fruncido.

Siempre había odiado tener según qué conversaciones con sus padres. Sus ideas eran muy antiguas y rígidas, y siempre se preocupaban más por lo que era «correcto» y tradicional que por lo que suponía una mejora para su nieto. Esos habían sido los pilares de su educación y lo único que habían conseguido era provocar en él un profundo rechazo por su estilo de vida y por todo lo que representaba. Chris sentía un enorme respeto por las tradiciones familiares y por aquellos veranos en Martha's Vineyard que hacían de nexo entre las distintas generaciones de la familia. Por eso iba año tras año, pero no podía tolerar que se aferraran a las tradiciones simplemente por costumbre o que defendieran las mismas ideas anticuadas de siempre, que en su situación no servían para nada. No pensaba enviar a su hijo a un internado. Así al menos se aseguraba de que Ian siempre tuviera a uno de sus padres con él y, de momento, también una casa llena de gente que se preocupaba por él y que pasaba tiempo en su compañía, algo que sus abuelos paternos nunca hacían. Adoraban a sus nietos y les gustaba tenerlos cerca, pero siempre guardaban las distancias y los observaban sin llegar a conectar con ellos ni conocerlos de verdad. Chris nunca había visto a su madre abrazando a uno de sus nietos ni a su padre dirigiéndoles la palabra más que para preguntar cómo había ido el colegio o qué deportes practicaban.

Él había recibido más o menos el mismo trato y por eso había acabado tomando la decisión de huir de Boston y mudarse a Nueva York. No habría sido capaz de vivir a diario confinado en un mundo tan rígido como el de sus padres. Sabía que se preocupaban por él y que lo querían, pero no le bastaba con aquella forma tan comedida de demostrarlo. Hacía tiempo que era consciente de las carencias afectivas que había sufrido de niño, del poco contacto emocional que sentía hacia sus padres, y eso no era lo que quería para Ian. Puede que estuviera cometiendo muchos errores con su hijo, pero al menos estaba a su lado y podía proporcionarle todo el amor y la atención que él nunca había sentido de pequeño. Para sus padres, la dignidad y la posición social de la familia siempre habían sido más importantes que la felicidad de sus hijos. No lo hacían por maldad o por indiferencia, simplemente era un concepto que jamás llegarían a entender. Ellos mismos habían crecido bajo el yugo de tantas restricciones, normas sociales y obligaciones que habían sido incapaces de romper la cadena. Sin embargo, para la generación de Chris el mundo había cambiado, al menos para él y para Ian, pero no para sus padres. Seguían viviendo como lo había hecho la familia durante generaciones, sometidos a normas que para él ya no tenían sentido. La mayoría de edad había supuesto la posibilidad de escapar de todo aquello, razón por la cual siempre lo habían considerado el rebelde, el inadaptado de la familia. Volvía a casa durante las vacaciones de verano y en Navidad, pero nada más. Aquel verano en concreto estaba siendo especialmente duro. Sus padres se sentían con derecho a opinar sobre su vida y la de Ian, a pesar de que no entendían nada de ellas. Por desgracia, los problemas con Kimberly lo habían convertido en el blanco fácil de sus críticas y su preocupación, además de sus opiniones, que Chris no compartía en absoluto.

A veces se acordaba de Francesca y se daba cuenta de que extrañaba la casa. Si conseguía la custodia de Ian, casi seguro que tendría que buscarse un apartamento, pero temía que los dos se sintieran solos y tampoco quería renunciar a la amabilidad que sus compañeras de Charles Street demostraban con Ian. Sabía que podía contar con Marya y Francesca como canguros, que además querían al pequeño casi como si fueran sus tías, y con Eileen, que también se había hecho muy amiga de él. De todas podría decir muchas cosas, siempre positivas. Durante todo el verano, echó de menos las conversaciones con Marya y Francesca. No había hablado con ellas, pero estaba convencido de que también estaban aprovechando las vacaciones para relajarse y esperaba que se lo estuvieran pasando en grande. Con Eileen no tenía tanto trato, a pesar de lo buena que era con Ian. Le recordaba demasiado a su ex mujer; compartían el mismo comportamiento destructivo y una adicción malsana a las malas compañías. En el caso de Kim, Ian había pagado el pato. Y antes de él, Chris.

Al final, consiguió evitar las discusiones por esta cuestión con sus padres. El peor momento del verano llegó cuando tuvieron que ir a visitar a los padres de Kim, en Newport. Odiaba escucharlos lamentarse de lo que le había pasado a su hija, como si se lo hubiese causado otra persona. Por si fuera poco, el padre seguía empeñado en sacarla de prisión, por el momento sin mucho éxito. Cuando estaban con Ian, le hablaban de su madre como si fuera una santa o una mártir. Para Chris era el demonio personificado, sobre todo en lo que atañía a su hijo.

El pequeño se había dado cuenta de que a su padre no le caían bien sus abuelos y de que tampoco se llevaba bien con su madre. A los abuelos paternos tampoco les gustaba Kimberly. No entendía por qué todos tenían que estar enfadados con alguien. Hablaba a menudo de Francesca y de Marya, a veces también de Eileen, y cuando la gente le preguntaba quiénes eran, él respondía que sus amigas. Le dijo a Chris que tenía ganas de volver para comer las tortitas con forma de Mickey Mouse de Marya. También recordaron entre risas el truco que Charles-Edouard hacía con los huevos. Su parte favorita era cuando los dejaba caer al suelo y lo ponía todo perdido.

Al final, el balance del verano fue muy positivo. Ian creció cinco centímetros y Chris por fin consiguió relajarse. Le gustó poder pasar tiempo con su hermano y su hermana, y con sus respectivos hijos, aunque también era consciente de lo mucho que se habían distanciado. Sus hermanos se parecían a sus padres mucho más que él y habían decidido permanecer dentro del molde en el que habían crecido. Aun así, se alegró de verlos e Ian se lo pasó en grande jugando con sus primos en la finca familiar. Padre e hijo se sabían felices, y morenos, y pasaban mucho tiempo en el barco de sus padres con el resto de los niños de la familia. Era un velero precioso, que disponía de cuatro camarotes y cubierta de teca, bastante parecido al que tenían cuando Chris era un niño. Precisamente en el barco era donde mejor se lo pasaba Ian. Lo echarían mucho de menos cuando regresaran a Nueva York. La vuelta a la ciudad significaría asimismo el inicio de la batalla por la custodia. Chris estaba decidido a ganar. No pensaba renunciar a su hijo nunca más.

Durante el tiempo que pasó navegando por las aguas de Maine, Francesca se olvidó de los problemas. Los amigos de Todd se portaron muy bien con ella y no lo mencionaron ni una sola vez, tampoco a su prometida, a pesar de que habían estado allí una semana antes y se lo habían pasado en grande. También se divirtieron con Francesca, que se relajó, disfrutó y dejó de preocuparse por la galería. Por una vez en su vida, no pensó en nada excepto en el viento y las velas del barco, la hora de la comida y si le apetecía langosta o filete. Fueron unos días inolvidables.

Mientras estuvo a bordo del velero, no recibió ni una sola llamada, ni un mensaje ni un correo electrónico. Su Blackberry se quedó muda durante tres semanas. Era exactamente lo que necesitaba, pero también reconocía que su madre estaba en lo cierto. El año siguiente tendría que buscar un nuevo destino de verano. Se le hacía un poco extraño pasar las vacaciones con los amigos de Todd y seguir todos sus pasos como una sombra. Quizá podría viajar por Europa o a donde fuera, ella sola. Casi se sentía preparada para un reto de semejante envergadura.

Al terminar las vacaciones, se despidió de sus anfitriones y les agradeció mil veces la hospitalidad con la que la habían recibido. Voló desde Bangor hasta Boston, hizo escala y cogió otro avión hasta Nueva York. Cuando aterrizó en La Guardia, no podía dejar de pensar en Ian y en Chris. Habían estado separados mucho tiempo y los echaba de menos. Añoraba la carita del pequeño y las charlas con su padre. También se preguntaba cómo le iría a su madre en la cárcel.

Un taxi la llevó hasta la ciudad. Estaba morena, feliz y relajada, y nunca había tenido el pelo más rubio que entonces. Era como si hubiera pasado varios meses fuera. Al ver su casa a lo lejos, sintió la misma sensación de ternura y familiaridad de siempre. Cuando metió la llave en la cerradura, no pudo evitar preguntarse si Eileen habría encontrado trabajo. Eso esperaba, que las cosas le fueran mejor y que no se hubiera acercado más a Brad. Tenía ganas de averiguarlo. Tampoco había sabido nada de ella en las últimas semanas. Le había dejado algunos mensajes, pero Eileen no le había devuelto las llamadas.

En cuanto atravesó el umbral, sintió que algo no iba bien. Todo parecía estar en orden, y no sabía por qué, pero se le había puesto el vello de punta y un escalofrío le recorrió todo el cuerpo. Enseguida se avergonzó de su propia reacción. No había nada raro, pero casi podía sentir que alguien más habitaba la casa. Llamó a Eileen en voz alta, pero nadie respondió. Cuando se dio la vuelta, vio que la puerta de su sala de estar estaba abierta y que alguien había estampado una silla contra la pared. Se quedó petrificada. Definitivamente, algo no iba bien. El primer instinto fue correr. Había cerrado la puerta, así que la volvió a abrir, salió afuera y se quedó en lo alto de las escaleras, respirando grandes bocanadas de aire. Estaba temblando de la cabeza a los pies y no sabía por qué.

Pensó en llamar a Todd, pero le pareció un poco raro y, sin saber a quién más acudir, acabó marcando el número de Chris para que le aconsejara qué hacer y la ayudara a calmarse. Bajó el tramo de escaleras que separaban la puerta principal de la acera y se sentó en el primer escalón. Cuando Chris descolgó, apenas pudo oírle. Había mucho ruido a su alrededor, como si estuviera en un parque infantil, lo cual se acercaba bastante a la realidad. Estaba en la casa familiar, rodeado de sobrinos por todas partes. Parecía que se alegraba de escuchar su voz.

—Hola, Francesca. ¿Cómo estás? —preguntó sonriendo.

—Bien —respondió ella.

Le temblaba la voz y se sentía un poco estúpida por llamarlo de aquella manera. Seguramente eran imaginaciones suyas y todo estaba en orden en casa, pero no sabía cómo explicar la silla hecha astillas en su sala de estar o el motivo por el que su cuerpo se había puesto en alerta. Quizá habían entrado a robar; pero, en ese caso, ¿por qué no había sabido nada de Eileen? Las piezas del rompecabezas no encajaban.

—Han sido unas vacaciones perfectas. ¿Y las tuyas?

—Geniales. Bajamos a Newport hace unos días y este es nuestro último fin de semana aquí. No reconocerás a Ian cuando lo veas. Ha crecido una barbaridad.

Francesca sonrió al oír aquello e intentó calmarse respirando profundamente.

—Siento molestarte y, si te digo la verdad, me siento un poco estúpida llamándote por esto, pero acabo de llegar a casa hace cinco minutos y, al entrar, he tenido una sensación muy extraña. Sé que esto te sonará aún más raro, pero la puerta de mi salita está abierta y, por lo visto, alguien ha destrozado una de mis sillas. Lo demás parece normal, pero me he asustado y he salido corriendo a la calle. Estoy sentada en las escaleras de la entrada y me siento estúpida porque me da miedo entrar. ¿Y si hay alguien dentro? Un intruso o un ladrón. He llamado a Eileen, pero no está en casa.

La alarma no estaba puesta. Ni siquiera se le había ocurrido telefonear a Eileen y, de pronto, se sentía estúpida por ello. Quizá había exagerado al llamar a Chris. Cualquiera diría que era una dama en apuros o una cobarde sentada en las escaleras de su propia casa. Sin embargo, no podía negar que estaba asustada.

Chris no vaciló un instante y frunció el ceño antes incluso de responder.

—Confía en tus instintos. Hagas lo que hagas, no entres. Llama a la policía. Podría haber alguien dentro. Se cometen muchos robos en verano, aprovechando que la gente está de vacaciones. Yo de ti llamaría a la policía ahora mismo.

—Pero creerán que estoy loca —respondió Francesca; se sentía ridícula, pero también se planteaba qué pasaría si Chris tenía razón.

—Mejor loca que víctima de una agresión o asesinada por un ladrón en tu propia casa. Llama a la policía. Y avísame en cuanto sepas algo.

—Vale.

Colgó y a continuación telefoneó a la policía. Les explicó que acababa de volver de vacaciones y que creía que habían robado en su casa o que había alguien dentro. No se le ocurría ninguna explicación plausible para lo de la silla, solo que uno de los novios internautas de Eileen se hubiera emborrachado y hubiera perdido el control.

La policía le dijo que no se preocupara, que no entrara bajo ningún concepto y que en diez minutos estarían allí. Llegaron en cinco, una patrulla con dos oficiales a bordo. Francesca les describió lo que había visto y sentido, y ellos le recomendaron que esperara fuera. Preguntaron si vivía alguien más en la casa y ella les describió al resto de los inquilinos y les comentó que estaban todos fuera menos una de las chicas, que se había quedado en la ciudad y que seguramente estaría trabajando o durmiendo. Les describió la distribución de la casa y quién vivía en cada planta. Les dijo que Eileen ocupaba el piso superior y que los demás aún no habían vuelto de vacaciones. Los agentes entraron en la casa muy concentrados, con las manos apoyadas en las culatas de las pistolas. Era evidente que sus temores no eran infundados.

Pensó en llamar a Chris mientras esperaba, pero tampoco quería molestarle otra vez, sobre todo porque estaba segura de que lo único raro que encontraría la policía sería la silla rota. No quería que pensara que era una histérica. Se sentía más tranquila ahora que los agentes estaban dentro. Obviamente, no habían encontrado nada raro. No habían sonado disparos y ningún ladrón había salido corriendo por una ventana. Por si acaso, Francesca se había apartado un poco de la puerta; aun así, pasaron veinte minutos antes de que uno de los dos policías saliera de nuevo a la calle. Habían registrado la casa a conciencia. El oficial bajó las escaleras con lentitud y miró a Francesca con una expresión ilegible en la cara.

—¿Todo en orden? —preguntó Francesca sonriendo y sintiéndose estúpida otra vez.

Su compañero seguía dentro de la casa. Cuando habló, su voz sonaba tranquila y sosegada.

—Sus instintos no la han engañado. Hemos encontrado el cuerpo sin vida de la inquilina de la última planta.

Eileen. Dios mío, no podía ser verdad. Era imposible. Por un momento, Francesca sintió que se desmayaba. El policía la acompañó hasta las escaleras y la ayudó a sentarse. Estaba tan pálida que el agente le dijo que pusiera la cabeza entre las rodillas. Necesitó un minuto entero antes de poder recuperar el aliento.

—No puede ser verdad —consiguió decir al fin con la voz entrecortada—. Solo tiene veintitrés años.

Como si eso significara algo. No sabía lo que decía. Apenas podía pensar.

—La han agredido con brutalidad y luego la han estrangulado. No estamos seguros, pero quizá también la hayan violado. Está en su cama, desnuda. Lleva muerta unos tres días. ¿Tiene idea de quién podría haber sido? ¿Tenía pareja? ¿Ex marido? No parece obra de un intruso. Todo parece estar en orden excepto un par de sillas, nada más.

Francesca lo miró con los ojos abiertos como platos.

—Tenía un novio problemático, pero la última vez que la vi habían dejado de verse. Le había pegado dos veces. Yo me fui hace tres semanas y diría que no se habían vuelto a ver desde junio. No lo sé. A veces no sé si me contaba la verdad, pero tiene que haber sido él... o alguien que haya conocido por internet. Se pasaba todo el día conectada...

El oficial había sacado un cuaderno y su compañero había llamado a la central para solicitar refuerzos. Mientras hablaban, llegaron tres patrullas más y una ambulancia.

—¿Sabe cómo se llama? —le preguntó el policía sin dejar de tomar notas y mientras todos los demás entraban en la casa.

—Brad. Brad Turner, creo. Era un tipo muy desagradable.

—¿Sabe dónde trabaja?

—No, ni idea. Sé que es mecánico de motos, pero nada más. Tiene varios tatuajes.

—¿Recuerda cómo eran?

Francesca cerró los ojos e intentó reproducirlos en su cabeza para describirlos mejor. Estaba temblando, más que antes, y tenía ganas de vomitar.

—Un águila... Una rosa... Una serpiente a lo largo del brazo... Una especie de símbolo chino... Los demás no los recuerdo.

Volvió a abrir los ojos. No se podía sacar a Eileen de la cabeza, muerta en su habitación, probablemente asesinada por Brad.

—Siento tener que pedírselo —dijo el policía, y por la expresión de su cara era evidente que no mentía—, pero necesitamos que alguien identifique el cuerpo para estar seguros de que es ella. ¿Se ve capaz de hacerlo?

Francesca tardó en responder. Estaba demasiado asustada para hacerlo.

—¿Es imprescindible?

No quería ver a Eileen de aquella manera. Además, nunca había visto un cadáver.

—Usted es la única persona que la conoce. No queremos

equivocarnos con la identificación. Por lo que sabemos, la chica de la cama podría ser una desconocida.

Francesca asintió. Acababa de llegar otra patrulla de policía. Su casa se había convertido en el escenario de un crimen, lleno de desconocidos haciendo su trabajo. El agente que la estaba interrogando entró de nuevo en la casa y ella aprovechó para llamar a Chris. Le temblaban tanto las manos que le costaba sujetar el teléfono.

Chris descolgó a la primera.

—Hola, Francesca. ¿Qué te han dicho? ¿Todo en orden? —preguntó, convencido de que no había sido más que una falsa alarma.

Sus palabras fueron recibidas con un silencio interminable al otro lado del teléfono.

—Eileen está muerta —consiguió murmurar al fin Francesca—. Alguien le ha dado una paliza y luego la ha estrangulado, puede que incluso la haya violado. Debió de esperar a que yo me marchara para volver a quedar con Brad. O con alguno de su misma calaña.

Chris permaneció en silencio, procesando lo que acababa de escuchar.

—No sabes cuánto lo siento.

—Aún era una niña. Quieren que identifique el cuerpo, pero no sé si seré capaz. Dicen que podría no ser ella. Pero está desnuda, en su cama.

Quería aferrarse a lo imposible, pero Chris no tenía ninguna duda de que era ella, y Francesca, en el fondo, tampoco. No quería que fuera verdad, si bien sabía que no podía negar la realidad.

—¿Quieres que vaya? —se ofreció Chris—. Si salgo ya, puedo estar ahí en cuestión de horas.

—Tranquilo, no haríamos más que asustar a Ian. ¿Cuándo tenías pensado volver?

—Dentro de tres días. Puedo cambiar los planes y volver mañana. No deberías quedarte sola en casa.

—No pienso quedarme aquí. —No podría, por mucho que se esforzara—. Me iré a un hotel.

—Siento que te toque identificar el cuerpo. Si pueden esperar, lo haré yo en cuanto llegue.

Tampoco le apetecía pasar por semejante mal trago, pero estaba dispuesto a hacerlo por ella.

—Tengo que hacerlo yo para que puedan llamar a sus padres cuanto antes.

A su padre le daría igual, pero tenía cinco hermanos más y una madre que merecían saberlo. Hacía tiempo que Eileen le había dado el teléfono de su madre por si algún día le pasaba algo. Lo guardaba en su escritorio.

Dos agentes salieron a buscarla y le pidieron que entrara con ellos, no sin antes asegurarse de que se encontraba bien. Habían bajado el cuerpo de Eileen en una camilla hasta el recibidor y lo habían tapado con una sábana y una manta. Le preguntaron si estaba preparada y ella asintió. Se había cogido a la mano de uno de los policías y se negaba a soltarla. El hombre le había pasado un brazo por la espalda por si se desmayaba; estaban acostumbrados a escenas como aquella y sabían lo duro que podía llegar a ser. Un compañero bajó la sábana y Francesca supo enseguida que era Eileen. Tenía la cara llena de golpes, pero no le costó reconocerla. En cuanto asintió, la taparon de nuevo con la sábana y se la llevaron del recibidor. Francesca se sentó en el suelo, mareada y aturdida, hasta que un agente la ayudó a levantarse, la acompañó hasta uno de los coches patrulla y le dio una botella de agua que siempre tenían a mano para situaciones como aquella. Era consciente de que, si algún vecino la veía, pensaría que estaba detenida, pero le daba igual. Volvió a llamar a Chris, esta vez llorando.

—Es ella. Le han destrozado la cara.

—Lo siento, Francesca. ¿Qué te parece si dejo a Ian aquí con sus primos y vuelvo yo? No quiero que pases por esto tú sola.

—Gracias.

Fue todo lo que consiguió decir antes de colgar el teléfono, inclinar el cuerpo fuera del coche patrulla y vomitar.

La llevaron a la comisaría para que firmara su declaración. Una vez allí, prepararon un retrato robot de Brad basándose en su descripción y emitieron una orden de busca y captura. Solo entonces llamaron a la madre de Eileen para comunicarle la triste noticia, después de que Francesca les dijera dónde encontrar su número. La casa quedó precintada. Al parecer, la madre de Eileen quería que incineraran a su hija y le hicieran llegar sus cenizas a San Diego. Apenas tenía amigos en Nueva York, aparte de sus compañeros de piso y de los hombres que había conocido por internet, así que la familia no celebraría un funeral allí en su recuerdo. Al final, había muerto por culpa de su obsesión por internet. Francesca sabía que solo podía haber sido Brad o alguno de sus ligues. Se había arriesgado demasiado. Parecía imposible, pero la chica dulce y encantadora, la pelirroja con la cara llena de pecas y el pelo recogido en dos coletas, estaba muerta. El día que Francesca se había marchado de vacaciones parecía tan inocente, tan tranquila... Era la última vez que la había visto, delante de la puerta de casa, diciéndole adiós con la mano.

La policía la llevó hasta el hotel Gansevoort. Reservó una habitación y se quedó allí, sentada en la cama y sin poder parar de temblar. No quería volver a casa. Las horas pasaban tan lentas que, cuando Chris llamó de nuevo, había perdido por completo la noción del tiempo. Se acababa de montar en un taxi y quería saber dónde estaba ella. Se lo dijo y en cuestión de minutos llegó al hotel. Francesca le abrió la puerta de la habitación y estuvo a punto de desmayarse. Él la sujetó, la acompañó hasta la cama y se sentó a su lado mientras ella no dejaba de llorar.

—Qué lástima de cría —fue todo lo que dijo Chris.

Estaba enfadado y triste al mismo tiempo. Esta vez le había tocado a Eileen, pero podría haber sido su ex mujer y casi una docena de veces. Hasta ahora había tenido suerte, pero algún día acabaría como Eileen, solo que con una aguja clavada en el brazo, y a Ian se le rompería el corazón. Las odió a las dos por el riesgo al que se exponían, por la gente a la que hacían daño, por los corazones que destrozaban por el camino y las lágrimas que se vertían en su nombre. Aquella noche, Francesca lloró hasta quedarse dormida entre sus brazos. La acostó en la cama, a su lado, y le sujetó la mano como tantas veces había hecho con Ian. Por la mañana, Francesca recibió una llamada de la policía. Habían pillado a Brad. Sus huellas coincidían con las que habían recogido en la escena del crimen. Había sido él. Faltaba la prueba de ADN, pero de momento todas las piezas del rompecabezas encajaban a la perfección. Las pruebas eran concluyentes. Brad había matado a Eileen.

14

A la mañana siguiente, Francesca se despertó confundida y desorientada, sin saber si lo que recordaba del día anterior había sucedido en realidad o no. Se había quedado dormida con la ropa puesta, tumbada junto a Chris en la habitación que había reservado en el hotel Gansevoort. Abrió los ojos y se volvió hacia él. Seguía tumbado a su lado, despierto.

—¿Lo he soñado?

Él negó con la cabeza. Era imposible. No podía haber ocurrido de verdad. No era justo. Eileen estaba muerta. Su locura por internet había acabado con ella. En realidad, era mucho más que eso, la mezcla perfecta entre inmadurez, adicción a las malas compañías y una infancia marcada por la violencia. Todo había contribuido a que Eileen tuviera un final tan triste. ¿Quién no sabía de parejas que se habían conocido por internet, se habían enamorado y habían acabado casados? Por desgracia, entre todas las ovejas buenas también se escondía alguna negra; en este caso, Brad. Eileen dependía demasiado de él, y del maltrato al que la sometía, como para salvarse. Había decidido darle otra oportunidad, pero esta vez había sido la última.

Chris llamó a la policía para que le confirmaran que Brad seguía detenido por el asesinato de Eileen. Querían que Fran-

cesca y él confirmaran su identidad en una rueda de reconocimiento para abrir la causa penal al día siguiente. Ya habían
tomado muestras de ADN de su piel y las estaban procesando para luego compararlas con las que habían encontrado debajo de las uñas de Eileen. En tres días tendrían los primeros
resultados parciales. El cuerpo de Eileen estaba en la morgue.
La incinerarían en cuanto la autopsia estuviese completa, pero
para eso aún faltaban unos cuantos días. Francesca estaba tan
destrozada que no podía evitar preguntarse de qué serviría
ahora todo aquello. Daba igual lo que hicieran, ella seguiría muerta. La recordaba haciendo muñecos de papel maché
con Ian, pero esas imágenes se confundían con la escena del
día anterior en su casa, identificando el cadáver. De pronto, se
levantó de la cama y corrió hacia el lavabo. Se arrodilló junto
al inodoro y, mientras Chris le sujetaba el pelo y le frotaba la
espalda, vomitó lo poco que tenía en el estómago.

—Lo siento —se disculpó mientras se limpiaba la cara con
la toalla que le ofrecía él.

Chris sacudió lentamente la cabeza.

—Yo lo siento por ella. El maltrato en una relación es algo
horrible. El psicológico es casi tan malo y adictivo como el
físico. Creo que la gente lo soporta o vuelve una y otra vez
para poder darle la vuelta a la situación y demostrarle a su
agresor que son buenas personas y no lo merecen. La culpa
siempre recae en ellos. Y a veces acaban como Eileen, que no
tenía la fortaleza mental suficiente para cortar la relación.

Ambos sabían que aquello era algo que sucedía a menudo.

Francesca volvió a la cama y se tumbó. La idea de levantarse se le hacía demasiado cuesta arriba. Quería quedarse allí
para siempre, con Chris sentado a su lado acariciándole el
pelo.

Marya y Charles-Edouard acababan de regresar de dar un paseo por el jardín y se disponían a preparar el desayuno cuando, de pronto, sonó el móvil de ella, que se encontraba encima de su escritorio. No esperaba ninguna llamada importante, así que se tomó su tiempo. Todavía estaba de vacaciones y quería disfrutar de Charles-Edouard hasta el último segundo. Cuando por fin lo cogió, no reconoció el número que aparecía en la pantalla, pero descolgó igualmente y se sorprendió al escuchar la voz de Chris.

—Hola, Marya.

Estaba muy serio y tenía la voz ronca. Se había pasado buena parte de la noche sin pegar ojo, vigilando a Francesca, que se despertaba cada dos por tres llorando. Estaba cansado y muy triste.

—Qué sorpresa —canturreó Marya, encantada de volver a hablar con él después de tantos días—. ¿Cómo está Ian? Yo sigo en Vermont.

No habían vuelto a hablar desde el inicio de las vacaciones.

—Estoy en Nueva York con Francesca —respondió Chris mientras Francesca escuchaba la conversación. Era ella la que le había pedido que llamara—. Ian sigue en Martha's Vineyard. Tengo que volver a recogerlo dentro de un par de días.

—¿Va todo bien? ¿Le ha pasado algo a Francesca?

A Marya le pareció raro que estuvieran juntos, o que lo dijera de aquella manera. Además, estaba muy serio.

—Francesca volvió a Nueva York ayer. Siento decírtelo así, por teléfono, pero ha pasado algo horrible en casa. Eileen murió hace tres días, seguramente a manos de Brad.

—Oh, Dios mío, es terrible. —Se le llenaron los ojos de lágrimas al pensar en Eileen. Era una chica tan dulce, tan joven e inocente. Charles-Edouard no dejaba de observarla, visiblemente preocupado e interrogándola con la mirada—. ¿La ha encontrado Francesca?

Esperaba que no, porque no se le ocurría una escena más traumática que aquella.

—Al entrar en casa, le pareció que algo no iba bien. Me llamó y yo le dije que esperara fuera y llamara a la policía. Fueron ellos quienes la encontraron. Ya estaba muerta, en su habitación. Brad le había pegado una paliza y luego la había estrangulado. Está detenido. Luego tenemos que ir a comisaría a identificarlo.

Le ahorró el detalle de la identificación del cadáver. Francesca estaba tumbada a su lado, pálida y con los ojos cerrados, escuchando la conversación y cogida de su mano. Eran dos amigos que compartían una tristeza infinita y Chris se alegraba de estar allí con ella.

—¿Queréis que vuelva antes? Llegaríamos hoy mismo, en unas horas.

Chris se dio cuenta de que Marya había hablado en plural, pero lo achacó a la impresión que había sufrido tras conocer la noticia de la muerte de Eileen.

—Tampoco podrías hacer mucho. Además, nosotros estamos bien.

Lo dijo con convicción, pero ninguno de los dos lo sentía.

—¿Habéis dormido en casa?

La idea era, cuando menos, inquietante, y no estaba segura de que fueran capaces de hacerlo.

—Estamos en el Gansevoort —contestó él con calma.

La policía les había dado el nombre de un servicio de limpieza especializado en escenas de crímenes. En cuanto recogieran las pruebas que necesitaban e hicieran las fotografías pertinentes, los operarios se encargarían de retirar hasta el último rastro de lo que allí había sucedido. El proceso solía tardar unos días. Cuando era necesario, pintaban las paredes de la casa. Era algo muy común, sobre todo en casos relacionados con armas de fuego. A Chris le parecía un trabajo muy macabro.

—Supongo que, para cuando tú vuelvas, ya estará todo en orden.

Estuviera en orden o no, Eileen nunca volvería a habitar su piso. Aquella misma mañana, Francesca había decidido que no quería más inquilinos en aquella habitación. No volvería a poner un pie allí. El cariño que había sentido por Eileen era sincero, a pesar de su falta de juicio con los hombres. Le había abierto las puertas de su casa y la había protegido hasta donde había podido. Y ahora estaba muerta.

—Cuánto lo siento —se lamentó Marya—. No quiero molestar a Francesca, pero si puedo hacer algo, llamadme. Me subiré en el coche y me tendréis ahí en unas horas, si con eso puedo ayudar en algo. Intentaré volver lo antes posible. ¿Alguien se ha ocupado de llamar a sus padres?

—La policía. Incinerarán su cuerpo cuando le hayan practicado la autopsia y les enviarán las cenizas. No habrá funeral en Nueva York.

—Quizá podríamos organizar una pequeña ceremonia —propuso Marya, pero sin concretar nada más; estaba tan descolocada que era incapaz de pensar con claridad.

Le dijo a Chris que le diera un beso a Francesca de su parte y colgó.

—¿Qué ha pasado? —preguntó Charles-Edouard, al que se le notaba preocupado.

—Eileen, la chica que conociste en casa, la que vivía en el último piso, está muerta. La golpearon y luego la estrangularon en su habitación.

—¿Quién? ¿Un ladrón?

—Creen que ha sido el hombre con el que salía. Está detenido y van a acusarlo de asesinato. Ya la había maltratado antes, dos veces.

Marya estaba pálida. Se desplomó en el sofá con la mirada perdida. Charles-Edouard se sentó a su lado y le pasó un brazo alrededor de los hombros. Era una forma muy triste de empezar el primer día de su nueva vida. Comienzos y finales, el nacimiento de una relación y la muerte de una chica joven. El sabor siempre agridulce de la vida. Y esta vez era muy agrio. Marya miró a Charles-Edouard, se apretó contra su pecho y lloró.

Parecía que la rueda de reconocimiento en la comisaría de la calle Diez Oeste no iba a comenzar nunca. Cuando por fin empezó, los hombres que formaban el grupo de muestra eran muy distintos entre sí. Había dos altos, uno bajo y tres de estatura media. Todos llevaban tatuajes. Uno tenía el pelo largo. Tres estaban acusados de otros cargos, uno era un policía de paisano, otro estaba en libertad condicional y el otro era Brad. El grupo al completo se puso primero de perfil y luego de frente, siguiendo las instrucciones de los agentes. No dejaban de moverse, pero Chris y Francesca, que los observaban desde el otro lado del espejo doble, lo habían reconocido enseguida y pudieron confirmar su identidad. Era él. El grupo desfiló hacia la puerta por la que había entrado. Se había acabado. Al día siguiente, Brad sería acusado formalmente. Chris y Francesca podían irse.

Volvieron al hotel a pie; necesitaban tomar el aire. Mientras caminaban, Chris recibió una llamada de Ian. Le dijo que todo estaba bien y le mandó muchos recuerdos de Francesca. Le había contado que tenía que volver antes a Nueva York por un tema de trabajo y para ayudar a Francesca en casa. No quería que pensara que a su madre le había pasado algo en la cárcel. Ian siempre se preocupaba por ella, y con razón, aunque esta vez la cosa era mucho más seria y ni siquiera su padre podría librarla tan fácilmente como en otras ocasiones. Al igual que con Kimberly, nadie había podido detener, convencer o salvar a Eileen. Las mujeres que se empeñaban en autodestruirse solían conseguirlo, algo que Chris había aprendido por las malas.

La policía les había asegurado que la casa estaría limpia hacia mediados de semana, así que, hasta entonces, se quedarían en el hotel. Antes de ir a la comisaría, Chris se había pagado una habitación para él solo. No sabía si la iba a usar o no, pero al menos así tenía la opción de hacerlo. Tampoco le importaba pasar las noches que les quedaran sentado en una silla de la habitación de Francesca. Precisamente para eso había vuelto de Vineyard, para hacer por ella todo lo que estuviera en su mano. De camino al hotel, dieron una vuelta considerable para evitar pasar por delante de la casa. Francesca ni siquiera estaba segura de querer volver a verla. No sabía si lo que había sucedido allí los perseguiría para siempre o si podrían volver a vivir en paz. La verdad es que no estaba muy segura.

No había comido nada desde hacía más de veinticuatro horas, así que Chris la convenció para ir al Da Silvano a tomar un buen plato de pasta. El camarero los acompañó hasta una de las mesas de fuera, rodeada por el trasiego habitual del restaurante. Francesca no tocó la comida; no podía sacarse a Eileen de la cabeza. Después del almuerzo, retomaron el camino de vuelta al hotel, subieron a la habitación de Francesca y Chris encendió el televisor. Estaban dando un partido de béisbol, y mientras lo seguía, sentado en una silla junto a la cama, ella se quedó dormida. Se revolvió varias veces, tuvo un par de pesadillas y se levantó para ir al lavabo; pero, aparte de eso, durmió hasta la mañana siguiente. Él se tuvo que conformar con la silla, totalmente vestido y con el televisor encendido; a pesar de las incomodidades de ambos, por la mañana se encontraban mejor.

Llamaron al servicio de habitaciones para que les subieran el desayuno. Marya volvió a telefonear para ver cómo estaban y esta vez fue Francesca la que cogió el teléfono. A pesar de la distancia, las dos lloraron por Eileen. Francesca la echaba de menos más que nunca. Marya, por su parte, prefirió no comentar nada de lo sucedido con Charles-Edouard. No le pareció correcto explicarles la buena nueva en un momento de duelo como aquel.

—¿Quieres venirte conmigo unos días a Martha's Vineyard? —le propuso Chris durante el desayuno, pero Francesca respondió que no.

—No sé qué quiero hacer —replicó, aún medio aturdida—. No quiero ver a nadie. De hecho, debería abrir la galería.

Trabajar le vendría bien para distraerse, y si en algún momento necesitaba evadirse, siempre podía quedarse en casa de su padre, en Connecticut. Avery y él acababan de volver de Aspen.

Aquella misma mañana la llamó y le contó lo que había ocurrido. Avery se mostró horrorizada.

—Puede que lo de los inquilinos no fuera tan buena idea, después de todo —dijo con un hilo de voz.

Sentía mucho lo ocurrido, sobre todo por Francesca, y le preocupaba que la casa estuviera marcada para siempre. Francesca compartía la misma duda, pero no estaba segura de qué pensar. Tendría que esperar a estar otra vez instalada.

—¿Qué piensas hacer? ¿Vender la casa?

Parecía una decisión muy drástica, pero sabía que a todos les resultaría difícil vivir en el mismo lugar donde había perdido la vida una persona tan querida. Para Francesca empezaban a ser demasiados recuerdos tristes concentrados en un solo punto. Avery sugirió que quizá ya no valía la pena luchar por ella, y le preguntó si había hablado con su madre.

—Aún no —respondió con un suspiro—, y no sé si quiero. Seguramente es mejor que no lo sepa. Me daría la lata continuamente, me recordaría que ella ya me avisó de que lo de los inquilinos no era buena idea e intentaría presionarme para vender, y esa es una decisión que debo tomar por mí misma, si en realidad es lo que quiero, que no lo sé.

—Cuando llegue el momento, lo sabrás. De momento aún es pronto, a menos que estés segura de querer vender.

—No estoy segura. Sigo adorando mi casa, pero detesto pensar en lo que ha pasado en ella. No dejo de preguntarme si podría haber hecho algo más o si tendría que haber sido más dura con ella, pero solo era su compañera de piso, su casera, no su madre. No podía prohibirle que viera a quien quisiera, solo pedirle que no lo trajera a casa, pero por lo visto aprovechó que yo no estaba para abrirle la puerta. Le supliqué una y otra vez que buscara ayuda, que dejara de buscar pareja por internet. Creo que Eileen era una mujer mucho más compleja de lo que aparentaba, con una historia de maltratos desde la infancia. Quizá se sentía atraída por esa clase de gente y, de una manera u otra, hubiera acabado juntándose con el Brad de turno. No necesitaba internet para nada. Todos tenemos secretos y problemas. Yo aún no he olvidado a Todd, Marya no ha superado la muerte de su marido y Chris tiene que vérselas con una ex mujer heroinómana mientras mantiene a su hijo al margen. Todos tenemos historias trágicas y llevamos vidas que a veces no son lo que parecen, como la de Eileen, y mira cómo ha acabado.

Mientras lo decía, no pudo evitar que se le escaparan las lágrimas. Había conectado con Eileen desde el momento mismo en que se habían conocido. Además, era el primer asesinato que vivía de cerca, y morir así, estrangulada y golpeada en su propia cama, era sin duda una muerte horrible. Por desgracia, Brad le había dejado bien claro en más de una ocasión la clase de persona que era y, aun así, ella insistía una y otra vez, en lugar de salir corriendo en sentido contrario, que era lo que cualquiera con dos dedos de frente y cierta salud mental habría hecho. Eileen no estaba bien. Seguía enganchada a Brad y al maltrato al que la sometía, y había acabado pagando un precio demasiado elevado por sus errores. Avery le recordó a Francesca que las estadísticas sobre maltratadores y víctimas de malos tratos eran terribles: el setenta y cinco por ciento de los hombres que amenazaban con matar a su pareja acababa haciéndolo. Eileen era un número más de esa estadística y no la chica dulce con la cara cubierta de pecas que vivía en la planta superior de la casa. Las citas con extraños y su falta de juicio en general habían sido su perdición.

Chris regresó a Vineyard al día siguiente para recoger a Ian, no sin antes prometer que volvería lo antes posible. Francesca le aseguró que estaba bien. Abrió la galería y siguió hospedándose en el Gansevoort. Sus maletas seguían en el recibidor de casa, que era donde las había dejado al volver de Maine, así que hizo que se las trajeran al hotel. También le aseguró a Marya que no hacía falta que adelantara su vuelta. De momento, no podían hacer nada. El equipo de limpieza estaba empleándose a fondo con la habitación de Eileen, pintando las paredes y retirando los muebles. También estaban empaquetando todas sus cosas y enviándolas a San Diego a medida que la policía las revisaba y recogía las pruebas que necesitaba. Francesca tenía la intención de cerrar la habitación con llave. Ni siquiera quería volver a entrar en ella. De momento, sería como si la planta superior no existiera. De todos modos, nadie querría vivir en ella, sabiendo que habían asesinado a una chica allí mismo. Eso significaba que tendría que costear la mitad de la hipoteca ella sola, en lugar de una cuarta parte, como hasta ahora. Era lo que pagaba cuando vivía con Todd, pero tampoco se le ocurría otra forma de solucionar el problema. No deseaba buscar otro inquilino que ocupara el lugar de Eileen.

Quería que solo fueran Chris, Marya, ella y, por supuesto, Ian. Los tres adultos eran capaces de tomar decisiones cabales y llevaban vidas sanas y normales que no ponían en riesgo a los demás ni tampoco a sí mismos. No le apetecía volver a pasar por algo como lo que había vivido con Eileen, a pesar de lo mucho que la había querido, y sabía que era imposible saber qué hacía la gente en su vida privada. Ninguno de los tres tenía pareja. Eran tres adultos solos, más un niño al que todos adoraban. Eileen era muy inmadura y había sufrido demasiado en la vida como para ser responsable de sus propias acciones. Francesca se había dado cuenta demasiado tarde para actuar y ahora se sentía culpable. Quizá si las circunstancias hubieran sido otras, Eileen no habría acabado muerta. Todos se habían ido de vacaciones al mismo tiempo y ella se había convertido automáticamente en una presa fácil para Brad.

La policía les informó de que Brad ya había sido procesado y que estaba a la espera de juicio. Se había declarado no culpable, siguiendo el consejo del abogado de oficio que le representaba. Quería tener una oportunidad en el juicio, aunque la policía estaba convencida de que al final intentaría llegar a un acuerdo. Por desgracia para él, no tenía mucho que hacer después de un asesinato a sangre fría como el de Eileen. Los primeros análisis de ADN lo habían situado en la escena del crimen. La vista tardaría al menos un año en celebrarse, tiempo que pasaría en la cárcel sin posibilidad de fianza. Francesca no pudo evitar comparar la situación de Brad con la de la ex mujer de Chris, que todavía seguía en prisión, pendiente de juicio. Sus abogados estaban intentando conseguirle un trato, pero el fiscal del distrito no estaba dispuesto a dejar que se le escapara. Era responsable del heroinómano que se había pinchado con ella y al que ella misma le había conseguido la droga. La cosa no pintaba muy bien para Kim. Por si fuera poco, el pobre Ian lo había presenciado todo, primero la muerte del hombre y luego la sobredosis casi letal de su madre, y se lo había contado a Chris, que pensaba utilizar las palabras del crío en el juicio sobre su custodia. No quería que Ian viviera con una mujer capaz de drogarse delante de su propio hijo, por mucho que fuese su madre, ni que viviera rodeado de indeseables, desde traficantes a drogadictos. Además solicitaría que las visitas a las que su mujer tenía derecho una vez saliera de la cárcel fueran siempre supervisadas. Se negaba a que el pequeño pasara un solo minuto más a solas con ella. Sabía que no podía confiar en que se rehabilitara. Hasta entonces, nunca antes lo había hecho, a pesar de la retahíla de centros por los que había pasado. Sus padres eran los primeros interesados en que su hija saliera de las drogas, al igual que Chris, pero ella no quería. Estaba tan enganchada que le daba todo igual. Solo quería drogarse, costara lo que costase, igual que Eileen quería estar con Brad. Él había sido su droga, tan letal como la heroína que se había inyectado el amigo de Kimberly, y ahora ambos estaban muertos.

Chris llamó varias veces a Francesca desde Vineyard. Le preocupaba que estuviera sola, y más desde que había vuelto a casa. Seguía triste, pero siempre le decía que todo iba bien. No se atrevía a admitir que sería mucho más feliz en cuanto Marya y él regresaran a Nueva York, y que se le hacía muy raro tener toda la casa para ella sola.

Marya tampoco tenía prisa por regresar al 44 de Charles Street, entre otras cosas porque sabía lo triste que se sentiría en cuanto pusiera un pie allí. De momento, no había compartido la buena noticia con nadie, nunca le parecía la ocasión oportuna para hacerlo, y mientras no llegaba el día, Charles-Edouard y ella eran muy felices en Vermont explorando facetas de su relación a las que no habían tenido acceso hasta entonces. Ahora que él estaba a punto de divorciarse, ya no tenían que preocuparse por los límites. Él había hablado con su abogado un par de veces desde Vermont y, por lo que le había dicho, todo iba viento en popa. Su mujer quería que el proceso fuese lo más rápido posible para poder casarse cuanto antes con el asistente de cocina del que pronto se convertiría en su ex marido. Le pedía la mitad de sus bienes y, tras treinta años de matrimonio, a Charles-Edouard le parecía más que justo. Le dijo a Marya que tenía suficiente dinero para darle su mitad a Arielle y seguir llevando una vida más que acomodada. Se conformaba con eso y, de todas formas, Marya no quería nada de él, solo que compartieran sus vidas y al menos en eso habían empezado de la mejor manera posible. Tras la muerte de John, se había convencido de que nunca volvería a enamorarse, ni de Charles-Edouard ni de nadie. Todo aquello había supuesto una sorpresa enorme para ella, además de un proceso de adaptación, si bien los dos se lo tomaban con paciencia y buen humor e intentaban ser tolerantes con los defectos del otro. Ambos tenían buen corazón, disfrutaban la vida al máximo y se querían con locura, y ya no solo como amigos. Él insistía en que quería casarse con ella y Marya en que le demostrara que estaba dispuesto a serle fiel. Después de pasar treinta y seis maravillosos años junto a John, no tenía intención de casarse ni de mantener una relación con un hombre que la engañara con otras mujeres. Eso era precisamente lo que Charles-Edouard llevaba haciendo toda la vida y, al parecer, no se arrepentía. Según él, era algo cultural, avivado por la falta de amor por su esposa. A Marya le daban igual sus explicaciones. Mientras no le fuera fiel, no quería saber nada de él. Al final, Charles-Edouard no tuvo más remedio que prometerle que se comportaría.

Disfrutaron muchísimo el tiempo que estuvieron en Vermont, recorriendo la zona en coche y subiendo en funicular a las montañas de Stowe. Marya condujo de vuelta a New Hampshire con él. Se hartaron de langosta en los modestos hostales de la zona. Visitaron el mercado de productos de granja y cocinaron en casa, alternándose en la preparación de algunos platos especiales y colaborando a cuatro manos en otros. Probaron algunas recetas para el nuevo libro, plantaron hortalizas en el jardín, cogieron flores, dieron largos paseos, nadaron en un lago cercano, fueron a pescar y cocinaron lo que había caído en la cesta, se refrescaron los pies en los arroyos y, para sorpresa de Marya, hicieron el amor al menos una vez al día. Nunca hubiera dicho que semejante frecuencia era posible a su edad. Charles-Edouard era un hombre muy sexy, con los impulsos de alguien mucho más joven y la habilidad para llevarlos a buen término. Marya se sentía completa gracias a sus atenciones y al amor que compartían. La única mácula en aquellos días que pasaron juntos fue la noticia de la muerte de Eileen. Marya sintió que se le rompía el corazón y ambos fueron a la iglesia para rezar por ella. Encendió una vela por el descanso eterno de su alma y lloró desconsolada. La echaría mucho de menos. Se preguntó si Francesca buscaría otro inquilino para su habitación.

Cuando por fin volvieron a Nueva York tras el fin de semana del día del Trabajo, Marya estaba morena, radiante y feliz. Los ojos azul claro de Charles-Edouard danzaban entre los pliegues de su rostro bronceado por el sol, que hacía que el pelo pareciera aún más blanco. Cuando se bajó del coche frente al 44 de Charles Street, iba vestido con unos vaqueros, una camisa azul y un par de alpargatas, además de un jersey rojo anudado sobre los hombros. Descargaron las maletas y las bolsas llenas de hortalizas y fruta fresca que habían comprado en uno de los mercados de productos frescos en Vermont. Marya levantó la mirada y contempló la casa con un suspiro. Qué diferente sería todo sin Eileen. Les había regalado a todos una auténtica infusión de juventud.

Chris e Ian estaban en casa y se sorprendieron al ver a

Charles-Edouard, porque además era evidente que había estado con ella en Vermont. Chris, que no sabía que ese era el plan, se alegró mucho al verlos juntos y pensó que era una lástima que él estuviera casado, porque hacían una pareja estupenda.

—Bienvenidos a casa —los saludó mientras bajaba las escaleras para reunirse con ellos.

Ian subió corriendo de la cocina con un bigote de leche y una galleta en la mano. Sonrió a Marya y se lanzó en los brazos abiertos de Charles-Edouard.

—¡Tengo un huevo en la oreja! —gritó emocionado, y esta vez el francés sacó una moneda y se la dio.

—Has vendido los huevos a cambio de dinero —le dijo antes de besarlo en ambas mejillas y abrazar a su padre.

El pequeño, que estaba acostumbrado a los efusivos recibimientos del chef, le ayudó a bajar las bolsas de comida a la cocina mientras Chris le susurraba a Marya que aún no le había dicho nada sobre Eileen. Se había limitado a contarle que la joven había vuelto a California con sus padres, lo cual no dejaba de ser verdad, aunque dentro de una urna en forma de cenizas. Explicarle que la habían asesinado allí mismo solo serviría para que se asustara, y ya lo había pasado suficientemente mal por culpa de su madre. Marya no podía estar más de acuerdo y se ocuparía de decirle a Charles-Edouard que no mencionara nada del asesinato, ni siquiera de su muerte. Había sido un episodio muy triste para todos. Abrazó a Chris y ambos intercambiaron una mirada cálida y comprensiva, rebosante de comprensión.

—¿Qué tal el verano? —quiso saber Chris—. Nosotros nos lo hemos pasado genial en Vineyard.

Se le notaba, y a Ian también. Estaban en forma, muy morenos, igual que ella. A excepción de lo sucedido con Eileen, habían sido unas vacaciones muy provechosas para todos.

—Nosotros también en Vermont —respondió Marya sonriendo—, y en Europa, que siempre es una maravilla. Solo hace un mes que volví de allí, pero es como si hubieran pasado años.

Chris e Ian habían vuelto de Martha's Vineyard la semana anterior y no habían visto nada raro en casa. La habitación de Eileen estaba cerrada a cal y canto. Francesca había aprovechado el verano para reemplazar los muebles de la sala de estar que Todd se había llevado hacía ya ocho meses. Con las nuevas adquisiciones, la estancia se veía más acogedora que nunca, y Francesca había decidido no vender la casa, a pesar del recuerdo de Eileen. Se lo había dicho al volver de vacaciones y a él le había parecido buena idea, además de un alivio. Ian y él eran muy felices allí. Ya no se imaginaba la vida sin ellas. Eran sus mejores amigas y las mejores tías del mundo para Ian, aunque sabía que el pequeño también echaría de menos a Eileen, siempre con sus cuentos y sus pajaritas de papel.

Se reunieron en la cocina, como hacían siempre que Marya estaba en casa. Ella puso al fuego una olla con una crema de setas que había preparado en su casa aquella misma mañana, antes de salir hacia Nueva York. El olor que desprendía era delicioso. Charles-Edouard estaba jugando al juego del huevo con Ian, que no dejaba de reírse. De pronto, la casa volvía a estar llena de buenos olores, de alegría y de risas, no como hacía una semana, cuando todo parecía triste y oscuro, como si la casa misma estuviera de luto. La prefería así, rebosante de vida y felicidad. Marya y Charles-Edouard les habían devuelto la vida, la energía que creían perdida. Sin ellos, el silencio era demasiado pesado.

Cuando Francesca regresó del trabajo y abrió la puerta principal, oyó sus risas a lo lejos. Corrió escaleras abajo con una sonrisa y se encontró cara a cara con Marya. Ya tenía el delantal puesto y estaba preparando un pollo al horno.

Charles-Edouard levantó la mirada del plato de paté que estaba sirviendo, se acercó a ella con los brazos abiertos y la besó efusivamente en ambas mejillas.

—¡Aaah! *La châtelaine*! —exclamó, encantado. Siempre la llamaba así, «la señora del *château*», y aunque el 44 de Charles Street de palacio tenía bien poco, era el hogar de aquella pequeña familia y todos la adoraban—. El moreno te sienta muy bien, Francesca, y se te ha aclarado el pelo.

Mientras todos hablaban a la vez, Marya miró a su alrededor. Había algunas cosas fuera de su sitio, así que las recolocó en sus respectivas estanterías. Luego se dio cuenta de que el portátil que siempre descansaba sobre la mesa de la cocina había desaparecido. Francesca se lo había entregado a la policía como prueba. Todos tenían ordenador propio, así que no necesitaban el de la cocina para nada. Marya suponía que no estaba precisamente porque Eileen lo usaba muy a menudo.

No podían dejar de hablar, de ponerse al día, y por primera vez desde que Francesca había vuelto de Maine, la casa estaba llena de alegría y de felicidad. Cada uno de los cinco aportaba su pequeño granito de magia, y todos juntos formaban una familia.

Todavía estaban cenando en la mesa redonda de la cocina, tratando de no sentir la ausencia irreemplazable de Eileen, cuando, de pronto, Francesca se dio cuenta de que algo había cambiado entre Marya y Charles-Edouard. En aquel momento prefirió no decir nada, pero más tarde, mientras le echaba una mano a Marya con los platos, decidió abordar el tema.

—¿Son imaginaciones mías o hay algo entre Charles-Edouard y tú? —le susurró al oído.

Era algo muy sutil, pero no por ello menos evidente. Chris también lo había notado, aunque había preferido no decir nada al respecto. Marya se inclinó hacia Francesca y esbozó una sonrisa cómplice antes de responder con un hilo de voz:

—Su mujer lo ha dejado. Le ha pedido el divorcio este mismo verano. Se va a casar con uno de los segundos de cocina de Charles-Edouard.

Francesca la miró con los ojos abiertos como platos.

—¡Madre mía! ¿Lo dices en serio?

La noticia era tan sorprendente que no pudo evitar levantar la voz.

—¿Os vais a casar? —le preguntó, bajándola de nuevo.

—Todavía no lo sé. Antes quiero estar segura de que es capaz de no serme infiel durante más de cinco minutos seguidos. Aun así, somos muy felices y nos lo estamos pasando muy bien juntos. Es todo muy reciente. Se presentó en Vermont hace ya unas semanas. Acabamos de empezar, como quien dice.

En esos momentos, Francesca pensó que estaba más guapa y más joven que nunca. Charles-Edouard, que las estaba observando mientras ellas cuchicheaban y se reían junto al fregadero de la cocina, imaginó de qué estaban hablando. Miró a Marya y sonrió.

Se sentaron de nuevo a la mesa y, al tiempo que Marya servía el pollo, Charles-Edouard buscó la mirada de Francesca con una sonrisa cálida en los labios.

—Marya te lo ha contado, ¿verdad?

Ella asintió y le devolvió la sonrisa. Chris parecía confundido.

—Me alegro mucho por los dos —le dijo con un gesto dulce en la mirada, y se levantó para darle dos besos en la mejilla, al estilo francés—. Es una noticia maravillosa.

—¿Me he perdido algo? —Chris estaba descolocado—. ¿Ha pasado algo entre vosotros dos este verano? —preguntó, porque eso parecía.

—Estamos enamorados. Mi mujer me ha pedido el divorcio.

Estaba exultante y no podía parar de sonreír.

—¡Me alegro mucho por vosotros! —exclamó Chris, visiblemente emocionado—. Me alegro mucho, en serio.

Lo decía de verdad, aunque no le gustaría encontrarse en la misma situación que ellos. Después de dejar a Kimberly, había jurado que nunca volvería a enamorarse. Siempre decía que no lo echaba de menos. Su vida era tranquila y equilibrada, y además tenía a Ian a su lado.

—¡Qué emocionante! Y ¿cuándo ha pasado todo esto?

—En Vermont —respondió Marya.

Charles-Edouard se levantó de la mesa y sirvió champán a todos para brindar por la nueva pareja. Francesca miró a su alrededor y propuso otro brindis. Cuando habló, tenía un nudo en la garganta:

—Por Eileen. Por que esté en un lugar mejor que este —dijo con un hilo de voz, y todos levantaron las copas con solemnidad antes de beber.

—¿Por qué se ha ido a California? —preguntó Ian—. La echo de menos. Era muy simpática.

—Sí que lo era, sí —asintió Francesca—. A veces la gente se tiene que ir, sin más —le explicó al pequeño.

Ian asintió y empezó a partir el pollo que le habían servido, mientras a su alrededor todos hablaban de Marya y Charles-Edouard, de sus respectivos veranos y de los planes para el otoño. Ian acababa de empezar tercero en el colegio; a Francesca le esperaba un calendario muy intenso de exposiciones en la galería, entre ellas dos en solitario, y también quería ir al Art Basel de Miami en diciembre; y Charles-Edouard y Marya tenían un libro a medias. Por primera vez en varias semanas, la vida había vuelto a la normalidad en el 44 de Charles Street. Todos se acordaban de Eileen, y siempre se acordarían, pero la vida tenía que seguir.

15

A petición de Marya, Francesca invitó a cenar a su madre la misma semana que volvía de Europa. De todas formas, le apetecía verla y una de las cenas de Marya y Charles-Edouard era la ocasión perfecta para ello.

Thalia aceptó encantada. Comentó que el verano había sido perfecto. Le había mandado varios correos electrónicos y también había llamado un par de veces, lo cual no era muy habitual en ella. Rara vez mantenía el contacto cuando estaba fuera del país. Se olvidaba de su familia por completo y se centraba en los amigos. Al revés era imposible que ocurriera. En Venecia se lo había pasado en grande; tanto, que había alargado la estancia más de lo que tenía pensado. La noche de la cena disfrutó de la comida de Marya y Charles-Edouard y no dudó en coquetear con el francés cada vez que le dirigía la palabra, aunque esta vez con menos ahínco que en la anterior ocasión. Llevaba un suéter negro y unos pantalones de pinzas en lugar del vestido corto y los zapatos de tacón. Hacia la mitad de la velada se percató de la ausencia de Eileen. Francesca aún no le había dicho nada de lo sucedido, así que ella preguntó y recibió un silencio incómodo por respuesta.

—Se ha ido a California —dijo Ian con naturalidad—. A San Diego.

Nadie más dijo nada y la conversación siguió por otros derroteros. Francesca y Marya intercambiaron una mirada de preocupación que Thalia no vio.

—Contadme, ¿qué tenéis entre manos? —preguntó durante el postre, una delicada tarta de pera que había preparado Charles-Edouard—. ¿Algún viaje? Yo me voy a Gstaad en Navidad —anunció.

Sus amigos venecianos la habían invitado a su chalet suizo, en uno de los complejos de esquí más exclusivos de toda Europa. Thalia iba al menos una vez cada invierno, a veces dos.

Nadie parecía tener planes para las fiestas, para las que aún faltaban unas cuantas semanas. Charles-Edouard y Marya debían terminar el libro. Francesca, por su parte, estaría muy ocupada con la galería, y Chris tenía la vista para la custodia permanente de Ian, pero no comentó nada. Asistir a un juicio no parecía un plan muy apetecible para las vacaciones.

Thalia se había dado cuenta de la calidez y la cercanía que había entre Marya y Charles-Edouard y que la última vez que había estado allí no existía. Antes de marcharse, decidió preguntar y Marya le confesó la verdad.

—¿Se ha divorciado o al final has claudicado? —preguntó Thalia.

Ella también había conocido en Venecia a varios hombres casados muy atractivos, pero nunca le había gustado el juego en equipo.

—Su mujer lo dejó este verano. Están tramitando el divorcio, así que supongo que he tenido suerte —respondió Marya.

Lo cierto era que no podía evitar sentirse un poco culpable por haber encontrado un hombre cuando era Thalia la que lo buscaba desesperadamente.

—Y tanto que has tenido suerte —repuso Thalia con tono lastimero—. Es que no lo entiendo. Tú no querías encontrar a nadie y en cambio yo sí. Tú lo encuentras y en cambio yo no. El mundo al revés.

A Marya le habría gustado decirle que a lo mejor lo intentaba con demasiado empeño, mientras que ella ni siquiera se lo había planteado, pero no se atrevió.

—Quizá sea cosa del destino —dijo, siempre tan diplomática, aunque esta vez era la verdad—. Las cosas pasan cuando tienen que pasar. Ya verás, pronto te tocará a ti —afirmó tratando de reconfortarla.

—Espero que tengas razón —replicó Thalia con un suspiro mientras se ponía la chaqueta blanca que se había comprado en París. Iba perfectamente peinada y conjuntada, como siempre, con un collar de perlas exquisito y unos pendientes de diamantes espectaculares: el terror de cualquier hombre que tuviera dos ojos—. En todo el verano no he conocido a nadie remotamente decente. Saint Tropez cada vez está más lleno de europijos y de rusos. No hay ni uno que tenga más de doce años. Todos los demás están casados y deseando tener una aventura.

—Seguro que encuentras a alguien —insistió Marya.

Francesca subió de la cocina, acompañó a su madre hasta la calle y se esperó a que parara un taxi. Incluso en noches como aquella, en que su madre mostraba su cara más amable, no podía evitar sentirse aliviada cuando por fin se iba. Estar con ella siempre era muy intenso, muy estresante. Por suerte, se llevaba bien con Marya y con Charles-Edouard, y siempre era muy correcta con Chris, por lo que sus visitas eran más llevaderas. Además, prefería invitarla a casa, con el resto de su pequeña familia presente, que cenar a solas con ella y someterse a un interrogatorio de la Santa Inquisición española.

Cuando por fin subió a su habitación, estaba realmente agotada. La noche había sido muy larga.

Pasó el fin de semana en Connecticut con Avery y su padre. Él estaba trabajando en un cuadro nuevo y pasaba casi todo el tiempo encerrado en su estudio, así que Francesca se dedicó a pasear con Avery y a descansar.

—¿Cómo estáis todos después de lo de Eileen? —le preguntó Avery con mucho tacto.

Francesca suspiró antes de responder. Aún no lo había superado.

—La echamos de menos. A pesar de su obsesión por los hombres, era la alegría de la casa, más una universitaria que una persona adulta. Mi madre aún no lo sabe y no pienso decírselo. Es mejor que no lo sepa. No quiero que me sermonee más, que no sabes cómo me tiene la cabeza. Eileen era el ejemplo palmario de los riesgos que conlleva salir con desconocidos. Salía con cualquiera y siempre creía estar a salvo, aunque desde fuera la sensación fuera otra. Tenía un criterio bastante pobre.

—¿Y qué me dices de ti? ¿Cómo va tu vida sentimental últimamente?

Avery estaba preocupada por ella. Hacía ocho meses que se había separado de Todd, todavía no había hecho ni un solo esfuerzo real por conocer a alguien y, peor aún, parecía que ni siquiera le importaba.

—No tengo vida sentimental y tampoco estoy segura de querer tenerla. No he conocido a nadie que me interese a través del trabajo. Los artistas siempre son demasiado excéntricos o pretenciosos o narcisistas. Demasiado esfuerzo para nada. Y los clientes que se interesan por mí suelen ser imbéciles. Los buenos siempre están cogidos.

—Eres demasiado joven para rendirte —le dijo Avery con convicción.

—No lo sé, puede que no. Echo de menos tener a alguien a mi lado, pero no quiero equivocarme como con Todd y darme cuenta cinco años después. Inviertes cuatro años de tu vida, te das cuenta de que no es el hombre para ti, te pasas un año llorando, te separas y te quedas hecha trizas. Conclusión: cinco años tirados a la basura. Comprenderás que no me atraiga la idea de volver a intentarlo.

—He oído que Todd se va a casar —dijo Avery, consciente de que pisaba terreno pantanoso.

—Sí, se ha comprometido. Es un tío valiente. Le ha entrado la prisa y quiere casarse y tener hijos cuanto antes. Quién sabe, quizá ha encontrado a la mujer adecuada. De momento, lo que le interesa es que le dé muchos hijos y poder llevarla a la fiesta de Navidad del bufete. Yo no soy su tipo, ni para una cosa ni para la otra.

—Estás siendo un poco dura con los dos —replicó Avery.

Le gustaba Todd, solo que no para Francesca. Siempre había tenido la sensación de que lo suyo no funcionaría, incluso al principio, cuando ellos estaban convencidos de que sí. No le parecía lo suficientemente interesante para su hijastra.

—Yo creo que no —dijo Francesca—. Ya no estoy segura de lo que quiero. Un artista, alguien conservador, que esté casado, que no lo esté, vivir juntos, vivir separados. Es todo tan complicado y, por si fuera poco, a mi edad todo el mundo carga con algún trauma. Alguien les ha jodido la vida como me la han jodido a mí. —Estaba pensando en Chris, que admitía sin tapujos su fobia a las relaciones, una sensación que ella también empezaba a sentir—. Quizá sea porque ahora mismo estoy muy a gusto sola. —Las primeras semanas sin Todd habían sido duras. Le pesaba la soledad, pero con el tiempo lo había ido superando. Le gustaba hacer lo que le apetecía sin tener que consultarlo con nadie—. Mis compañeros de piso me hacen compañía. Tengo a Ian, que es la representación infantil en mi vida, y a mis artistas, que me vuelven loca porque son como adolescentes. ¿Para qué quiero un hombre?

—¿Cuándo fue la última vez que te acostaste con alguien?

—le preguntó Avery sin rodeos—. No creo que quieras renunciar al sexo con treinta y cinco años. Al menos a mí me gusta.

—Ah, eso. —Francesca sonrió avergonzada—. No lo echo de menos. Es como si hubiera accionado un interruptor. —Antes de que Todd se marchara de casa, habían estado más de un año sin dormir juntos y sin hacer el amor—. Y encima ya no tengo que depilarme las piernas.

—Qué sexy —bromeó Avery.

Estaba preocupada por ella. Era como si se hubiera apagado, como si le diera la espalda a la vida. Le había costado superar lo de Todd más de lo que Avery había imaginado. Cinco años era mucho tiempo, y los problemas para conservar la galería y la casa no habían hecho más que añadir más leña al fuego.

—Eso sí, me apetece hacer cosas nuevas. Este año quiero ir al Art Basel de Miami, pero sin montar nada, simplemente por el placer de ir. Y el verano que viene me gustaría ir a otro sitio que no sea Maine. Este año me lo he pasado genial, como siempre, pero cuando estoy allí todo me recuerda a Todd. Además, son sus amigos, no los míos. No sé, quizá empiece por Europa. Pero sin mi madre, eso seguro —continuó Francesca, y Avery se echó a reír. Las dos coincidían en que Thalia podía ser muy absorbente cuando quería y que un viaje con ella podía convertirse en una auténtica pesadilla—. Quizá me vaya de viaje con Marya, si es que aún no se ha casado —dijo, pensativa.

Le encantaba hablar con su madrastra. Era la persona más comprensiva que conocía y siempre la ayudaba a ver la vida con perspectiva. Era la amiga perfecta.

—¿Que Marya se casa? —preguntó Avery, sorprendida.

—Puede que sí, aún no lo ha decidido. Se ha enamorado de Charles-Edouard. Él está en trámites de divorcio.

—Qué curioso. Hacen muy buena pareja. Ya sabes lo que dice el refrán: a cada olla, su tapa. Solo tienes que encontrar la tuya.

El problema era que Francesca ni siquiera lo estaba intentando y, la verdad, esperar con los brazos abiertos a que le cayera un día de la chimenea, con barba blanca y un traje de terciopelo rojo, tampoco era muy realista. Avery aún se acordaba de todos los hombres con los que había salido antes de conocer a Henry. Recordaba las decepciones, las lágrimas, las relaciones dañinas y también las buenas. Por aquel entonces, tampoco estaba desesperada por buscar marido, pero sí quería encontrar al hombre adecuado con el que compartir su tiempo y no estaba dispuesta a conformarse con menos. Al final, había tardado cincuenta años en conocerlo, pero en cuanto lo hizo, supo que Henry Thayer era el hombre de su vida. A Francesca todavía no le había pasado, y Avery esperaba que no necesitara tanto tiempo como ella. Al menos de momento estaba disfrutando de la vida. De lo que no estaba segura era de que sus compañeros de piso fuesen una buena influencia para Francesca, al menos no en el sentido estricto. En cierto modo, contrarrestaban sus ganas de conocer a alguien. Ella se conformaba con su compañía y estaba convencida de que no necesitaba una relación para sentirse más viva.

Su padre salió por fin del granero en el que había instalado su estudio y pasó un brazo alrededor de los hombros de las dos mujeres de su vida.

—¿Cómo está mi socia favorita? —le preguntó a su hija antes de darle un beso—. ¿Ya somos ricos?

—Puede que el año que viene.

Francesca sonrió, pero era cierto que las cosas iban bien por la galería, mejor que el año anterior. Despacito, el negocio iba floreciendo y ya podía decir que tenía beneficios, aunque de momento no fueran gran cosa. Al menos eso le daba esperanzas. Poco a poco se iba sintiendo más segura.

Antes de volver de Connecticut, le prometió a su padre y a Avery que los invitaría a una de las famosas cenas de Charles-Edouard y Marya. Su padre se mostró encantado. Los dos le caían muy bien, a pesar de que solo había coincidido un par de veces con Marya y una con Charles-Edouard, pero aun así le había parecido un gran tipo. También recordaba los habanos que había compartido con Chris y con él, a pesar de que a Avery no le gustaba que fumara.

Francesca pensó en ello de camino a casa. Una vez más, como tantas otras, Avery la había ayudado a ver las cosas con un prisma diferente. Le dio vueltas a lo que le había dicho de salir con hombres y de buscar la tapa perfecta. En su caso, no sabía qué forma o qué tamaño tenía la olla, y mucho menos cómo tenía que ser la tapa que encajara en ella. Sentía que desde que no estaba con Todd había cambiado mucho. Se notaba más segura de sí misma, más madura, lo cual decía mucho de la relación que los había unido. Ya no era la mitad de algo, sino una persona completa. Compartir su casa con otras personas también le había venido muy bien. Era hija única, así que por primera vez había tenido que adaptarse a la forma de ser de los demás. Respetaba mucho a Marya y a Chris, y los tres eran muy distintos entre sí. Además, formar parte de la vida de Ian era muy divertido. Era el primer niño con el que se relacionaba y sentía que era como una iniciación. De pronto, tener hijos ya no le parecía tan abrumador como antes, siempre que fuesen tan adorables como Ian, algo que parecía imposible. No había niño más mono que él.

Cuando llegó a casa, oyó ruido en la cocina y bajó para averiguar de qué se trataba. Era tarde para cocinar y los sonidos no eran muy agradables. Se escuchaban golpes y el ruido metálico de las ollas al entrechocar. Cuando llegó abajo, se encontró su cocina sepultada bajo un palmo y medio de agua. Charles-Edouard, descalzo y ataviado con unos pantalones cortos y un sombrero panameño, no dejaba de repartir órdenes y hacer preguntas a diestro y siniestro mientras agitaba un puro en alto. Marya llevaba unas botas de agua e intentaba ayudar como podía, visiblemente angustiada. La mesa y las sillas estaban en el jardín cubiertas de todo tipo de cosas. Y Chris estaba arrodillado delante del fregadero, con la sudadera y el bañador chorreando, tratando de localizar la tubería que había reventado y que era la responsable de la inundación.

—¡Mierda! —exclamó Francesca. Se quitó los zapatos, se enrolló los bajos de los vaqueros y se abrió pasó a través del agua hasta donde estaba Chris—. ¿Qué puedo hacer para ayudarte? Siento que tengas que volver a hacer esto.

Él la miró por encima del hombro y sonrió. Francesca se sentía culpable por no estar presente cuando la tubería había estallado y por todo lo que estaba haciendo Chris. Aquello era exactamente lo que Todd odiaba tanto y por lo que había intentado convencerla para vender. La casa era muy vieja y siempre había que arreglar algo. Charles-Edouard le sirvió una copa de vino, como si aquello fuera una fiesta en medio de una inundación. Chris y él se lo estaban pasando en grande; los demás, no.

—He cerrado la llave de paso —le explicó Chris—. Por lo visto, ha reventado mientras estábamos todos fuera, así que seguramente lleva todo el día soltando agua. Mañana buscaremos a alguien que la bombee hasta el jardín, pero tendrás que buscarte un fontanero. Creo que esto supera mis capacidades.

Mientras hablaba, Ian saltó desde el último escalón de las escaleras y aterrizó sobre el agua, provocando una ola que recorrió toda la cocina.

—¡Cómo mola! —exclamó, y su padre le dijo que parara o tendría que irse arriba.

Ian frunció el ceño y se abrió paso por el agua hasta donde estaba Charles-Edouard. No había mucho que hacer sin la ayuda de un fontanero, aun así Chris estaba decidido a localizar el origen de la fuga. Todavía tardó un buen rato, pero al final se dio por vencido. Para entonces, Francesca, que le había sujetado la linterna para que pudiera ver debajo del fregadero, también estaba calada hasta los huesos. Los vaqueros estaban mojados hasta la cintura.

—¿Habéis cenado? —preguntó a los demás, y Charles-Edouard respondió que no.

Les propuso ir todos juntos a la primera pizzería que encontraran o pedir comida china y cenar en su sala de estar. De pronto, cayó en la cuenta de que Charles-Edouard y Marya no podrían dormir aquella noche en su habitación, porque la moqueta estaba empapada, así que les ofreció su dormitorio. Ella podía apañárselas en el sofá de su sala de estar. Marya intentó resistirse hasta que se dio cuenta de que no tenían otra opción. Además, a Francesca no le importaba dormir en el sofá.

Al final, se inclinaron por la pizza y salieron todos juntos en busca de un buen restaurante italiano. Conversaron animadamente durante toda la cena. Iban hechos un cuadro: Charles-Edouard en pantalones cortos, Marya con las botas de agua y Chris y Francesca con vaqueros nuevos. Ian no dejaba de repetir que quería volver a casa para chapotear en la cocina, pero su padre le dijo que no podía. Se lo pasaron en grande y volvieron a casa de mejor humor, a pesar de que la cocina seguía hecha un desastre. Habían dejado las puertas abiertas para que el agua fuera escurriéndose hacia el jardín, pero aún quedaba al menos un palmo cubriendo el suelo y algo menos en la habitación de Marya. En días como aquel, Francesca se preguntaba si no sería mejor vender la casa. Si Chris no hubiera estado allí para cerrar la llave de paso, el agua todavía seguiría saliendo a través de la pared, y así se lo dijo.

—Solo tienes que buscarte un fontanero, Francesca. Por muy vieja que sea, es una casa preciosa y un escape de agua no es razón suficiente para venderla.

—Sí, es preciosa y a mí me encanta, pero supone demasiado trabajo para mí sola, y no me refiero únicamente al dinero. —Quedarse sin el alquiler de uno de sus inquilinos había sido un golpe duro. Ser la propietaria de una casa, y sobre todo de una tan vieja, era todo un reto, además de suponer un montón de trabajo—. Si la vendiera, la echaría muchísimo de menos —admitió—. Solo espero que arreglar el escape no me cueste una fortuna.

Cada vez que conseguía ahorrar algo, le surgía algún imprevisto que se comía hasta el último centavo. El Pac-Man de la vida.

Chris la acompañó hasta la sala de estar, mientras Marya y Charles-Edouard subían las escaleras hacia su dormitorio. Francesca se había ocupado de cambiarles las sábanas antes de salir a cenar. Ian, por su parte, subió a su habitación a ver un rato la tele desde la cama. Chris había comprado las literas sabiendo que el pequeño querría dormir arriba. No era muy romántico, pero a ellos les gustaba. Además, así quedaba mucho más espacio libre que con una cama de matrimonio, que de todas formas Chris no necesitaba para nada. No tenía con quién compartirla. Solo estaban Ian y él.

Se sentó en el sofá, al lado de Francesca. Sentía no haber podido arreglar la fuga de agua de la cocina o, al menos, haberla contenido antes de que todo el suelo se convirtiera en una auténtica piscina. Los dos se echaron a reír al recordar a Charles-Edouard con los pantalones cortos y el sombrero panameño dando órdenes como un general, mientras Ian saltaba desde la escalera y salpicaba agua en todas direcciones.

—Si no fuera por vosotros, la casa estaría muy triste —dijo Francesca con una mirada llena de gratitud.

—¿No estás cansada de que ocupemos tu espacio? A veces me lo pregunto, eso y si debería buscar un apartamento para Ian y para mí, pero sé que te echaríamos de menos. Al principio me tomé todo esto como un experimento, pero de momento funciona y además para Ian es muy positivo. Creo que se sentiría muy solo si estuviéramos únicamente los dos.

—Y yo me sentiría aún más triste. Gracias a vosotros, mi vida tiene el punto de felicidad y locura que le faltaba.

Para ella también había sido un experimento, además de una necesidad económica, pero con el tiempo había descubierto que le encantaba la vida en aquella especie de comuna en que se había convertido su casa.

—Para mí también —dijo Chris sonriendo, y se volvió hacia ella para mirarla—. Significas mucho para mí, Francesca. Espero que lo sepas. Eres una amiga maravillosa.

—Tú también —replicó Francesca, un poco avergonzada—. Sin ti no habría podido superar lo de Eileen.

Chris asintió.

—Eres una bendición para Ian... y para mí...

Y sin previo aviso, se inclinó hacia Francesca y la besó mientras ella lo miraba con los ojos abiertos como platos.

—¿Qué ha sido eso? —preguntó Francesca; miraba a Chris como si le acabara de atizar con un zapato en la cabeza.

—Diría que ha sido un beso —respondió él, visiblemente satisfecho consigo mismo.

Llevaba deseando besarla desde el día que habían dormido en el hotel, después de la muerte de Eileen, si bien nunca parecía el momento adecuado. Tampoco estaba seguro de que entonces sí lo fuera, pero había decidido arriesgarse y no podía dejar de sonreír.

—Quiero decir que por qué —insistió Francesca—. ¿Por qué me has besado?

—¿Te ha molestado? —preguntó Chris, muy preocupado, pero ella negó con la cabeza.

—Molestado no, sorprendido. Pensaba que habías desterrado las relaciones de tu vida.

—Y así era. Supongo que he cambiado de idea. Solo ha sido un beso, Francesca, no una declaración de amor eterno. Relájate.

—Creo que yo también me he vuelto alérgica a las relaciones.

De pronto, recordó la conversación que había mantenido con Avery el día anterior.

—No, estás dolida, que es distinto, como yo. No tiene por qué ser definitivo, pero se necesita tiempo para superarlo. Seguramente has estado ausente desde que la relación con Todd se terminó. Eso es casi un año.

—Sí, puede ser. A veces siento que algo dentro de mí ha muerto y que no puedo devolverlo a la vida.

—No está muerto, solo dormido.

—¿Cómo lo sabes? —preguntó ella, intrigada.

—Ahora verás —dijo Chris, y la besó otra vez.

Cuando se separaron, Francesca no pudo contener una sonrisa. Le había gustado, y mucho, así que quizá Chris tenía razón y no estaba tan muerta como creía.

—¿Ves a qué me refiero? Creo que ya has empezado a despertarte.

La besó de nuevo. Esta vez Francesca reaccionó y se fundió en sus brazos. Cuando se separaron para coger aire, ella parecía descolocada. Había sido un beso cargado de pasión, como si la temperatura entre los dos estuviera subiendo por momentos, algo que hasta entonces ni se le había pasado por la cabeza que fuera posible.

—Chris, ¿qué estamos haciendo? —le preguntó, asustada—. Tú me gustas, pero no quiero que ninguno de los dos sufra.

—Quizá tengamos que arriesgarnos. Lo que mucho vale, mucho cuesta. Es un refrán un poco cursi, pero muy cierto. Creo que estoy dispuesto a arriesgarme si es por ti.

Francesca necesitó unos segundos para analizar lo que acababa de escuchar. Chris, el hombre que huía de las relaciones como de la peste, acababa de salir de su cueva y ella estaba resuelta a hacer lo mismo. La perspectiva resultaba aterradora.

—¿Y qué pasa con Ian? ¿No le molestará? —preguntó, preocupada por la reacción del pequeño.

—Te quiere mucho. Creo que le gustará la idea.

Chris llevaba tiempo dándole vueltas al tema.

—Yo también lo quiero mucho —dijo ella con un hilo de voz—. Hoy mismo, de camino a casa, he estado pensando en él. Es un niño maravilloso. —Miró a Chris y sonrió lentamente—. Y tú también.

—Tú tampoco estás mal. ¿Por qué no nos dejamos llevar? ¿Qué te parece si te invito a cenar algún día de esta semana?

—¿Quieres decir como en una cita?

Francesca no salía de su asombro.

—Esa es la idea. Salir a cenar, ya sabes, como toda la vida. Puede que un beso de buenas noches. ¿Qué te parece el martes?

—Se me dan fatal las citas —replicó ella; seguía estando nerviosa—. Ya había renunciado a ellas.

—Sí, yo también, pero me apetece probar contigo.

La conocía desde hacía algo menos de nueve meses y le gustaba todo de ella. Había tenido casi un año para sentirse cómodo a su lado y comprenderla, para ver sus reacciones en situaciones reales y, de momento, le fascinaba todo lo que había visto y sabía de ella. Por si fuera poco, se llevaba genial con Ian. No podía pedir nada más. Al menos parecía un buen comienzo. Su relación se basaba en la amistad, no en la pasión o la esperanza. Se conocían el uno al otro a la perfección.

—Vale —dijo Francesca finalmente mientras decenas de cohetes explotaban dentro de su cabeza. Nunca se había planteado la posibilidad de que pasara algo entre ellos. De momento, nada había cambiado, pero ya captaba un leve destello, el atisbo de una promesa, y quería arriesgarse—. ¿Y si no funciona? Me odiarás, te enfadarás conmigo y te marcharás, y yo no volveré a veros ni a ti ni a Ian. Sería horrible, Chris.

—Sería horrible, sí —asintió él—. Intentemos que eso no suceda. Ya se nos ocurrirá la manera.

Francesca asintió y Chris la besó de nuevo, se apartó de ella y se levantó. Lo acompañó hasta la puerta de la sala de estar y él subió las escaleras con una sonrisa en los labios. Entró en la habitación y vio que Ian se había quedado dormido con el televisor encendido. Tenía unas ganas enormes de gritar de alegría. ¡Había besado a Francesca! Era una mujer maravillosa. Confiaba en ella por completo. Y ¿qué mejor combinación que dos alérgicos a las relaciones y muertos de miedo ante lo que pudiera deparar el futuro? Menos mal que habían empezado como amigos.

16

El fontanero llegó puntual el lunes a primera hora, arregló la tubería y achicó el agua de la cocina. Por fin todo volvía a estar en orden. La broma le costó a Francesca dos mil dólares, que era mucho dinero para ella, pero no tenía elección.

El martes por la noche, Marya y Charles-Edouard se quedaron a cargo de Ian mientras Chris llevaba a Francesca a cenar. La situación era tan peculiar que Francesca no tuvo más remedio que contárselo a su amiga.

—Pero ¿es una cita? —preguntó Marya, estupefacta.

Nunca había percibido nada que le hiciera pensar que podía haber algo entre ellos, aunque los quería con locura y creía que hacían muy buena pareja. Sin embargo, y muy a su pesar, ellos no parecían muy por la labor.

—Sí, es una cita —admitió Francesca, un poco avergonzada. Se le hacía raro decirlo en voz alta, y es que hacía mucho tiempo que estaba fuera del mercado—. Al menos eso fue lo que él me dijo, pero no se lo cuentes a nadie.

—¿Y a quién quieres que se lo cuente? ¿A mi contacto del *New York Post*? —bromeó Marya.

Francesca era un manojo de nervios.

—No sé... A Ian, a mi madre, a Charles-Edouard. No quiero darle más importancia de la que tiene. Solo es una cena.

Pero era una cena con Chris, en un restaurante, y él la había bautizado como cita. Después de besarla varias veces.

—¿Y si no es solo una cena? —le preguntó Marya.

—Pues... no sé... Quizá sea algo más, aunque no debería. Puede que los dos estemos demasiado asustados.

—¿Y si no lo estáis? ¿Y si sale bien?

—Eso me da más miedo todavía —respondió Francesca con la cara desencajada.

—Así es como me sentí yo con Charles-Edouard. Empezar una relación nueva siempre da miedo, se tenga la edad que se tenga. A medida que te haces mayor, vas definiendo tu vida y tu personalidad con más detalle, y cada vez te cuesta más hacer que el rompecabezas encaje.

—¿Cómo os va? —preguntó Francesca.

Marya rebosaba felicidad, al igual que Charles-Edouard.

—Es fantástico. Aparte de mi difunto marido, es el hombre más maravilloso que he conocido. Soy consciente de lo afortunada que soy por haberlos tenido a los dos en mi vida. Sé que es más de lo que merezco —dijo con humildad.

—Te lo mereces —le aseguró Francesca—, pero no repitas lo que acabas de decir delante de mi madre. Pero qué digo, ella se ha servido cinco veces del bufet de la vida y tú solo una. Tienes derecho a comer una segunda vez.

Lo cierto era que se alegraba mucho por ella.

—Si quieres que te dé un consejo, tómate las cosas con calma. No te anticipes, no hagas planes, no esperes de Chris que sea alguien que no es, ni cambies para agradarle. Sé tú misma. Y pásatelo bien. —Eran buenos consejos—. Y no te preocupes por Ian. Yo estoy encantada de quedarme con él, hoy y cuando lo necesites. Ya sabes que Charles-Edouard también lo adora. Podéis contar con nosotros siempre que queráis. Haremos galletas o lo que se nos ocurra. Será divertido —le dijo Marya antes de que Francesca subiera a su habitación a vestirse.

Por primera vez desde hacía meses, se depiló las piernas sentada en el borde de la bañera. Todavía no sabía si llevaría vestido o no, pero aun así era un gesto cargado de simbolismo. «Bienvenida otra vez al mundo», dijo en voz alta, y luego se echó a reír.

—¿Qué les has dicho? —le preguntó Chris mientras corrían escaleras abajo, salían a la calle y cerraban la puerta principal.

Francesca llevaba una falda de cuero negro, un jersey rojo y zapatos de tacón. Se sentía un poco como su madre y estaba preocupada por si había exagerado con aquel modelito. No quería que pareciera que se estaba esforzando demasiado. No recordaba cómo había que vestirse para una cita de verdad y, aunque lo supiera, tampoco tenía el fondo de armario adecuado. Hasta la fecha, sus incursiones en el mundo de las citas habían sido mínimas. Lo que sí sabía era que tenía que estar guapa y sexy, sobre todo si la otra persona era alguien importante para ella. Esta vez no tenía ni idea de si lo había conseguido o no, pero al menos Chris se había quedado mirándola anonadado después de que ella llamara a su puerta para hacerle saber que estaba lista. Ian, que ya llevaba el pijama puesto y tenía el pelo recién lavado, le dijo que estaba buenorra.

—¿Tú crees? —preguntó Francesca, sorprendida.

—Creo que lo que intenta decir es que estás muy guapa —tradujo Chris—. A veces no le entiendo ni yo.

—Ah, gracias, Ian... Tú también estás buenorro —le dijo ella al pequeño por encima del hombro, antes de bajar las escaleras a la carrera y dirigirse hacia la puerta.

Ian sabía que tenía que presentarse en la cocina cuanto antes si quería participar en la maratón de galletas que Marya y Charles-Edouard habían preparado para él.

—¿Qué les has dicho a Marya y a Charles-Edouard? —repitió Chris.

—Que odias su comida y que te apetecía ir a un restaurante de verdad.

Con dos de los chefs más famosos del mundo cocinando para ellos a diario, resultaba complicado justificar una decisión como salir a cenar fuera. Sin embargo, esta vez era diferente.

—Muy graciosa.

—Le he contado a Marya que me has invitado a cenar.

—¿Y qué ha dicho?

Chris tenía curiosidad por ver cómo reaccionaban los demás al saber que Francesca y él estaban saliendo. Ian ya le había dicho que le parecía divertido y no había querido añadir nada más. Prefería reírse de su padre mientras este se vestía.

—Le ha parecido perfecto. Y a mí también.

Cada vez le gustaba más la idea, a pesar de que se había pasado los dos últimos días en un estado de nervios insoportable imaginando todo lo que podría salir mal si empezaban una relación. Aun así, había mantenido la cita en pie.

—A mí también me gusta la idea —dijo él, satisfecho consigo mismo mientras caminaban hacia el Da Silvano.

Había elegido aquel restaurante porque sabía que a los dos les gustaba y porque quería que ella se sintiera cómoda. La idea era pasárselo bien, algo que Francesca ya estaba haciendo. Se sentía como una adolescente, en una cita con un chico y vestida con falda. ¡Madre mía!

El camarero los acompañó hasta una de las mejores mesas del local. Fuera hacía frío. El otoño ya había empezado y el invierno acechaba a la vuelta de la esquina. Chris había elegido unos vaqueros, una camisa blanca, una chaqueta de pana marrón y un par de mocasines recién pulidos. Estaba muy guapo. Se había afeitado justo antes de salir de casa, un detalle que a Francesca le gustó especialmente. Nunca le habían ido las barbas de cinco días. Estuvieron de moda o no, a ella le parecían sucias. Chris, en cambio, estaba inmaculado, perfecto. Hacían muy buena pareja los dos juntos.

Pidieron pasta y ensalada, y Chris escogió un vino del Valle de Napa. Antes de que llegara la pasta, ya estaban hablando y riéndose de lo ridículos que se sentían vestidos así, de la fuga de agua del otro día y de las cosas que decía y hacía Charles-Edouard. Más tarde, cuando Francesca repasó la conversación, no fue capaz de recordar exactamente de qué habían hablado, pero se lo habían pasado bien. Muy, muy bien. De vez en cuando era divertido salir de casa y alejarse del trabajo, incluso de Ian, y comportarse como adultos pasando una velada en compañía.

Alargaron tanto el postre y el café que cuando se dieron cuenta eran los últimos clientes en todo el restaurante. Volvieron caminando tranquilamente a casa; al llegar, todo el mundo se había acostado. Ian estaba en su litera, bien arropado y dormido como un lirón.

—Me lo he pasado genial —dijo Chris, y la besó.

Estaban frente a la habitación de Francesca, en el descansillo. La había acompañado hasta su puerta, como en las citas de verdad.

—Yo también —susurró ella, antes de que la besara de nuevo.

—No sé por qué no hemos hecho esto antes, hace seis o siete meses —dijo él sonriéndole—. Tengo la sensación de que hemos estado perdiendo el tiempo.

—No es verdad. Simplemente no estábamos preparados.

Ahora, en cambio, se conocían a la perfección, lo cual siempre era mucho mejor.

Chris asintió y la volvió a besar. Se abrazaron en silencio hasta que no tuvieron más remedio que apartarse. Chris corrió escaleras abajo hacia su dormitorio y Francesca entró en el suyo, sonriendo primero y riéndose abiertamente después. Había sido una primera cita inolvidable.

Los dos intentaron actuar como si no hubiera pasado nada, pero era evidente que algo había cambiado. Después de la cita del martes por la noche, Charles-Edouard le dio unas palmadas a Chris en la espalda con una sonrisa de oreja a oreja en la cara, y Marya ya no pudo evitar que se le escapara una sonrisa cada vez que los veía juntos.

A la mañana siguiente, durante el desayuno, les costó un mundo estar uno al lado del otro y actuar como si nada. Chris no podía parar de sonreír cada vez que miraba a Francesca, y ella reaccionaba poniéndose colorada, lo cual hacía que tuviera más ganas de besarla, aunque sabía que no podía. De momento, no quería contárselo a Ian, pero su hijo, que no era tonto, se rió entre dientes al verlos juntos.

El viernes por la noche volvieron a salir, esta vez a un mexicano y luego al cine, y a la mañana siguiente el pequeño los recibió en la cocina con carcajadas. Estaba comiendo sus tortitas favoritas, las de Mickey Mouse, con beicon. Nunca se cansaba de ellas. Se las había pedido a Marya y ella las había preparado en un momento antes de marcharse a Vermont con Charles-Edouard para pasar allí el fin de semana. La relación entre los dos iba viento en popa, como la de Francesca y Chris. Al parecer, aquello era contagioso.

—Y qué, ¿ya la has besado? —le preguntó Ian a su padre, aprovechando que Francesca había subido un momento a su habitación a buscar algo, un libro que había leído durante el verano y que le apetecía recomendar.

—No sé de qué me estás hablando —respondió Chris haciéndose el despistado, pero Ian no se lo creía.

—Cuando llevas a cenar a una chica, tienes que besarla. Eso lo sabe todo el mundo. Tú ya la has invitado a cenar dos veces. Si no le das un beso, creerá que eres gay.

—¿De dónde has sacado eso? —preguntó Chris, que no daba crédito a lo que estaba escuchando.

—Me lo ha dicho un niño de quinto. Dice que si no lo haces eres una nenaza y no te gustan las chicas.

—Eso no se dice, a menos que quieras que alguien se enfade contigo y te dé una buena colleja —le advirtió su padre.

—Vale. Entonces, ¿le has dado un beso o no?

—No es asunto tuyo —respondió Chris a la defensiva.

—Sí que lo es. También es amiga mía. Yo sí que la besaría si la llevara a cenar.

—Está bien saberlo.

Chris le sonrió a su hijo justo en el momento en que Francesca entraba otra vez en la cocina con el libro en la mano. Dijo que le había encantado y que estaba segura de que a él también le gustaría. Era una novela de suspense muy bien escrita, obra de un autor desconocido.

—¿De qué estabais hablando? —preguntó Francesca mientras se servía una taza de café y se sentaba a la mesa junto a ellos.

—Le he preguntado a mi padre si ya te ha dado un beso, pero no me lo quiere decir —respondió Ian. Se llevó el último trozo de tortita a la boca y luego la miró—. ¿Te ha besado?

Francesca estuvo a punto de atragantarse y no supo qué contestar.

—¿Te molestaría si lo hubiera hecho? —dijo finalmente, y a Ian se le escapó la risa.

—Claro que no. Yo te quiero, Francesca, y creo que mi padre también, pero es demasiado gallina para decírtelo o para hacer algo. Yo le he dicho que si no te da un beso, eso quiere decir que es gay.

Francesca abrió mucho los ojos. No se esperaba una respuesta como aquella.

—Yo no creo que sea gay —dijo, y se llevó la taza a los labios sin apartar los ojos de Chris, esperando que le echara un cable porque no sabía por dónde seguir. De pronto, se dio cuenta de que Chris estaba asintiendo imperceptiblemente y se giró de nuevo hacia el pequeño—. De hecho, ya me ha besado.

—Entonces no es gay.

Padre e hijo chocaron los cinco para celebrar el beso y Francesca se sintió como si, en lugar de en una cocina, estuviera otra vez en el vestuario del instituto rodeada por el equipo de fútbol americano al completo. Por primera vez en su vida, se había convertido en el objeto de la complicidad entre dos hombres.

—Lo suponía. Entonces, ¿te parece bien? —le preguntó al pequeño.

Se alegraba de que Marya y Charles-Edouard no estuvieran presentes. Aquella era, y tenía que ser, una conversación estrictamente familiar.

—Sí —asintió Ian—. Me gusta. Eres amiga nuestra.

—Sí, somos amigos, pero no quiero hacer nada que te haga infeliz. Los dos significáis mucho para mí y no quiero estropearlo.

—¿Quieres decir como mi madre? —preguntó Ian.

De pronto, se habían metido en aguas profundas.

—No conozco a tu madre, Ian. Lo que haya entre ella y tu padre es cosa suya. Yo lo que no quiero es ser un problema o decepcionaros a ti o a tu padre.

—Y no lo harás —dijo él, seguro de sus palabras. Confiaba ciegamente en ella—. ¿Qué hacemos hoy?

Y sin más cambió de tema, ahora que por fin ya habían aclarado el asunto del beso. Se levantó de la silla de un salto y subió los escalones de dos en dos para ver la televisión en su habitación. Después de comer quería ir a Central Park.

—Bueno, no ha sido tan difícil —dijo Francesca, visiblemente aliviada, en cuanto Ian cruzó la puerta—. Me preocupaba que se lo tomara mal.

Chris le estaba sonriendo.

—Estaba seguro de que no se lo tomaría mal.

Se inclinó hacia ella y la besó, luego se deslizó hasta la silla contigua a la de Francesca, la abrazó y la besó de nuevo, esta vez de verdad, justo en el preciso instante en que Ian entraba por la puerta. No se dieron cuenta de su presencia hasta que no se separaron. Se estaba riendo de ellos.

—Bien hecho, papá —canturreó alegre antes de salir otra vez de la cocina con una caja de tortitas de arroz bajo el brazo.

—Supongo que tendré que acostumbrarme —dijo Francesca, un poco nerviosa—. Lo de los vítores no me lo esperaba.

Se alegraba de que Ian la aceptara. Era mejor así.

—Creo que hablan demasiado de sexo en el cole —respondió Chris, que también se había puesto nervioso al ver a su hijo observándolos.

Recogieron la cocina y salieron a comer fuera y luego a pasear por Central Park. Rodearon el lago, entraron en el zoo, compraron helados y jugaron a pillar con una pelota de fútbol. Los tres se sentían como una pequeña familia. No volvieron a casa hasta última hora de la tarde, cansados, felices y con unos cuantos DVD nuevos. Chris la invitó a ver un rato la tele con ellos en su habitación, sentados los dos en el sofá e Ian estirado en el suelo. Hacía años que Francesca no era tan feliz. Y lo mejor de todo era que a Ian le parecía bien.

17

El día de la vista sobre la custodia de Ian, Chris se levantó a las seis de la mañana. Marya se había ofrecido a llevarlo a clase. El pequeño sabía que pasaba algo, pero no sabía exactamente qué, solo que su padre había salido de casa vestido de traje, así que seguramente tenía que ver con su madre. Chris no le había explicado los detalles porque no quería que se preocupara. Sabía que, pasara lo que pasase en el juzgado, Ian seguiría viviendo con él. Kim todavía estaba en la cárcel, no se había desintoxicado y no estaba previsto que saliera en breve. La diferencia entre aquella vista y las anteriores era que, si Chris ganaba, Ian ya no tendría que vivir más con ella. Kim tendría derecho a un régimen de visitas, pero Chris no recibiría más llamadas de la policía para informarle de que su ex mujer había sufrido una sobredosis o de que se había cortado las venas y su hijo le había taponado las heridas hasta la llegada de la ambulancia, ni tendría que recoger a su hijo en un centro de menores cada vez que su madre acabara detenida en comisaría. No quería que su hijo volviera a pasar por todo aquello; así pues, esperaba que las visitas fueran siempre bajo supervisión.

Francesca se había ofrecido a acompañarlo, pero Chris no quería hacerle pasar un mal rato.

—¿Perdón? —protestó ella en cuanto Marya se llevó a Ian al colegio—. ¿Tan blandengue me consideras? Sé perfectamente qué es un drogadicto. Sé todo lo que le ha pasado a Ian. Aún me acuerdo del día que tuviste que salir corriendo porque se había metido una sobredosis. Soy consciente de que está acusada de homicidio imprudente y de que podría pasar una buena temporada entre rejas. ¿Por qué no quieres que esté contigo?

—¿Y si pierdo? —dijo Chris, muy preocupado.

—Razón de más para que te acompañe. Y si pierdes —añadió con convicción—, lo volveremos a intentar. Seguro que ganas, Chris. Esa mujer está fatal.

—Su padre es un hombre muy poderoso.

—Igual que el tuyo. Eres familiar de dos presidentes de Estados Unidos, por el amor de Dios, Chris. Y no me refiero a Benjamin Franklin y a Thomas Jefferson precisamente. Los tuyos son mucho más recientes. Eso debería servir para algo.

—A mi familia no le gusta ser el objetivo de las cámaras, sobre todo en asuntos tan feos como este. Adoran a Ian, pero creen que no debería haberme casado con Kimberly. Por aquel entonces aún no se pinchaba, aunque ya estaba hecha unos zorros. Yo estaba convencido de que podía salvarla, de que podía convertirla en la princesa que creía que era, pero con el tiempo la situación no hizo más que empeorar. Mis padres creen que es una vergüenza para la familia, así que prefieren ignorar la situación, a pesar de que saben cómo afecta a Ian. A veces pienso que se niegan a ver la realidad, como si no existiera. En cambio, el padre de Kimberly está dispuesto a mentir, robar y matar si fuera necesario con tal de que su hija no tenga que sufrir las consecuencias de sus propios actos. Por eso ella nunca acaba de recuperarse. Para qué, si su padre ya se ocupa de ir limpiando detrás de su hija. Kimberly no sabe lo que es la responsabilidad. Siempre son los demás quienes se ocupan de todo, incluido su hijo.

—¿Puedo ir contigo? —insistió Francesca.

Chris asintió y ella le dio un beso. La relación iba viento en popa. Apenas llevaban unas semanas saliendo, pero pasaban mucho tiempo juntos y Chris la había llevado a cenar varias veces. No se habían acostado, pero tampoco tenían prisa. Iban poco a poco, con paciencia, entre otras cosas porque él no podía quitarse de la cabeza la vista sobre la custodia de su hijo. Se sentiría mucho mejor en cuanto hubiera pasado, sobre todo si ganaba; aunque si perdía, tal y como acababa de decir Francesca, insistiría las veces que hiciera falta.

Cogieron un taxi hasta los juzgados de la calle Lafayette. Llegaron puntuales, a las diez. El abogado ya estaba esperando junto a la entrada. Al seguir confinada en prisión, Kim no estaba obligada a asistir a la vista y, efectivamente, no había venido, pero sí su abogada, una mujer arisca y desagradable a la que Chris hacía años que odiaba. Solo le interesaba proteger a su clienta, nunca a su hijo.

El abogado de Chris era un tipo trajeado, muy serio, con una corbata oscura y gafas con montura metálica. Se presentaron y el abogado le dio la mano a Francesca. Acababa de conocerlo, pero le transmitía buenas vibraciones. No se parecía en nada a la otra abogada, que tenía cara de miserable y no dejaba de mirar a Chris de reojo.

Entraron en la sala al mismo tiempo y ocuparon los asientos que les correspondían a cada uno. Francesca se sentó justo detrás de Chris y le apretó el hombro. El juez entró en la sala y el alguacil ordenó a los asistentes guardar silencio. En el lado de Chris estaban únicamente Francesca y su abogado. La madre de Ian no se encontraba en la sala, solo su abogada, pero al entrar en la sala Chris había señalado con disimulo al padre de Kim. Todos se habían percatado de su presencia y, obviamente, sabían quién era. Su cara salía todos los años en las portadas de las revistas *Time* y *Newsweek*, y con bastante frecuencia también en los periódicos, de modo que parecía improbable que el juez no lo reconociera. Su presencia en la sala era una forma de intimidación, silenciosa, sí, pero portadora de un mensaje difícil de obviar. Su hija tenía todo su apoyo, que no era poca cosa.

Se presentó el caso desde las perspectivas de cada una de las partes. La devoción y el amor infinito que Kim sentía por su hijo. Cuánto lo quería. Era tan buena persona que, en cuanto saliera de la cárcel, iría directamente a rehabilitación, porque quería recuperarse por el crío. Su abogada se volvió hacia el juez y, con la mirada más sincera que Francesca hubiera visto en toda su vida, le dijo que no había nada en el mundo que su representada no estuviera dispuesta a hacer por su hijo, y que ella misma podía prometerle que a partir de entonces el niño no correría peligro y que la custodia compartida seguía siendo la mejor opción para todos. Había que garantizar a toda costa que el niño, de apenas ocho años, no se viera privado del contacto con su madre, que no se sintiera abandonado por ella si Chris intentaba arrebatarle la custodia para tenerla él en exclusiva. Dijo que aquello no suponía velar por los intereses del menor, y la custodia compartida sí. Utilizó todas sus armas. Solo le faltó música de órgano y un coro góspel para intentar convencer al juez, que observaba la escena desde lo alto del estrado con gesto impasible. Francesca se dio cuenta de que en más de una ocasión desviaba la mirada hacia el padre de Kim. Chris también lo vio, pero él ya estaba acostumbrado. Era la misma escena de siempre: los poderosos moviendo los hilos desde la sombra, aunque fuese solo con su presencia o con la intensidad de las miradas que le lanzaba al juez. Era la demostración palpable de que la familia de su ex mujer no tenía intención de perder aquella vista, y Chris temía que sirviera para convencer al juez de que lo mejor para Ian era la custodia compartida. Eso era lo que más miedo le daba, a él y también a Francesca. Ninguno de los dos se creía que la mayor preocupación de aquella familia fuera el bienestar del pequeño.

Cuando el abogado de Chris empezó su intervención, Francesca sintió un nudo en el estómago. Parecía más profesional que vehemente, muy directo e impasible, sobre todo comparado con la abogada de Kim, que había regado su discurso con tal cantidad de pausas dramáticas que casi resultaba ridículo. Un detective privado, que trabajaba para Chris, había destapado varias informaciones desconocidas para todas las partes interesadas, sobre todo para el juez. En su alegato inicial, el abogado explicó que su representado no pretendía apartar a Ian de su madre, que en cuanto recuperara la libertad estaban dispuestos a acordar un régimen de visitas, siempre que estas se desarrollaran bajo supervisión externa. No querían alejarlo de su madre, solo asegurarse de que el niño estuviera a salvo y viviera en un entorno saludable. Teniendo en cuenta el historial de su madre, creían que lo mejor para Ian era que su padre se encargara de tomar todas las decisiones, lo cual equivalía a concederle la custodia en exclusiva. Chris se ocuparía de escoger colegio, llevarlo al médico, ir al dentista con regularidad... Cualquier decisión, desde la educación religiosa hasta una posible ortodoncia, dependería únicamente de él, lo cual para Francesca no podía tener más sentido. De todas formas, llevaba meses haciéndolo, desde que Kim había ingresado en la cárcel. Con la custodia completa para él, ella no tendría ni voz ni voto en cualquier decisión que atañera al pequeño. Podría verlo, cada vez más a menudo a medida que se fuera recuperando, pero no podría elegir a qué colegio quería que fuera ni volver a arriesgar su vida, eso siempre que el juez aceptara un régimen de visitas supervisado.

Una vez hubo explicado que Chris no pretendía acabar con las visitas, sino que solo quería asegurarse de que el juzgado designaba un mediador externo que las supervisara, pero que sí aspiraba a tener la custodia total de su hijo, el abogado leyó los principales puntos del informe que había elaborado el detective privado. Era una lista interminable de todo tipo de errores, despropósitos, fechorías, muestras públicas de lascivia e incluso algunas negligencias muy graves. Francesca conocía algunas de aquellas historias a travé de Chris, pero lo que este le había contado no era más que una gota en aquel mar de horrores de todos los calibres.

Kimberly había puesto a su hijo en peligro de todas las formas imaginables y en multitud de ocasiones. Chris, por su parte, llevaba años luchando contra ella y procurando proteger a Ian. Los jueces siempre habían intentado respetar que ella fuera su madre, pero esta vez la acumulación de pruebas era apabullante. Todo lo que el abogado iba enumerando era nuevo para el juez y, en ocasiones, nuevo incluso para Chris. Según los testigos, cada uno de ellos con su declaración firmada, Kimberly había dejado a Ian con otros drogadictos; lo había abandonado en bares de carretera y áreas de descanso, donde la gente lo recogía y lo llevaba de vuelta a casa; había olvidado que lo llevaba con ella y lo había dejado solo en la cuneta de una autopista; cuando era un bebé, se le había caído al suelo porque iba tan drogada que no podía con él, algo que Chris ya sabía; se lo había dejado en el techo del coche y, por suerte, su padre lo había rescatado antes de que arrancara; lo había abandonado en fumaderos de crack o con un cadáver; no le había dado de comer en días; había intentado quitarse la vida delante de él en más de una ocasión; o le había apuntado con una pistola cargada con la intención de matarlo y luego dispararse ella, pero por suerte otro drogadicto le había arrebatado el arma a tiempo. El abogado citó el número de veces que

Ian había llamado a los servicios de emergencia cada vez que su madre sufría una sobredosis. La lista no tenía fin. No importaba que el abogado de Chris utilizara un tono neutro de voz y no recurriera a las tretas de su colega. Era mejor así. La falta de emoción con que leía cada punto de la lista resultaba mucho más efectiva. Eran hechos objetivos, páginas y más páginas de datos, desde informes policiales hasta declaraciones de testigos. Francesca se dio la vuelta para mirar al padre de Kim y, por la expresión de su cara, quería acabar con el abogado de Chris por contar la verdad sobre su hija delante del juez. Las pruebas eran tantas y tan terribles que no podían desmentirse. Francesca no podía dejar de pensar que Kim merecía un castigo mucho peor que la cárcel. Parecía imposible que Ian hubiera sobrevivido a todo aquello. De pronto, comprendía la fobia de su padre a las relaciones. Después de haber estado casado con una mujer como aquella, que había puesto en peligro la vida de su hijo, incluso cuando era un bebé, era comprensible que le costara tanto confiar en la gente. Francesca tenía los ojos anegados de lágrimas. El abogado terminó de leer la lista y se acercó al estrado para entregarle una copia al juez, que no dejaba de observar a Chris en silencio. De pronto, se dirigió a los dos letrados y los convocó con urgencia en su despacho. Francesca le preguntó a Chris entre susurros si el juez sabía que Kim estaba a la espera de juicio por homicidio imprudente y él asintió. Seguía allí sentado, con la mirada perdida y el rostro impenetrable, tratando de apartar de su mente las imágenes de todas las veces que Kimberly había puesto en peligro a su hijo. Aquella mujer era un peligro para sí misma y para los demás y, tal y como él llevaba años repitiendo, su lugar estaba en la cárcel.

En cuanto el juez se levantó del estrado, los dos abogados lo siguieron hasta su despacho, momento que Francesca aprovechó para inclinarse de nuevo hacia Chris.

—Y ahora ¿qué?

—Pueden pasar dos cosas: que el juez tome una decisión hoy mismo o que nos la haga llegar más adelante, una vez que haya leído toda la documentación que le hemos entregado. La mayoría de los jueces prefiere dictar sentencia por escrito para ahorrarse que alguien intente partirles la cara. Por lo visto, los juicios sobre custodias son de los más tensos.

Era perfectamente comprensible, pensó Francesca, sobre todo después de lo que acababa de escuchar.

—Menuda lista —afirmó con tristeza, y Chris asintió.

El detective privado había hecho un trabajo concienzudo. Pobre Ian. Francesca siempre se había avergonzado de su madre, pero Thalia nunca había supuesto un peligro para ella. La madre de Ian, en cambio, llevaba muchos años arriesgando la vida de su hijo, desde que este tenía tres meses y ella había recaído en las drogas.

Diez minutos más tarde, los letrados regresaron a la sala. Su abogado les indicó que lo acompañaran afuera, mientras que la de Kim se acercaba al padre y hablaba con él en voz baja. El hombre no parecía muy feliz y señalaba hacia el estrado, pero lo cierto era que ella había hecho un buen papel, porque de eso se trataba exactamente: teatro, nada de leyes y mucho menos de justicia para Ian.

El abogado los guió hasta el exterior de la sala con paso decidido y no se detuvo hasta que llegaron al pie de las escaleras del juzgado. Solo entonces se dio la vuelta y los miró. Le preocupaba que alguien hubiera llamado a la prensa, por eso los había sacado de allí lo antes posible.

—¿Qué ha pasado en el despacho del juez? —le preguntó Chris, al que se veía inquieto.

El abogado sonrió y le dio una palmada en el hombro.

—La custodia de Ian es tuya, Chris. El juez dice que no quiere tener que escuchar una sola palabra más sobre este caso. Me ha asegurado que, mientras él presida la sala, la custodia la tendrás tú y que la próxima vez que Kimberly ponga en peligro al pequeño, la meterá en la cárcel. Dice que no sabe cómo ha podido conservar la custodia hasta ahora. —Chris no pudo contener más las lágrimas y a Francesca se le escapó un sollozo—. Y ahora largaos de aquí antes de que alguien se dé cuenta de quién eres y llame a la prensa. Esta vez su padre no creo que se atreva.

Chris le dio las gracias a su abogado, se despidió de él y paró un taxi. Cuando se montaron en la parte trasera del coche, Francesca ya no pudo contener más el llanto y los dos se abrazaron. La victoria había sido total. Cuando llegaron a casa, Charles-Edouard y Marya los estaban esperando y, en cuanto vieron sus caras, supieron lo que había pasado.

—¡Gracias a Dios! —exclamó Marya mientras abrazaba a Chris, y lo mismo hizo Charles-Edouard.

La noticia suponía un alivio enorme para todos. Chris les recordó que no le dijeran nada a Ian cuando volviera a casa y subió a su habitación a ponerse un suéter y unos vaqueros. Estaba nervioso y emocionado al mismo tiempo. Ian se quedaría a vivir con él. Por fin. Kim no podría atormentar más al pequeño. El infierno había terminado. El chico estaba a salvo y eso era lo más importante. Su madre había puesto en peligro la vida de su hijo en demasiadas ocasiones, por lo que el juez también había aprobado las visitas supervisadas por un mediador externo. No podría haber ido mejor.

Francesca intentó contarle a Marya todo lo que había sucedido. Solo recordaba algunos puntos de la lista, suficientes para que Marya se horrorizara. La victoria de Chris, y sobre todo de Ian, había sido total. Su madre jamás volvería a hacerle daño.

La victoria cobró un nuevo sentido mucho más importante y cargado de significado cuando, una semana más tarde, Chris se topó con un artículo en el periódico. Francesca vio que apretaba los dientes y la mandíbula mientras lo leía, y no pudo evitar preocuparse. Cuando terminó, le preguntó qué ocurría y él le pasó el periódico en silencio. Esta vez habían ganado los abogados del su ex suegro, si no por su nieto, al menos sí por su hija.

Sin saber muy bien cómo, aunque seguramente pagando generosas sumas de dinero a quien estuviera dispuesto a corroborar su historia, habían conseguido darle un giro al caso de Kimberly al afirmar que el drogadicto que había muerto estando con ella era un traficante y que era él quien había puesto en peligro la vida de ella, y no al revés. Como el fallecido era un presunto delincuente, la culpabilidad de Kim ya no era tan evidente. Además, habían alegado trastornos psiquiátricos, deterioro de la salud y todo lo que se les había ocurrido para rebajar los cargos de homicidio imprudente a delito menor. El fiscal del distrito se había mostrado partidario de llegar a un acuerdo. El juez la había sentenciado a seis meses, menos el tiempo que ya había cumplido y la rebaja por buen comportamiento. Resultado: Kim no iría a la cárcel. En un par de semanas o tres estaría en casa, a tiempo para Acción de Gracias. El artículo afirmaba que, en cuanto saliera de prisión, ingresaría en un famoso centro de rehabilitación para recuperarse. Podría irse cuando quisiera; conociéndola, no tardaría en querer ver a Ian. Por lo menos a partir de ahora sería siempre bajo supervisión. Chris estaba furioso. No podía creer que le hubieran rebajado los cargos y que ni siquiera fuera a pisar la cárcel. En cuanto se descuidara, la tendría otra vez subida a la chepa, exigiendo ver a Ian y destrozándole la vida de nuevo.

—Esta vez estaba convencido de que no podría hacer nada

por ella —dijo refiriéndose al padre de Kim—. Debería estar encerrada. Es un peligro para sí misma y para los que la rodean.

—Sí, pero al menos ahora Ian está más protegido —replicó Francesca—. La custodia la tienes tú y ella solo podrá ver a Ian bajo supervisión.

—Confiaba en perderla de vista al menos unos años —confesó él frunciendo el ceño.

Francesca se alegraba ahora más que nunca de que Chris le hubiera arrebatado la custodia a su ex mujer. Nadie en su sano juicio podría haber refutado o rechazado la lista del detective.

Chris tiró el periódico a la basura, donde Ian no pudiera verlo, y subió a su habitación a trabajar sin decir una sola palabra. No era precisamente un secreto lo mucho que odiaba a su ex. Francesca lo sentía por los dos, padre e hijo, porque en cuestión de semanas Kim estaría otra vez en la calle, otra vez en el mundo de Ian.

18

En las semanas posteriores a la vista, la historia entre Chris y Francesca acabó de florecer. Él por fin pudo relajarse y hacerse a la idea de que Kim no solo no pisaría la cárcel, sino que volvería en cualquier momento y querría ver a Ian. Francesca le recordó que no podía hacer nada al respecto. Le había ganado el juicio y encima por goleada. Tenía el control total y absoluto sobre la custodia, y todas las visitas a las que ella tuviera derecho serían siempre bajo supervisión. A partir de ahora, su hijo estaba a salvo y él por fin podía pensar en otras cosas. Cada vez pasaba más tiempo con Francesca. Por la noche, cuando Ian se quedaba dormido, se escapaban a la sala de estar o al dormitorio de Francesca, pero solo se atrevían a besarse, por si el pequeño se levantaba de madrugada y subía al piso de arriba.

Aprovecharon los fines de semana para salir de excursión. Fueron al zoo del Bronx, cogieron el ferry de Staten Island y visitaron algunos de los museos de la ciudad. Francesca se los llevó a Connecticut para que conocieran a su padre y a Avery; Chris y Henry congeniaron bien desde el primer momento. En Halloween, se disfrazaron y salieron a llamar a las casas del vecindario y a ver el desfile del Village. Hacía años que Francesca no se lo pasaba tan bien. A la mañana siguiente,

Chris aprovechó que Ian aún dormía, abrazado a una calaba-
za de plástico llena de chucherías, para subir a ver a Francesca.

—Te cambio dos Milky Way por un Snickers —fue lo primero que le dijo al entrar en la habitación.

—Ni pensarlo. La señora de la calle Jane fue quien me dio
los Snickers de chocolate negro. Cada uno vale al menos seis
Milky Way y una bolsa de M&M's con cacahuete. Ayer vi
cómo te guardabas dos en el bolsillo.

—Eres una usurera —la acusó Chris mientras le daba
un beso. Se moría de ganas de estar con ella. Los años de soledad monástica por fin empezaban a pasar factura—. Tengo una proposición que hacerte —le susurró mientras le
metía una mano por debajo del jersey y ella ahogaba una exclamación de sorpresa—. Me gustaría pasar un fin de semana
contigo.

No se atrevían a dejarse llevar, no mientras Ian estuviera
tan cerca, pero cada vez les costaba más contenerse.

—¿Cuándo?

—¡Ahora! —exclamó él, y Francesca se echó a reír. Marya
y Charles-Edouard se habían ido unos días a Vermont para
trabajar en el libro, así que no tenían quien los ayudara con
Ian—. ¿Qué te parece la semana que viene? Marya podría
quedarse con Ian.

Estaba desesperado.

—Se lo preguntaremos cuando vuelvan.

—Te advierto de que si se niega, puede que pierda la cabeza cuando menos te lo esperes y te arranque la ropa a mordiscos.

—Tranquilo, ya se nos ocurrirá algo —dijo Francesca, y le
provocó mientras se besaban.

Necesitaban tener un fin de semana para ellos solos lo antes posible, en algún lugar en el que no tuvieran que contro-
larse, ser prudentes y pensar en Ian las veinticuatro horas del

día. Llevaban casi dos meses comportándose como adultos responsables y creían que ya habían esperado suficiente.

El domingo por la noche, cuando llegaron de Vermont, Francesca le preguntó a Marya si le importaba cuidar de Ian durante un fin de semana. Aceptó al instante, como siempre. Adoraba al pequeño y estaba encantada con la relación que había nacido entre su padre y Francesca.

—¿Adónde queréis ir?

Se alegraba mucho por ellos. De pronto, la casa estaba ocupada por dos parejas felices. Charles-Edouard la trataba como a una reina y le aseguraba que, desde que estaba con ella, era otro hombre. No quería estar con ninguna otra mujer, solo con ella. Hacía tiempo que Francesca le había hablado de su padre y de lo mucho que había cambiado desde que se había casado con Avery. Por lo visto, la cuestión era encontrar la mujer adecuada.

—Aún no hemos decidido nada. Antes queríamos saber si no te importaba quedarte con Ian.

De pronto, Marya tuvo una idea.

—Podría dejaros mi casa de Vermont. La zona es muy tranquila y en esta época del año está todo precioso, aunque hace un poco de frío. Y es mejor que estar en un hotel.

A los dos les encantó la idea. Decidieron salir el viernes por la tarde y volver el domingo por la noche. Estaba lejos, pero valía la pena. No pudieron pensar en otra cosa durante el resto de la semana. Marya, por su parte, hizo todo tipo de planes con Ian. Querían ir al cine, al teatro y al museo. El pequeño estaba emocionado. Para Chris y Francesca, el tiempo pasaba a cámara lenta. Francesca convenció a uno de sus artistas de que se ocupara de la galería mientras ella estuviera fuera. Lo tenían todo bajo control.

El viernes por la tarde, cuando se montaron en el coche y se alejaron del 44 de Charles Street, se sentían como los protagonistas de una de esas escenas de las películas en que un coche persigue a otro por el centro de una gran ciudad. Era hora punta, pero a ellos les daba igual. Habían conseguido su fin de semana a solas. Ian apenas se había inmutado. Les había dado un beso a cada uno y ni siquiera les había preguntado dónde pensaban pasar el fin de semana. Estaba demasiado ocupado con Marya y, además, su padre le había prometido que llamaría.

Cruzaron los límites de la ciudad entre risas y felicitándose mutuamente por haberlo conseguido.

—Llevo toda la semana temiendo que pasara algo y que al final no pudiéramos irnos. Que Ian cogiera la varicela o algo así —dijo Francesca, aliviada, mientras Chris conducía.

—Me ha pasado lo mismo —admitió él—. Yo estaba convencido de que uno de los dos enfermaría, o que Marya no podría quedarse con Ian, o que Kim se escaparía de la cárcel o se volvería majara. ¡Dos días para nosotros solos, Francesca! —exclamó, victorioso—. ¡No me lo puedo creer!

—¡Ni yo! —dijo ella con una sonrisa de oreja a oreja.

Estaban tan emocionados que disfrutaron incluso del trayecto. Pararon a comer en un pequeño hotel de carretera y luego volvieron a ponerse en camino. Llegaron a casa de Marya cuando solo faltaban unos minutos para la medianoche. Era una casa pequeña, muy bonita, rodeada por un jardín precioso y con un huerto con árboles frutales. Francesca y Chris estaban encantados de poder conocer al fin aquel lugar del que tanto habían oído hablar. Últimamente, Marya y Charles-Edouard pasaban más tiempo allí. A él le encantaba la zona. Era el contrapunto perfecto a la vida en la ciudad. En Francia tenía una granja en la zona de Normandía que acababa de cederle a su mujer. El próximo verano, cuando fueran a Francia, tenía intención de buscar algo parecido para Marya y para él. Prefería el campo a la costa, por eso le gustaba tanto Vermont.

Chris abrió la puerta y desconectó la alarma. La casa parecía el sitio perfecto para pasar una luna de miel. Francesca se paseó por la sala de estar, admirando todas las cosas bonitas que Marya había ido acumulando a lo largo de los años. Era una estancia preciosa, con las paredes forradas de madera y una chimenea en el centro. La cama de la habitación de invitados, en la primera planta, tenía dosel. Dejaron las maletas en el suelo y, antes de que Francesca tuviera tiempo de quitarse el abrigo, Chris la empujó sobre la cama y la besó. En cuestión de minutos se quedaron sin aliento, incapaces de controlar la pasión que los abrasaba por dentro. Llevaban demasiado tiempo esperando aquel momento, semanas y semanas en las que se habían deseado con locura. Hasta entonces, siempre se habían comportado por el bien de Ian, pero allí no tenían por qué preocuparse de nada. Se desnudaron y exploraron sus cuerpos por debajo de las sábanas. Estaban tan excitados que no pudieron contenerse más. Francesca le ofreció su cuerpo y Chris, consumido por el deseo, se zambulló de cabeza. Fue el sexo más excitante, más intenso y más desenfrenado que jamás hubieran experimentado. Eran como dos náufragos hambrientos que por fin hubieran encontrado comida tras años olvidados en una isla desierta. Se corrieron al mismo tiempo y luego se tumbaron boca arriba, uno al lado del otro, jadeando y sin poder contener la risa.

—Estoy demasiado mayor para esto —dijo Chris mientras intentaba recuperar el aliento.

Francesca apoyó la cabeza en su pecho y cerró los ojos. Una sonrisa enorme le iluminaba la cara.

—Me he muerto y estoy en el cielo —dijo ella, jadeando tanto como él. La espera había valido la pena. Francesca se tumbó de lado y Chris hizo lo propio—. ¿Crees que también es así para Marya y Charles-Edouard? —le preguntó, incorporada sobre un codo, contemplándolo con detenimiento mientras deslizaba un dedo por su pecho y le hacía reír.

—Espero que no. No creo que duraran mucho.

La besó y ella le devolvió el gesto con una caricia. Chris estaba completamente saciado, pero no le costó excitarse de nuevo. Tenía que recuperar todos los años que había perdido, los mismos que ella, así que aquella misma noche se pusieron manos a la obra y por la noche lo retomaron donde lo habían dejado. No querían levantarse de la cama, solo descansar en los brazos del otro.

Francesca bajó a la cocina y preparó café. Encontró unos panecillos en el congelador y los calentó en el microondas. Luego subió otra vez a la habitación. Era la única casa en varios kilómetros a la redonda, así que las vistas desde allí eran espectaculares. Reunieron las fuerzas necesarias, se levantaron de la cama y salieron a dar un paseo, únicamente para poder decírselo luego a Marya. A la vuelta, se metieron de nuevo en la cama y no salieron de ella en toda la tarde.

Por la noche, la llamaron para darle las gracias y decirle lo mucho que les había gustado su casa.

—Me alegro. Es muy romántica, ¿verdad? —preguntó Marya, y no pudo evitar que se le escapara la risa.

—Sí que lo es, sí —respondió Francesca con una sonrisa.

—Me di cuenta hace poco. Hasta ahora siempre había pensado que era una casa bonita y punto.

Francesca sabía que nunca olvidaría aquellos días. No podían pasarse el fin de semana encerrados, así que fueron a cenar a una taberna de la zona en la que, según Marya, se comía muy bien, y tenía razón. A la vuelta, dieron un paseo entre los árboles frutales y luego se sentaron en el porche y se besaron. No querían volver a Nueva York, querían quedarse allí para siempre. Francesca envidiaba a Marya por tener una casa como aquella. Le habría gustado poder pasar mucho más tiempo allí con Chris, no solo un fin de semana.

Ella lo miró embelesada y sonrió. Estaban sentados en el columpio del porche, balanceándose lentamente.

—¿Sabes? Creo que no nos va tan mal, teniendo en cuenta nuestra alergia a las relaciones. ¿Tú qué opinas?

—Creo que me estás convirtiendo en un maníaco sexual. Si es que no puedo pensar en otra cosa —le confesó Chris con una sonrisa—. ¿Me has puesto algo en la comida?

—Sí, sal y pimienta. Yo no puedo ni sentarme.

Ambos se echaron a reír. Aquello era justo lo que necesitaban, la luna de miel perfecta condensada en un fin de semana. Representaba la unión definitiva entre los dos, lo único que les había faltado hasta ahora. Tenían la amistad que habían construido con el paso de los meses, el romance a partir del verano y la unión de sus cuerpos para completar lo que sentían el uno por el otro. El círculo de su amor estaba por fin cerrado.

—¿Te gustaría casarte algún día, Francesca? —preguntó Chris mientras la abrazaba.

—Hasta ahora, siempre había pensado que no. Supongo que me daba miedo acabar como mi madre, casada catorce veces.

—No seas mala. Solo cinco —bromeó él.

—Una sola vez ya me parecía demasiado. Estaba acostumbrada a la idea de mi padre poniéndole los cuernos a todo el mundo y a mi madre casándose cada dos por tres. No quería acabar como ellos, incluso me daba miedo tener hijos —le confesó—. ¿Y si la cagas? Le puedes arruinar la vida a tu propio hijo.

Mientras la escuchaba, a Chris le sorprendió la ironía que encerraban las palabras de Francesca. Ella, que sería una madre maravillosa, no había tenido hijos porque temía hacerles daño o no hacer bien las cosas. Y Kim, que era una mina con patas, una zona de emergencia después del desastre, no había dudado ni un segundo en tener a Ian y quería más. Chris, que por entonces ya se había quitado la venda de los ojos, se negó en redondo, aunque a él también le habría encantado tener más hijos.

—Creo que Ian es el primer niño que hace que me plantee la posibilidad de ser madre, aunque sigo creyendo que no es imprescindible estar casado para tener hijos. Es un riesgo doble para el que hasta ahora no creía estar preparada.

—Creo que se vive mejor cuando lo estás. Es como una declaración de compromiso y de fe en la otra persona. —Pensó en ello durante un minuto y luego se encogió de hombros—. ¿Y yo qué sabré? Mira de qué forma terminó mi matrimonio.

Para Francesca, lo importante no era cómo había terminado, sino con quién se había casado.

—Seguro que las cosas son muy distintas cuando te casas con la persona adecuada.

—Pues yo no pude escoger peor. Estaba ciego, supongo, y ella tenía mucha labia. Éramos los dos muy jóvenes. Ahora no cometería el mismo error.

—¿Te volverías a casar?

Francesca creía que diría que no, pero se sorprendió al escuchar su respuesta.

—Si fuera contigo, sí —dijo Chris con un hilo de voz, y ella no supo cómo reaccionar.

—Me da miedo oírtelo decir. No quiero estropear lo que tenemos.

—Si es algo bueno, lo mejorará; si no, te hará desear no haber nacido. No me imagino sintiéndome así contigo.

Francesca lo besó y le cubrió los labios con un dedo. No quería que dijera nada que ella no estuviera preparada para escuchar. Sin embargo, aquella misma noche, entre los cuatro postes de la enorme cama de la habitación de invitados de Marya, Chris le dijo que la quería y Francesca le respondió que ella también. Se quedaron dormidos en brazos el uno del otro.

A la mañana siguiente, se levantaron al alba y desayunaron en el porche. Hacía frío, pero el aire era puro y vigorizante. Tomaron café envueltos en sendas batas y luego se sentaron en el columpio y se abrigaron con una manta. Francesca no dejaba de pensar en la conversación de la noche anterior, en el matrimonio, pero no dijo nada y él tampoco. Chris también le estaba dando vueltas a lo mismo, pero no quería ponerla nerviosa, así que decidió no sacar el tema de momento.

Por la tarde, hicieron otra vez el amor y luego cambiaron las sábanas de la cama. Después de lavar los platos, Francesca dejó una nota sobre la mesa de la cocina. «Gracias por el mejor fin de semana de mi vida.» Chris la leyó, tachó las últimas dos palabras y en su lugar escribió «nuestras vidas». Francesca sonrió y le dio un beso.

—Gracias a ti también —le dijo.

Chris metió las maletas en el coche, conectó la alarma y cerró la puerta. Se pusieron en camino justo cuando el sol empezaba a ponerse. Francesca se inclinó hacia él y lo besó, y Chris le regaló una sonrisa.

—Te quiero, Chris.

—Y yo a ti, Francesca.

Apartó una mano del volante y le acarició la mejilla. Los dos guardaron silencio durante buena parte del viaje. Tenían mucho en lo que pensar y momentos increíbles que rememorar. Todo era exactamente como se suponía que tenía que ser, una sensación que era nueva para los dos.

19

Francesca y Chris pasaron semanas sin poder pensar en otra cosa que no fuera el maravilloso fin de semana que habían compartido en Vermont. Marya estaba encantada de haberles dejado la casa y los invitó a volver siempre que quisieran.

Habían acordado portarse bien hasta la próxima escapada, pero al día siguiente se dieron cuenta de que era algo imposible. Chris esperó a que Ian se quedara dormido y se escabulló escaleras arriba para poder estar con ella. Cerraron la puerta e hicieron el amor con la misma pasión que habían descubierto en Vermont. Cuando acabaron, él volvió a su habitación con Ian.

Una noche, antes de irse, Chris se quejó amargamente. No le gustaba tener que levantarse de la cama, volver a su litera y pasar el resto de la noche sin ella, pero de momento no tenían otra opción que hacerlo así.

—No puedes mudarte aquí conmigo y dejarlo a él abajo —dijo Francesca tratando de ser razonable—. Nos odiaría a los dos.

—Lo sé, pero es que cuando estoy abajo te echo mucho de menos. Estás demasiado lejos.

A Francesca le gustó saber que Chris se sentía así, porque a ella le pasaba justo lo mismo.

Una mañana, se quedaron dormidos e Ian estuvo a punto de descubrirlos. Francesca tuvo que llamar a Marya al móvil y pedirle que se lo llevara a la cocina. Unos minutos más tarde, apareció Chris con el periódico debajo del brazo. Se había escapado cinco minutos, antes de que el pequeño se despertara, para ir a comprarlo. Ian ni siquiera se planteó la posibilidad de que su padre viniera del piso de arriba, de acostarse con Francesca. Si no hubiera sido por la ayuda de Marya, los habría pillado in fraganti.

De vez en cuando, después de hacer el amor, se daban un baño juntos en la enorme bañera de Francesca y aprovechaban para hablar tranquilamente. Cuando salían, casi siempre acababan en la cama. Eran días felices, retazos de un mes de noviembre que ambos sabían que nunca olvidarían. Y todo el mundo en casa estaba emocionado con la llegada de Acción de Gracias.

Thalia le había informado a su hija de que pensaba pasarlo con unos amigos en San Francisco. Al parecer, querían presentarle a alguien, un hombre que tenía un yate enorme. Henry y Avery, por su parte, se marchaban a Sun Valley a pasar unos días con unos viejos amigos. La familia de Chris se reuniría en Martha's Vineyard, como todos los años, pero él prefería quedarse con ella en Nueva York. Charles-Edouard y Marya se ofrecieron para cocinar un pavo al estilo tradicional, y Chris y Francesca aceptaron encantados. Ella no tenía adónde ir y él quería pasar Acción de Gracias en casa, con Francesca y con Ian. La casa de Charles Street se había convertido en su hogar.

La cena que prepararon los dos chefs fue un auténtico festín. Había verduras de todo tipo y guarniciones varias, el pavo parecía sacado de la portada de una revista y algunos detalles eran claramente franceses. Otros, en cambio, eran más tradicionales. Había arándanos, puré de castaña y de patata, galletas, guisantes, zanahorias, espinacas y espárragos con la deliciosa salsa holandesa de Marya. Fue casi con seguridad la mejor cena de Acción de Gracias que cualquiera de ellos hubiera comido jamás. Cuando por fin se levantaron de la mesa, apenas se podían mover. Charles-Edouard y Chris salieron al jardín a fumarse un puro con una copa de Château d'Yquem, su sauternes favorito, en la mano. Sin duda, el cocinero les había enseñado a valorar algunos de los mayores placeres de la vida. A Chris le encantaban los habanos, pero nunca fumaba dentro de casa, solo uno de vez en cuando en ocasiones especiales como aquella.

Marya y Francesca recogieron la cocina. Ian se había quedado dormido en la cama de Marya mientras veía la televisión, y Chris estaba introduciendo a Charles-Edouard en el maravilloso mundo del fútbol americano. Juntos formaban un grupo muy bien avenido. Ya no eran cuatro desconocidos como al principio. Ahora eran dos parejas y un niño, un núcleo sólido de personas que se querían entre ellas. Francesca recordaría aquel día de Acción de Gracias el resto de su vida, y es que, a pesar de la muerte de Eileen al final del verano, estaba siendo un buen año.

Lo que no se esperaba era la noticia que Marya y Charles-Edouard le dieron en cuanto terminó el partido. Marya miró al francés con una expresión dubitativa en la cara y él asintió.

—Nos volvemos a Francia —anunció finalmente con los ojos llenos de lágrimas.

—¿Para Navidades? —preguntó Francesca.

Parecía un plan divertido, pero Marya negó con la cabeza.

—Seis meses, un año, puede que más. Charles-Edouard tiene que ocuparse de sus negocios. Quiere cerrar el restaurante para buscar algo diferente y acabar con el reparto de propiedades con su mujer. También tenemos que terminar el libro y eso solo lo podemos hacer desde la Provenza. Acabamos de alquilar una casa allí. Espero que vengáis a vernos —les dijo mirando a Francesca y luego a Chris con los ojos enrojecidos por el llanto.

No quería irse, pero ahora era la mitad de una pareja y tampoco quería quedarse en Nueva York sin él. Se le ocurrían cosas peores que pasar un año en Francia o incluso que mudarse allí, una posibilidad que también estaban sopesando.

Francesca estaba sorprendida y muy triste.

—¿También vas a vender la casa de Vermont?

Marya negó con la cabeza.

—No podría aunque quisiera. Podéis ir siempre que queráis. Charles-Edouard me ha prometido que el próximo verano pasaremos un mes allí. No creo que volvamos antes.

El chef tenía su vida en Francia. Había pasado los últimos cuatro meses en Estados Unidos por Marya, pero debía volver. Tenía muchas cosas pendientes y un negocio que dirigir o vender. Las cosas habían empezado a desmadrarse en su ausencia. No tenía más remedio que regresar y tomar las decisiones que fuesen necesarias.

Ni Francesca ni Chris eran capaces de imaginarse la casa sin Marya. Ian se pondría muy triste cuando su padre le contara la noticia. Era como una abuela para él, mucho más cercana y cariñosa que sus auténticas abuelas. Para Marya, Ian era el nieto que nunca había tenido ni tendría en el futuro, porque Charles-Edouard tampoco tenía hijos.

—Quiero que me prometáis que vendréis a vernos. Estáis invitados las veces que queráis. Somos una familia —les dijo abrazándolos a los dos, y ellos respondieron que sentían lo mismo que ella.

Subieron a la sala de estar de Francesca para comentar los planes de la pareja. Chris llevó a Ian a su cama sin que el pequeño se inmutara en todo el trayecto, y luego bajó de nuevo y encendió la chimenea. Francesca les preguntó si tenían pensado casarse, a lo que Marya sonrió.

—Aún no, pero ¡Charles-Edouard se está portando muy bien! Estoy impresionada.

Ellos también estaban impresionados. Charles-Edouard conservaba sus mejores cualidades como francés que era, pero por lo visto había aprendido a controlar sus impulsos con las mujeres. Ahora solo tenía ojos para Marya. Ella confiaba plenamente en él porque él le había asegurado que se merecía su confianza. A su mujer nunca le había dicho algo así. Era un hombre honesto, a pesar de que llevara media vida siendo infiel. Siempre que su mujer le preguntaba, él no le negaba la verdad sobre sus aventuras. No le había mentido a Arielle, y no le mentiría jamás a Marya.

Al parecer, habían decidido volver a Francia hacía apenas unas semanas. Para Marya, había sido una decisión muy difícil de tomar, pero los dos estaban convencidos y sentían que era lo que tenían que hacer, lo mejor para ambos y una forma de sentar las bases de la que sería su nueva vida.

—¿Cuándo os vais? —preguntó Francesca, prácticamente sin aliento.

—Dentro de un mes. Charles-Edouard quiere estar en París para Navidad. Seguramente nos iremos el veintitrés de diciembre.

Francesca sabía que, cuando se marcharan, también renunciarían a su habitación en la casa de Charles Street. No necesitaban casa en Nueva York si su intención era vivir en París. Podrían quedarse en casa cuando quisieran, pero para eso no hacía falta que pagaran alquiler. La nueva situación iba a suponer un reto económico para Francesca, pero esta vez ni siquiera sopesaría la posibilidad de vender la casa. Era muy feliz allí, con Chris e Ian. Tendría que pensar en algo, pero no le apetecía volver a buscar inquilinos. Jamás volvería a encontrar a alguien como Marya y tampoco quería arriesgarse a descubrir a otra Eileen. La experiencia con ella había sido demasiado traumática.

—Espero que os quedéis aquí siempre que vengáis a Nueva York —le pidió Francesca, incapaz de disimular la tristeza que sentía, y Marya le dio un abrazo.

—Tranquila, vendremos. Y vosotros también tendréis casa en París. Puedes enviarme a Ian de visita siempre que quieras —le dijo a Chris—. Nosotros nos lo pasaríamos en grande y para él sería toda una experiencia.

—¿Crees que alguna vez volveréis a vivir aquí si os casáis? —le preguntó Francesca.

—No lo sabemos con certeza. Depende de lo que haga Charles-Edouard con sus negocios.

Tendría que hacer algunos ajustes después de darle la mitad de sus propiedades a su ex mujer, un acuerdo que a él le parecía justo. Divorciarse era un negocio muy caro, pero él nunca se quejaba, ni siquiera con Marya.

La noticia de su marcha supondría un gran cambio en sus vidas y una noticia agridulce para todos. Se quedaban sin sus amigos más queridos, al menos en el día a día. Y Charles-Edouard ya formaba parte de la familia.

Cuando a la mañana siguiente se lo contaron a Ian, el pequeño se echó a llorar. Francesca comprendía su reacción; ella se sentía igual desde que Marya había anunciado la noticia. Ian no quería que se marcharan. Marya le comentó que podría ir a París y visitar con ellos la ciudad, subir a la torre Eiffel, ver el Arco del Triunfo o montarse en los Bateaux Mouches que recorrían las aguas del Sena.

—Pero si no sé hablar francés —protestó el pequeño.

—En París mucha gente sabe inglés —le aseguró Marya—. Además, Charles-Edouard y yo te ayudaremos, y tu padre y Francesca podrán venir también si quieren.

Ian asintió, pero no estaba convencido. París estaba demasiado lejos. Lo cierto era que los adoraba, y ellos a él.

Un domingo, Chris encontró a Francesca en su despacho, revisando facturas. Se sentía como al principio de aquella aventura, cuando intentaba salvar su casa y la galería, y creía que lo perdería todo. La marcha de Marya suponía un revés económico importante. Por el momento, se estaba peleando con los números y la cosa no pintaba bien. No había vuelto a alquilar la habitación de Eileen y no tenía intención de hacerlo. La planta superior llevaba cerrada desde agosto y así iba a seguir. Le traía muy malos recuerdos y no quería a nadie allí, simplemente por una cuestión de respeto hacia su antigua inquilina. La habitación estaba limpia, vacía y cerrada a cal y canto. Francesca no había vuelto a subir desde el asesinato. Brad seguía a la espera de juicio y todo indicaba que aún le quedaban unos cuantos meses encerrado. La policía se había mantenido en contacto con ella. A menudo pensaba en llamar a la madre de la chica, pero no conseguía reunir el valor suficiente. Tenía la sensación de que no vería su llamada con buenos ojos. Quería enviarle una nota por Navidad. Tras la muerte de Eileen, le había hecho llegar una carta con sus condolencias, pero ella no había respondido. Quizá, sencillamente, no sabía qué decir o cómo decirlo.

Chris se dio cuenta enseguida de la expresión de preocupación de Francesca mientras revisaba las facturas.

—¿Malas noticias?

—Más o menos. No sé por qué, pero en noviembre hemos ido fatal en la galería. Apenas hemos vendido algo. Octubre fue genial y septiembre no tanto, pero también. Cada vez que parece que las cosas empiezan a estabilizarse, algo sale mal. No tengo mucho margen de acción y aún estoy pagando la puñetera factura del fontanero por la última fuga. —Dos mil dólares era mucho dinero de golpe para su bolsillo. El fontanero había aceptado cobrar en dos plazos, lo cual era una ayuda, pero no definitiva—. La marcha de Marya es un duro golpe, y en más de un sentido —dijo—. La voy a echar mucho de menos. —Además de su amiga, era como su madre adoptiva y en los dos papeles se desenvolvía muy bien. A Francesca le encantaba hablar con ella todos los días y no era la única—. No quiero alquilar la habitación de Eileen, es que no puedo. De todas formas, nadie la querría. Lo que pasó en ella es demasiado fuerte para que alguien esté dispuesto a vivir ahí. Y tampoco quiero arriesgarme otra vez y meter desconocidos en casa.

Al final había resultado que, por una vez en su vida, Thalia tenía razón. Francesca sabía que hasta entonces había sido afortunada y no quería tentar al destino.

—Conmigo no te fue mal —bromeó Chris, y ella sonrió; eran muy felices juntos.

—Sí, tienes razón.

Sin Marya y sin Eileen, se quedaba sin dos tercios de sus ingresos. Era mucho dinero para ella sola, además de una fuente inagotable de problemas para el futuro. De todas formas, el contrato de Marya estaba a punto de finalizar y también el de Chris.

—¿Cómo te lo montabas cuando Todd vivía aquí? —preguntó Chris, que sentía curiosidad por aquella parte de su pasado de la que no sabía nada.

—Pagábamos la hipoteca a medias. Iba un poco justa, pero me las arreglaba. Sola sí que no podría.

—¿Qué te parece si pagamos a medias, no alquilamos nada y vivimos los tres solos, como una familia?

—Sería perfecto —respondió Francesca—, pero no sería justo para ti. Tú solo ocupas dos habitaciones.

Al oír aquello, Chris no pudo contener la risa.

—Me refería a que podría mudarme arriba contigo, si te

parece bien la idea, claro. Ian se quedaría en su habitación. Si quieres, podría pagar dos tercios para compensar que nosotros somos dos y tú solo una.

Intentaba ser justo y generoso, además de facilitarle la vida en la medida en que le era posible. Al fin y al cabo, se lo podía permitir. Estaba acostumbrado a vivir con lo justo, sin lujos ni excesos innecesarios. El negocio del diseño gráfico iba bien y, además, Francesca sospechaba que tenía dinero de su familia. Aun así, era una persona humilde e íntegra, pero sin los problemas económicos que ella sí tenía. Francesca estaba acostumbrada a vivir al día y esta vez se negaba a vender las últimas obras de su padre que le quedaban. Aún recordaba con tristeza el día que se había desprendido de las primeras.

—Yo creo que deberíamos partir por la mitad, si te parece bien —propuso ella con mucho tacto, aunque agradeciéndole la ayuda de corazón—. Podríamos convertir tu habitación en la de Ian, con una sala de juegos al lado, utilizar la sala de estar de abajo, dormir los dos en mi habitación y transformar la de Marya en un estudio para ti. Sería una oficina perfecta. —Era una estancia con mucha luz natural y vistas al jardín—. Allí sí que podrías fumarte uno de tus puros siempre que te apeteciera —bromeó, pero todo encajaba con tanta precisión que supo que funcionaría.

—Me gusta la idea. No me hace demasiada ilusión que tengas que buscar inquilinos otra vez —dijo Chris—. A mí también me parece muy arriesgado.

La casa ya era solo suya, así que si algún día se separaba de Chris y él se iba, podría volver al plan inicial. De momento, gracias a su ayuda, no se vería obligada a hacerlo.

—Yo creo que funcionará —dijo, agradecida por todo lo que Chris estaba haciendo por ella—. Estaba un poco preocupada.

Chris se había dado cuenta y lamentaba que las cosas siempre tuvieran que ser tan complicadas para Francesca. Desde el primer momento había sospechado que la decisión de Marya le supondría una carga añadida, pero no imaginaba hasta qué punto. Francesca llevaba una vida muy frugal. Y Chris quería ayudarla. Asumiría la mitad de la hipoteca, aunque eso significara pagar el doble de alquiler, pero también tendría acceso a toda la casa. A partir de ahora vivirían como una pareja con un hijo, y no solo como compañeros de piso.

—Se me han ocurrido un par de ideas más que podrían hacerte la vida más fácil —le dijo—. Ya te las comentaré otro día.

Francesca asintió, a pesar de que tenía curiosidad por saber de qué se trataba, pero de momento le había solucionado un problema, el más gordo, y le estaba profundamente agradecida.

Aquella misma noche, mientras preparaban la cena, Marya le preguntó si le iba a causar muchos problemas con su marcha.

—Me siento fatal por dejarte en la estacada y encima avisándote con tan poca antelación, pero Charles-Edouard me lo propuso hace ya algunas semanas y yo no le he dicho que sí hasta hace unos días. ¿Estarás bien? ¿Te supondrá algún quebradero de cabeza?

—Ya no —respondió Francesca, visiblemente aliviada—. Chris me va a echar una mano.

—Eso esperaba. ¿Qué planes tenéis?

—Ninguno. —Francesca le sonrió a su amiga—. De momento, seguiremos viviendo aquí y, con el tiempo, veremos qué tal nos va.

Marya esperaba que acabaran casándose y Francesca le deseaba lo mismo a ella. Charles-Edouard quería pasar por la vicaría en cuanto su divorcio fuera efectivo. Los papeles iban ya camino del juzgado y, en cuanto los firmara un juez, su matrimonio con Arielle sería historia y él volvería a ser un hombre libre. Marya no tenía tanta prisa, y Francesca tampoco. Llevaba toda la vida evitando el matrimonio y, de momento, no le apetecía cambiar de idea, por mucho que amara a Chris.

—No quiero ser como mi madre.

No era la primera vez que le expresaba aquello a Marya y tampoco a Chris.

—No podrías ni en un millón de años —le aseguró Marya—. Sois dos mujeres completamente distintas. Ya sabes que tu madre me cae muy bien, pero no jugáis en la misma liga. —Sabía perfectamente qué clase de persona era Thalia, una mujer superficial, egoísta, clasista y frívola, aunque también divertida y, en ocasiones, una caricatura triste de sí misma. En cambio por Francesca sentía un profundo respeto y la quería como a una sobrina o la hija que nunca había tenido—. Aunque te casaras diez veces, seguirías sin parecerte en nada a tu madre.

—Prefiero no arriesgarme. A veces me pregunto si acabará encontrando otra víctima. Lleva años a la caza del número seis. Otra persona en su lugar se cansaría y acabaría claudicando; pero mi madre, no. Cumplirá noventa años y seguirá empeñada en casarse.

Las dos se echaron a reír porque sospechaban que era verdad.

Más tarde, Chris y Francesca retomaron la conversación sobre sus planes de futuro para la casa. Ella no estaba segura de cuándo deberían decírselo a Ian.

—¿Crees que le molestará que te mudes a mi habitación?

Parecía inquieta, así que Chris intentó tranquilizarla con un beso.

—Deja de preocuparte. Estará encantado en cuanto sepa que tendrá una sala de juegos para él solo. Le quiero comprar un televisor grande para que pueda ver películas y, además, nos tendrá una planta por encima.

Los dos estaban emocionados con la idea de compartir habitación. Por fin podrían tener una vida de pareja normal y no la de amantes esporádicos que habían llevado hasta entonces.

Tenían que hablar sobre muchas cosas, hacer planes y tomar decisiones importantes. Francesca le recordó que el fin de semana siguiente tenían el viaje a Miami para asistir a la Art Basel. Era una de las ferias de arte más importantes del mundo, la segunda después de la que se celebraba en Basilea, en Suiza. Durante aquel mismo fin de semana, la feria principal conviviría con al menos una decena de muestras más modestas. Francesca estaba emocionadísima, y más ahora que Chris iría con ella. Seguía conmovida tras saber que Marya se iba a vivir a París, y además tan pronto, pero al mismo tiempo sabía que tenían que mirar hacia el futuro y disfrutar de la vida en común que acababan de estrenar.

Chris quería que Francesca los acompañara a Boston por Navidad para conocer a su familia. Ella aceptó con gusto y a Ian la idea le pareció genial; no obstante, Francesca no pudo evitar que el miedo se apoderara de ella. ¿Y si les caía fatal y creían que no era suficiente para su hijo? Al fin y al cabo, no era más que una modesta marchante de arte del West Village y la hija de un pintor famoso. La familia de Chris, en cambio, estaba repleta de gente importante.

—Les caerás genial, te lo prometo —le aseguró él.

Francesca decidió posponer los nervios hasta después del viaje a Miami. Entre la marcha de Marya, los cambios en la casa cuando esta se fuera, las Navidades con la familia de Chris y la feria de arte en Miami en menos de una semana, diciembre iba a ser un mes movidito.

20

Marya y Charles-Edouard aceptaron quedarse a cargo de Ian mientras Chris y Francesca pasaban el fin de semana en Miami. Francesca se moría de ganas de visitar las distintas ferias de arte. Estaba la Scope y también la Red Dot, y catorce más además de la Art Basel, la más importante del mundo. Todo lo que se exponía allí se vendía por auténticas fortunas. El marchante de su padre tenía un puesto fijo. Su padre y Avery iban todos los años, así que les había prometido que los llamaría. Se hospedaron en el Delano. A Chris le encantó nada más verlo. Cada ascensor estaba iluminado con un color distinto y el diseño de las habitaciones era de Philippe Starck. Cuando llegaron, hacía buen tiempo y Chris dijo que se moría por bajar a la piscina. Francesca quería ponerse en marcha cuanto antes e ir directa a la feria. En los próximos días verían más arte junto del que mucha gente veía en toda su vida.

La Art Basel se celebraba en el Centro de Convenciones de Miami Beach, en un recinto enorme. Las demás muestras se repartían entre el Ice Palace y distintos puntos por toda la ciudad. Algunas habían ocupado hoteles enteros y cada habitación correspondía a un marchante diferente. También había fiestas de todo tipo, en discotecas, hoteles y restaurantes. Francesca había recibido un número de invitaciones considerable. A Chris le esperaba un auténtico bautizo por inmersión en el mundo del arte considerado serio. Estaba emocionado, sobre todo porque lo viviría con ella, y se había puesto completamente en sus manos. Sin embargo, antes de salir de la habitación, la cogió de la mano y acabaron revolcándose en la cama durante media hora. Era una forma cuando menos agradable de empezar el fin de semana. Se ducharon, se cambiaron de ropa y salieron, esta vez sí, de la habitación.

Cogieron un taxi en la puerta del hotel que los llevó hasta el Centro de Convenciones. Los artistas jóvenes y las obras más vanguardistas estaban en un edificio aparte. Francesca soñaba con exponer algún día en alguna de las ferias pequeñas que ocupaban toda la ciudad. Tenía pensado solicitar un puesto en la Red Dot del año siguiente, aunque no sabía si estaba preparada para algo tan importante. Lo más probable era que se pasara años en la lista de espera. Conseguir plaza en una de aquellas ferias era una cuestión muy relacionada con la política y muchas veces dependía de a quién conocieras en el mundo del arte. Francesca tenía una carta muy importante, su padre, pero de momento no la había utilizado, aunque estaba dispuesta a hacerlo si fuera necesario.

—No me importa rebajarme por mis artistas —le dijo a Chris, que se echó a reír mientras se apeaba del taxi.

Francesca tenía dos pases, cortesía del marchante de su padre, así que en cuestión de minutos ya estaban recorriendo los pasillos y deteniéndose en cada puesto a admirar las obras expuestas. A Chris le sorprendió lo que vio. Muchos de los marchantes eran de los considerados tradicionales, con algunas obras importantes de verdad a la venta, así que en menos de cinco minutos vio tres Picassos, un Matisse, un Chagall, dos De Koonings, un Pollock y dos obras del padre de Francesca, todas a precios astronómicos. Una de las obras de Henry tenía un punto rojo al lado, lo cual significaba que ya estaba vendida. La otra tenía uno blanco, que quería decir que estaba reservada para un cliente. Solo la gente con mucho dinero podía comprar en una feria como aquella.

—¿De dónde sale todo esto? —preguntó Chris, sorprendido.

Nunca había visto tantas obras de arte juntas y el calibre de algunos de los artistas era realmente impresionante.

—Europa, Estados Unidos, Hong Kong.

La feria reunía a marchantes de todo el mundo. También exponía un número importante de galerías vanguardistas cuyas obras tenían como objetivo sorprender al espectador. Algunas eran videoinstalaciones, otras piezas de arte conceptual. En un puesto solo había una montaña enorme de arena en el suelo. Era de un artista muy conocido y se vendía por varios miles de dólares.

Chris iba comentando a medida que recorrían el recinto y Francesca le decía quiénes eran algunos de los artistas. Le encantaba poder estar allí con él. Se quedaron hasta casi las ocho, cogieron un taxi y se dirigieron hacia una fiesta a la que había sido invitada en un restaurante llamado Bed, donde la gente podía comer sentada o tumbada sobre unos enormes colchones. En todas las conversaciones, el tema central era el arte y los artistas, la calidad de la muestra, las piezas más caras que ya habían conseguido comprador. Francesca se encontró a muchos conocidos y les presentó a Chris. Se lo estaba pasando bomba. Aquel era su mundo y, por suerte, su novio pensaba que era fascinante. Era como si todo el mundo conociera a Francesca.

No volvieron al hotel hasta las dos de la madrugada, después de pasar por otra fiesta que había organizado uno de los marchantes en una discoteca muy famosa. Bailaron un rato y se marcharon a descansar. Al llegar al Delano, se derrumbaron sobre la cama de su habitación blanca como la nieve.

Cuando Ian los despertó, a la mañana siguiente, estaban destrozados. El pequeño acababa de volver de comprar un árbol de Navidad con Marya y estaba emocionado haciendo adornos de arcilla que luego meterían en el horno y colgarían de las ramas. Cuando colgó, Chris miró a Francesca con una sonrisa de orgullo en la cara. El pequeño le había prometido que volvería a telefonear más tarde.

—Es un niño genial, ¿verdad? —le dijo mientras se acurrucaba a su lado.

—Sí, lo es —asintió Francesca, y lo besó—, y tú también.

Una hora más tarde, ya estaban de vuelta en la feria. Pasaron allí todo el día hasta que Chris le suplicó clemencia y le dijo que estaba saturado y no podía ver ni una sola obra de arte más. Para entonces, ya se habían recorrido casi toda la Art Basel y Francesca quería visitar la Red Dot y la Scope, pero al final accedió y los dos pasaron una hora descansando junto a la piscina del hotel. Chris estaba exultante, tumbado junto a ella con una cerveza en la mano.

—Jesús, cuando dicen que es la feria de arte más grande del mundo, lo dicen en serio.

Parecía tan agotado que Francesca no pudo evitar que se le escapara la risa. Aún le faltaban muchas cosas por ver, aunque era consciente de que probablemente no le daría tiempo a todo. Solo para el día siguiente había hecho una lista con las diez ferias que quería visitar. No tenían pensado volver a Nueva York hasta el lunes por la tarde, pero aun así era imposible abarcarlo todo.

El domingo, Chris dijo que estaba saturado de tanto arte y que le apetecía volver al hotel y tumbarse en la cama a ver un partido en la tele. Francesca se echó a reír y le dijo que se parecía a su hijo. Acordaron reunirse por la tarde y cada uno se fue por su lado.

Aquella noche cenaron en un restaurante de moda de

South Beach con Avery, Henry y su marchante, que era un hombre fascinante. Chris mantuvo una conversación muy interesante con él sobre el arte italiano en la Edad Media, un tema que conocía de su época universitaria, y luego departió largamente con el padre de Francesca sobre sus obras. Se habían caído muy bien y resultaba tan evidente que Avery le guiñó un ojo a Francesca, que tenía una oreja puesta en la conversación. A juzgar por la amabilidad con que su padre se dirigía a Chris, resultaba evidente que le gustaba. No podía estar más contenta.

—Me gusta mucho tu chico —le susurró Avery al oído mientras salían del restaurante—. Y es evidente que a tu padre también.

Parecía imposible que Chris pudiera no caerle bien a alguien. Era inteligente y agradable, un tipo recto e interesante al que le entusiasmaba todo lo que estaba aprendiendo del mundo de su chica.

El fin de semana fue como un maratón de arte. El domingo por la noche, hasta Francesca estaba cansada y feliz de poder volver al hotel. Solo le quedaban tres exposiciones por ver al día siguiente, pero Chris se negó en redondo. Dijo que prefería descansar en la piscina del hotel y a ella tampoco le molestó. Había tantas cosas que ver y tanta gente a la que conocía que no le importaba ir sola. Al final, llamó a Avery y el lunes por la mañana fueron las dos juntas a visitar dos de las ferias más modestas, instaladas en sendos hoteles.

—Me cae muy bien Chris —le dijo Avery de pasada mientras paseaban entre los puestos—. Y a tu padre también. Parece muy inteligente y divertido, y además se le nota que está loco por ti. Me gusta mucho para ti.

—Yo también estoy loca por él. Por cierto, he decidido no buscar inquilino nuevo cuando Marya se marche. Chris y yo lo pagaremos todo a medias.

A Avery le gustó aquel cambio en la casa y le reconoció que era todo un alivio saber que no iba a abrir las puertas de su casa a más extraños. Estaban hablando con un amigo de Avery de una galería en Cleveland cuando, de pronto, sonó el teléfono de Francesca. Era Chris y parecía muy nervioso.

—¿Dónde estás? ¿Cuánto tardas en volver al hotel?

—Estoy en una de las ferias pequeñas, en un hotel cerca de la playa. ¿Por qué? ¿Qué ha pasado?

Había demasiado ruido de voces a su alrededor y poca cobertura, así que salió al pasillo para comprobar si desde allí se oía mejor. No tenía ni idea de qué le pasaba a Chris, pero nunca lo había notado tan nervioso como en aquel momento.

—Kim se ha llevado a Ian. Del colegio. Lo tiene con ella —explicó Chris sin poder contener las lágrimas.

—Dios mío, ¿cómo ha podido pasar?

Francesca sintió un miedo atroz por Chris y también por Ian. Sabían que Kim había salido de la cárcel hacía dos semanas y que estaba en un centro de rehabilitación para ricos en New Jersey. Se suponía que tenía que pasar la Navidad ingresada, pero podía irse cuando ella lo decidiera. Chris había asegurado desde el primer momento que no aguantaría ni un mes ingresada y le había pedido a Marya que tuviera mucho cuidado. Por eso apenas habían salido de casa en todo el fin de semana, solo para ir a comprar el árbol, y había mantenido al pequeño ocupado haciendo adornos navideños y preparando galletas.

—Se ha presentado esta mañana en el colegio diciendo que Ian tenía visita con el médico para que le pusieran una vacuna. Y se lo han creído. Supongo que Ian se ha alegrado al verla y ha querido irse con ella. Me acaban de llamar de la escuela para verificarlo, pero Kim ya se había escabullido por la puerta de atrás. No sé dónde está Ian —se lamentó Chris—. No tengo ni idea de qué piensa hacer con él ni de adónde piensa ir.

—No puede estar tan loca —dijo Francesca tratando de calmarlo.

—¡Sí, claro que está loca! —le gritó desde el otro lado del teléfono; era la primera vez que le levantaba la voz desde que se conocían—. Pienso pegarle fuego al colegio en cuanto vuelva. Saben perfectamente que no puede estar con ella sin supervisión. Les he llevado una copia de la sentencia. ¿Cuánto tardas en volver al hotel? ¿Dónde estás? Hay un vuelo a Nueva York a la una. Quiero cogerlo.

—No sé exactamente dónde estoy. Hemos estado en otra feria antes de esta.

—Yo me encargo de tu maleta. Nos vemos en el aeropuerto. United Airlines.

Francesca volvió a la sala y le contó a Avery lo que había pasado. Se puso casi tan nerviosa como ella.

—¿Crees que Ian estará bien? Su madre no le haría daño, ¿verdad?

—Yo creo que no, al menos no a propósito. Es más probable que se le ocurra alguna locura y se haga daño a sí misma. Puede que solo quiera asustar a Chris o demostrarle que puede hacer lo que le dé la gana. Está bastante chalada.

Francesca solo podía pensar en la lista de horrores que había escuchado durante la vista por la custodia. Por suerte, Ian ya no era un bebé. A sus ocho años, tenía muchos recursos y era capaz de cuidar de sí mismo mejor que la mayoría de los niños de su edad. No le había quedado más remedio que espabilarse mientras vivía con su madre.

Francesca se despidió de Avery a toda prisa, salió corriendo del hotel, paró un taxi y le dijo al conductor que la llevara al aeropuerto. Iba en vaqueros, camiseta y deportivas, pero estaba dispuesta a montarse en el avión en bañador si hacía falta con tal de acompañar a Chris. Cuando por fin lo encontró en la terminal de salidas del aeropuerto, estaba histérico. Acababa de facturar las maletas y llevaba su abrigo en la mano.

—Quizá se lo ha llevado a su apartamento. ¿Por qué no llamas a la policía?

—Ya los he llamado —respondió él. Estaba muy tenso, con los nervios a flor de piel—. No entiendo cómo puede ser que Ian se haya ido con ella. Es un niño muy listo y sabe que no puede estar a solas con Kim.

—Es su madre —repuso Francesca mientras corrían hacia la puerta de embarque; procuraba no herir los sentimientos de Chris.

Llegaron por los pelos, cuando todos los pasajeros ya habían embarcado.

—No me coge el teléfono. La policía ya la está buscando. Les he dicho que creo que Ian está en peligro. Y es verdad. Esa mujer está loca.

Subieron al avión y ocuparon sus asientos. Chris apenas abrió la boca en todo el vuelo. Fueron las tres horas más largas de la vida de Francesca, allí sentada sin poder hacer nada, viendo a su pareja consumirse por dentro. Estaba aterrado por lo que pudiera pasarle a su hijo. Poco después de despegar, Francesca no insistió y se limitó a cogerle de la mano, en silencio. Chris se bebió dos whiskys a palo seco y se durmió un rato. De todas formas, no podían hacer nada hasta que aterrizaran.

Cogieron un taxi a la salida del aeropuerto que los llevó directamente a casa. Marya los estaba esperando. No era culpa suya, pero aun así se sentía fatal por lo ocurrido. Chris había llamado a la policía en cuanto el avión había tocado suelo, y aún no sabían nada. Habían ido al apartamento de Kim, pero no estaba allí. El operador del ascensor y el portero no la habían visto desde que ingresara en la clínica de rehabilitación. Chris se sentó en la cocina con la cabeza apoyada en las manos, tratando de adivinar dónde se había metido.

¿Dónde podría llevarse a Ian? De pronto, tuvo una idea. Las miró a las dos completamente fuera de sí, y es que en aquel momento estaba al borde de la locura.

—Si no ha ido a comprar droga o está muerta en un callejón, hay un bar en el West Side donde solía llevarlo. Tienen máquinas del millón y recreativas. A Ian le encanta y está cerca de donde vive el camello al que le suele comprar.

Chris también le había pasado a la policía la dirección del traficante, o al menos del último que conocía por Ian.

Antes de que pudieran detenerlo, salió corriendo de casa. Francesca lo siguió escaleras abajo a toda prisa. Ni siquiera se molestó en coger el abrigo, a pesar de que en la calle hacía frío.

—Vuelve a casa. Te llamaré si lo encuentro —le dijo Chris, distraído y muy nervioso, mientras paraba un taxi.

—Quiero ir contigo —repuso Francesca según él abría la puerta.

No quería que presenciara un encontronazo con su ex mujer, pero también sabía que adoraba a Ian y que ya era parte de su vida, incluso de aquel lado más oscuro. Se montó en el coche y ella se sentó a su lado, le dio una dirección al taxista y le dijo que tenían prisa. El hombre cogió la autopista del West Side y diez minutos más tarde ya habían llegado. El bar era bastante sórdido, lo suficiente como para asustar a Francesca, y estaba abierto. Chris abrió la puerta y entró. Dentro estaba tan oscuro que le cegaron las luces de colores de las máquinas recreativas. Había un camarero detrás de la barra y dos camareras más ataviadas con vestidos ceñidos, medias de rejilla y escotes de vértigo. Dos hombres jugaban a las máquinas. Y, de pronto, lo vio, en una esquina al fondo del local, jugando a una recreativa, una figura minúscula a la sombra de una máquina enorme. Había una mujer a su lado, tirada sobre la mesa como si estuviera dormida. Chris corrió hacia su hijo, lo levantó del suelo y lo miró fijamente, muy serio. Las lágrimas le corrían por las mejillas y ni siquiera se había dado cuenta. Francesca también estaba llorando del alivio que sentía y el pequeño miraba a su padre con los ojos abiertos como platos.

—¿Estás bien? —le preguntó Chris.

—Estoy bien —respondió Ian con un hilo de voz, aún entre los brazos de su padre—. Está mala.

Era su forma de decir que ya se había pinchado y la verdad era que lo parecía. Aquella escena no era nueva para Chris ni para Ian.

—Ya me ocupo yo —dijo Chris apretando la mandíbula. Dejó al niño en el suelo y se volvió hacia Francesca. Kimberly ni siquiera se había inmutado—. Llévatelo a casa.

Ella asintió e Ian se cogió de su mano mientras se dirigían hacia la salida. Cuando cruzaron la puerta, Chris hundió un dedo en el hombro de su ex mujer, que no reaccionó. Por un momento se preguntó si habría sufrido otra sobredosis mientras su hijo jugaba a las máquinas. Le buscó el pulso en el cuello y, al hacerlo, ella gruñó y luego vomitó encima de la mesa sobre la que tenía apoyada la cara. Una de las camareras lo vio y se acercó con un trapo. Chris le levantó la cabeza sujetándola por el pelo y ella abrió los ojos, con el vómito chorreándole por toda la cara. La odiaba con todas sus fuerzas, pero aun así cogió el trapo y se la limpió. La heroína siempre le provocaba la misma reacción, sobre todo cuando pasaba tiempo sin consumir, como las dos semanas que había estado ingresada en rehabilitación. Era la forma perfecta de sufrir una sobredosis después de estar limpio.

—Ah... hola... —masculló Kimberly—. ¿Dónde está Ian?

—De camino a casa.

De pronto, sin saber muy bien qué estaba haciendo, le rodeó el cuello con una mano y apretó. Ella abrió los ojos y lo miró, pero estaba tan colocada que ni siquiera se asustó, solo estaba confusa.

—Si lo vuelves a hacer... Si vuelves a tocar a mi hijo, si le pones una mano encima o te lo llevas... Si vuelves a verlo sin supervisión... te juro que te mato, Kim.

Y mientras estaba allí de pie, apretando, dejándola sin respiración, deseó poder hacerlo de verdad. Durante un instante, un segundo en el que perdió la cabeza y el control, quiso partirle el cuello, pero la soltó. Le temblaba todo el cuerpo.

—Ni se te ocurra volver a acercarte a él o a llevártelo por ahí a chutarte o a un antro como este. —La levantó de la mesa y la arrastró hasta la calle. Kim vomitó de nuevo, esta vez sobre la acera, y al momento se sintió mejor—. Te odio —le dijo cuando alzó la vista del suelo—. Lo odio todo de ti y lo que le hiciste a nuestras vidas... Odio lo que le haces a Ian. No se lo merece.

Y lo que era aún peor, Chris odiaba la persona en la que se transformaba cuando estaba cerca de ella. Era como un veneno que lo llenaba de ira. Durante un instante, dentro del bar, había querido matarla. Nadie era capaz de provocar en él una reacción como aquella, solo su ex mujer y no valía la pena. Nunca la había merecido. Mientras la sujetaba con una mano y con la otra paraba un taxi, no pudo evitar que se le escapara un sollozo. Abrió la puerta y la empujó al interior del coche. Apestaba a vómito, y él también. Tenía treinta y dos años y había sido una mujer hermosa, pero ya no quedaba nada de ella.

Chris le dio al taxista cuarenta dólares y la dirección del padre de Kim. Luego la miró, debatiéndose entre el asco y los últimos restos de la rabia que se había apoderado de él hacía apenas unos minutos.

—Ve a ver a tu padre. Él cuidará de ti. Y no te acerques a Ian hasta que estés limpia.

—Gracias —dijo ella tratando de enfocar la mirada, luego apoyó la cabeza en el respaldo del asiento y cerró los ojos.

Chris la miró una última vez y cerró la puerta del taxi. Mientras se alejaba, él no podía parar de temblar. Había estado a punto de matarla. Peor aún, quería hacerlo. Caminó unos minutos, se detuvo en una esquina y paró otro taxi. Se montó en el asiento trasero y le pidió al conductor que lo llevara al 44 de Charles Street. Durante todo el trayecto no apartó la vista de la ventana, consciente de que si hubiera perdido el control y la hubiera matado, habría destruido de un plumazo su vida y también la de Ian. No quería volver a verla nunca más. Era lo peor que le había pasado en la vida. Ian, lo mejor. En eso intentó concentrarse el resto del camino.

21

Cuando llegó a casa, Chris oyó las voces de Marya y de Francesca a lo lejos. Estaban en la cocina, con Ian. Charles-Edouard estaba cocinando para ellos. Subió a su habitación, se duchó y se cambió de ropa. Seguía afectado por lo que había estado a punto de hacerle a su ex mujer. El vuelo desde Miami había sido un calvario. No sabía en qué situación estaba su hijo y si su vida corría peligro.

Cuando bajó las escaleras hasta la cocina, aún estaba alterado y un poco desorientado. Ian levantó la cabeza y lo miró con aquellos ojos que aparentaban tener mil años y que a Chris siempre le hacían añicos el corazón.

—¿Dónde está mamá?

Estaba preocupado y temía que su padre se hubiera enfadado con él. Se equivocaba. Chris tenía miedo. De lo que había pasado, de lo que podría haber pasado y de lo que había estado a punto de pasar. Era un toque de atención. No podía permitirse reaccionar así. Nunca más. Había estado a punto de perder el control.

—La he mandado a casa de tu abuelo. Él sabrá qué hacer con ella.

La llevaría a rehabilitación por enésima vez y ella lo dejaría a las primeras de cambio, como siempre. Hasta que llegara el día en que se matara. Chris no tenía necesidad de ensuciarse las manos. Kimberly ya estaba muerta desde el día en que se había pinchado por primera vez. Había empezado antes de conocer a Chris, solo que él no lo sabía.

—Se pondrá bien, Ian. —Esta vez. Durante un tiempo. Pero no mucho. Nunca volvería a estar bien—. Lo siento, no quería asustarte. Estaba muy preocupado. No quiero que vuelvas a irte con ella. Puedes verla, pero tiene que haber alguien con vosotros. —Ian asintió y Chris se acercó a él y le dio un abrazo—. Siento que hayas tenido que verlo.

Él lo había visto cientos de veces. ¿Cómo podía pedirle perdón a su hijo por haberle dado semejante madre? O peor aún, ¿cómo le habría pedido perdón si la hubiera matado? La sola idea bastó para que se estremeciera. Ian se dio cuenta y le dio pena su padre.

—No pasa nada. Mamá no estaba tan mal, solo un poco mareada.

Era horrible que Ian describiera el estado de su madre como «un poco mareada». Lo cierto era que ambos la habían visto mucho peor. Chris necesitaba ducharse otra vez, lavarse por dentro, vaciar la mente y frotar hasta borrar los recuerdos, también los de Ian. Por desgracia, sabía que nunca podría hacerlo. Algún día su hijo tendría que solucionar sus propios problemas. Aquella era la herencia que recibiría de su madre. Los dos sabían qué era el infierno, pero habían conseguido volver.

Chris se dio la vuelta y vio a Francesca. Ni siquiera la había visto al entrar en la cocina. Le sonrió y enseguida se dio cuenta de lo afectada que estaba. La escena había sido horrible, también para ella, y tras su marcha no había hecho más que empeorar.

—Gracias por traer a Ian de vuelta a casa.

Se sentó a la mesa de la cocina y Francesca tomó asiento a su lado.

—No pasa nada, Chris. Los dos saldréis adelante. —Miró a Ian y le sonrió. El pequeño se acurrucó a su lado y ella lo cogió en brazos—. Bueno, menuda mañanita hemos tenido, ¿eh?

Sonrió de nuevo y a Ian se le escapó la risa. Lentamente, empezaban a relajarse.

Marya les preparó algo para comer y luego Ian y ella les enseñaron los adornos que habían hecho durante el fin de semana. El árbol estaba precioso y el pequeño de la casa se mostraba muy orgulloso de su trabajo. Poco a poco, la pesadilla que acababan de vivir fue borrándose de sus mentes. Las cosas podrían haber ido mucho peor.

—¿Por qué no subimos a Vermont todos juntos el fin de semana que viene? —propuso Marya—. Puede que esta sea la última oportunidad de ir juntos. Nos lo pasaremos en grande.

A Francesca le encantó la idea. Allí era donde había empezado su vida de pareja. Ian también parecía entusiasmado, y hasta su padre recibió la propuesta con una sonrisa.

A última hora de la tarde, Chris por fin tuvo un momento a solas con Francesca en la habitación de ella.

—Siento que hayas tenido que presenciarlo. No es una parte especialmente agradable de mi vida.

Se avergonzaba de la situación como si él fuese el responsable, pero sobre todo se avergonzaba de lo que había estado a punto de hacer.

—Tú no tienes la culpa —dijo Francesca, y lo rodeó con los brazos—. Me alegro de haber estado allí contigo.

—Y yo.

De lo contrario, quizá habría perdido el control por completo. La besó y sintió que el pasado se diluía despacio hasta desaparecer. Con ella compartía una vida totalmente nueva. Kim era la pesadilla y Francesca, el sueño.

Tal y como Marya había propuesto, pasaron el fin de semana en Vermont y se lo pasaron de muerte. Jugaron con la nieve, dieron largos paseos y se tomaron cientos de fotografías. Hicieron una ruta por los restaurantes y las tabernas de la zona. El domingo a primera hora, Chris llevó a Ian a una estación de esquí cercana, donde alquilaron dos equipos completos y se pasaron la mañana lanzándose por las pistas. Todos querían aprovechar hasta el último segundo. No sabían cuándo volverían a estar juntos hasta que Charles-Edouard lo decidió por ellos.

—El verano que viene os venís al sur de Francia con nosotros. Marya y yo vamos a alquilar una villa. En julio. Queremos que vengáis los tres.

Ian aplaudió emocionado y a Chris y a Francesca les pareció una idea estupenda. Marya y Charles-Edouard pasarían el mes de agosto en Vermont, así que no tardarían en verse las caras de nuevo. Aquel no era el último capítulo de su amistad, solo el principio. La vida empezaba de nuevo para los cinco. Aquella misma mañana, Chris le había dicho a Ian que a partir de ahora dormiría en la habitación de Francesca y que él tendría toda la habitación para él solo.

—Me parece bien —había dicho Ian, muy solemne—, porque roncas.

—Y ahora me lo dices —protestó Francesca entre risas, aunque se alegraba de que no le molestara.

De camino a Nueva York, cantaron villancicos en francés y en inglés. Marya les había dado las llaves de su casa con la condición de que la usaran siempre que quisieran.

Ian se quedó dormido durante el viaje y, al llegar, su padre lo cogió en brazos y lo metió en casa. El pequeño abrió los ojos un segundo como si tuviera algo importante que decir.

—¿Podemos tener un perro?

Chris se echó a reír.

—Claro. ¿Qué clase de perro?

—Un gran danés —dijo Ian con una sonrisa adormecida.

—Ni pensarlo. Un salchicha quizá sí, o un labrador.

Ian asintió y se quedó otra vez dormido en brazos de su padre. Un minuto más tarde, lo metió en su cama, en la litera de arriba, y lo tapó con una manta. Luego subió a ver a Francesca, que estaba deshaciendo las maletas. Al oírlo entrar en la habitación, se dio la vuelta y sonrió. Chris no podía creer la suerte que había tenido al encontrarla, y ella sentía lo mismo por él.

—¿Puedo dormir aquí esta noche? Mi compañero de litera está inconsciente.

—Claro.

A Francesca le encantó la idea. Habían compartido habitación todo el fin de semana y ahora se le hacía extraño tener que separarse.

Él se tumbó en la cama y la observó mientras se desvestía y se ponía el camisón. Se moría de ganas de verle repetir aquel mismo ritual todas las noches.

—Voy a echar muchísimo de menos a Marya —comentó Francesca mientras se metía en la cama con él.

Chris dormía en camiseta y calzoncillos. Se había quitado los calcetines, que descansaban en el suelo junto a los vaqueros y la camisa. Empezaba a sentirse como en casa en aquella habitación.

—Los veremos el verano que viene en Europa. Será divertido.

Ella asintió. Además, a los dos les gustaba la idea de tener la casa de Vermont para ellos solos. Marya les había hecho un favor increíble al dejarles las llaves, otra prueba más de la amistad tan especial que los unía.

—¿Crees que acabarán casándose? —le preguntó Francesca a Chris, tumbados los dos en la cama a oscuras.

Le encantaba tenerlo allí, junto a ella, y levantarse con él por las mañanas.

—Seguramente sí. Ya se comportan como un matrimonio.

Francesca tenía ganas de llegar a aquel mismo punto con Chris. Seguían trabajando en ello. En ese sentido, les vendría bien tener la casa para ellos solos, aunque eran conscientes de lo mucho que echarían de menos a Marya y a Charles-Edouard.

—Buenas noches —le susurró a Chris al oído.

Se acurrucó a su lado y no tardó en quedarse dormida. Chris sonrió y la observó mientras dormía durante un buen rato. Luego cerró los ojos y no se apartó de ella en toda la noche.

22

La última semana de Marya y Charles-Edouard en Nueva York fue un auténtico caos. Francesca la ayudó a hacer las maletas. Lo dividieron todo en dos partes y lo prepararon para su envío: unas cosas a París y las otras a Vermont. Francesca se quedó con casi todos los utensilios de cocina. Un montón de cachivaches acabaron en la basura.

—Parece mentira todo lo que se puede acumular en un solo año y en un espacio tan pequeño —dijo Marya mirando a su alrededor.

Había cajas por todas partes e incluso una pila de cosas para beneficencia. Llevaban días preparándolo todo. La madre de Francesca se había pasado por casa para despedirse de Marya. En dos días cogería un avión hacia Zurich de camino a Gstaad.

—Te llamaré la próxima vez que vaya a París —le prometió—. Y si al final te casas con Charles-Edouard, no me invites a la boda —bromeó—. Te tendría demasiada envidia.

El hombre del yate que había conocido en San Francisco le había salido rana, así que seguía a la caza y captura del número seis. Por suerte, Charles-Edouard tampoco habría sido un buen candidato para el puesto. El francés prefería las mujeres con un perfil como el de Marya.

—No tenemos prisa —le aseguró Marya.

—¿Qué pasa entre Francesca y Chris? —preguntó Thalia, dándole las gracias con una sonrisa en los labios.

Marya le acababa de regalar uno de sus libros de cocina. Thalia siempre decía que lo quería, pero que no podía encontrarlo por ninguna parte porque estaba descatalogado.

—Parecen muy felices. De momento, llevan muy poco tiempo juntos y tienen que acabar de adaptarse el uno al otro. Chris lo ha pasado muy mal por culpa de su ex. Y Francesca es una mujer muy cauta, como bien sabes.

Marya sirvió té para las dos. Thalia la echaría mucho de menos, sobre todo porque era el único acceso que tenía a la vida de su hija, que nunca le contaba nada.

Hablaron sobre París un rato hasta que Thalia se levantó y le dio un abrazo de despedida.

—Cuídate mucho —le dijo—. Te voy a echar de menos y no solo para que me mantengas informada sobre mi hija.

Poco a poco, Marya se había convertido en una buena amiga para todos ellos. Thalia se alegraba mucho por ella. Se merecía toda la felicidad que había encontrado en Charles-Edouard. Les había alegrado la vida y lo justo era que también tuviera su recompensa. Se abrazaron de nuevo y prometieron mantener el contacto.

Thalia dejó regalos de Navidad para Francesca, Chris e Ian, y le dijo a su hija que la llamaría desde Gstaad. Volaba a Europa un día antes que Marya, pero hasta entonces estaría muy ocupada.

Avery también se pasó por el 44 de Charles Street para despedirse de Marya y llevar regalos para Francesca, Chris y el pequeño Ian. El de Francesca era enorme y, por la forma, era evidente que se trataba de un cuadro de su padre que llenaría parte del hueco que habían dejado los cinco que había vendido.

Cuando Francesca llegó a casa por la noche, se emocionó

al verlo, y le pidió a Chris que la ayudara a colgarlo en la sala de estar. Descolgó uno que nunca le había gustado, de un artista al que ya no representaba, y lo colocó en su lugar. Chris también lo prefería al antiguo. Les habían contado a Marya y a Charles-Edouard todo lo que habían visto en Miami y Chris se había confesado abrumado por toda la belleza que había tenido la suerte de contemplar.

—Nunca había visto tantas obras de arte juntas.

A Marya le habría gustado ir con ellos. Siempre había querido ir a la muestra de junio, la que se celebraba en Basilea. Quizá ahora que iba a vivir en París lo tendría más fácil para escaparse un fin de semana. Quería hacer tantas cosas... Le daba pena irse, pero a medida que se acercaba el día cada vez estaba más emocionada. Querían pasar las Navidades en Courchevel con unos amigos de Charles-Edouard. Era una de las estaciones de esquí más exclusivas de los Alpes, con unos cuantos restaurantes muy famosos que Marya se moría de ganas de probar. A partir de ahora, su vida sería mucho más emocionante de lo que lo había sido el último año en Charles Street, o antes de eso en Vermont. A Charles-Edouard le gustaba viajar por toda Europa. De momento, le había prometido que la llevaría a Praga y a Budapest.

Al final llegó el día de la separación. Fue muy duro, y Francesca y Marya lloraron como dos niñas. Marya no quería separarse de Ian, y Charles-Edouard tuvo que guiarla lentamente hacia la puerta, donde esperaba el coche que los llevaría al aeropuerto. Les prometió que les mandaría un correo electrónico en cuanto estuvieran instalados en París, y las dos se cogieron de las manos una última vez.

—Cuídate mucho —susurró Marya.

Francesca ni siquiera podía hablar.

—Te voy a echar mucho de menos —consiguió decir finalmente, a pesar de las lágrimas.

Sentía que perdía algo vital en su vida. Ian también estaba muy triste.

—Nos veremos el verano que viene, pero hasta entonces hablaremos a menudo —le prometió Marya, y se inclinó para besar al pequeño.

El coche arrancó por fin y los tres vieron cómo se alejaba calle abajo, Chris rodeando a Francesca con un brazo y cogiendo a Ian de la mano con el otro. Sin ellos, el silencio en la casa se hacía insoportable. Por suerte, en unos días cogerían un avión a Boston para pasar la Navidad con la familia de Chris. Francesca se ponía nerviosa cada vez que pensaba que iba a conocer a sus suegros, pero lo prefería a quedarse allí, en aquella casa que parecía demasiado grande ahora que Marya y Charles-Edouard ya no vivían en ella.

—Creo que la cocina acaba de perder sus cinco estrellas —dijo Chris, sonriendo con una pizca de tristeza.

—¿Qué te apetece cenar? ¿Pedimos una pizza o comida china? —le preguntó Francesca.

Chris se echó a reír e Ian votó por la comida china.

—Nos hemos metido en un buen lío. Será mejor que uno de los dos aprenda a cocinar.

De hecho, Marya le había enseñado alguno de sus trucos, por si acaso Francesca tenía tiempo de cocinar. Ian, por su parte, era todo un experto en la preparación de galletas y Charles-Edouard le había dejado a Chris una caja de sus habanos favoritos. Sin embargo, los tesoros que les habían dejado, materiales o no, no podían sustituir a la pareja de personas extraordinarias que acababan de perder. Les iba a costar mucho adaptarse a la vida sin ellos y, de hecho, durante toda la semana la casa transmitió una sensación de vacío y de tristeza que ninguno de ellos había percibido hasta entonces. El viaje a Boston sería todo un alivio. Ian tenía ganas de ver a sus primos. Francesca, en cambio, estaba aterrorizada. Chris se había dedicado a darle pequeños consejos sobre su familia, que casi siempre parecían advertencias. «Conservadores, aburridos, no tan estirados como parecen, religiosos, de la vieja guardia.» Para Francesca, todas eran señales de peligro.

—¿Y si tus padres me odian? —le preguntó a Chris en la cama, el día antes de salir hacia Boston.

—No me verán nunca más —respondió él sin pensárselo ni un segundo—. Olvidas que antes he estado casado con Kimberly. No creo que te cueste demasiado superar su recuerdo. Mi madre es una mujer un poco seria, pero mi padre es un tipo majo. Les encantarás —la tranquilizó.

—Por cierto, ¿cómo está Kim? —preguntó Francesca—. ¿Has hablado con su padre?

—Mi abogado dice que está otra vez en rehabilitación. No creo que dure mucho. Nunca aguanta todo el tratamiento.

Chris se había rendido. Su abogado y él habían redactado un escrito en que explicaba todo lo que había sucedido el día que Kim se llevó a Ian del colegio. El juez había determinado que se trataba de una falta muy grave, y le había llamado la atención a través de su letrado. Ni siquiera él la creía capaz de volver a intentarlo. Kimberly no le había mandado nada a su hijo por Navidad. Se había olvidado como todos los años, como también se olvidaba siempre de su cumpleaños. En su vida no había espacio para las vacaciones. Siempre estaba muy ocupada intentando comprar droga o tratando de olvidarse de ella. Se lo tomaba como si fuese un trabajo a tiempo completo. Su adicción era su vida.

Thalia le había comprado para Navidad una chaqueta de cuero preciosa que a Ian le encantó. A Francesca le sorprendió muy gratamente que su madre se hubiera tomado tantas molestias. A Chris le había regalado un juego de escritura de plata y a ella, un bolso de fiesta que seguramente tardaría mucho en estrenar, pero que no por ello dejaba de ser bonito.

La chaqueta de cuero de Ian compensaba con creces todo lo demás. Avery y su padre le habían comprado un estuche con lápices de colores, pinturas y acuarelas que también le encantó. Sus nuevos abuelos, en ausencia de los reales, se habían portado muy bien. A Francesca le encandilaba el cuadro de su padre y todos los días entraba en la sala de estar solo para verlo.

En cuanto regresaran de Boston, se pondría manos a la obra con la transformación de la habitación de Marya en un estudio para Chris. Él estaba emocionado. Poco a poco, Francesca había ido recuperando todos los espacios que hasta entonces habían ocupado sus inquilinos y volvía a sentir que aquella era su casa. Al parecer, a Ian le pasaba lo mismo. Había dejado un montón de juguetes en la cocina y por las noches y los domingos por la mañana le resultaba divertido encaramarse a la cama de Francesca y ver la televisión con su padre. Era como si padre e hijo por fin hubieran encontrado un hogar.

23

La noche antes del viaje a Boston, Francesca se pasó horas haciendo las maletas. No estaba segura de qué llevar. ¿Algo elegante o más discreto para la misa de Nochebuena? ¿Un vestido de cóctel para la cena? ¿Demasiado sexy? ¿Demasiado corto? ¿Demasiado largo? ¿Demasiado aburrido? No quería dar un paso en falso. Chris le dijo que no le diera más vueltas y se llevara un par de tejanos, pero Francesca estaba segura de que, si lo hacía, metería la pata. Por lo poco que sabía de ellos, eran gente conservadora y muy estirada. Tenía la esperanza de que Chris hubiera exagerado, pero aun así no las tenía todas consigo. Al final, optó por un modelo de cada tipo y acabó llenando dos maletas enormes. Al verlas, Chris resopló.

—¿Qué llevas ahí? —le preguntó con una expresión de incredulidad en la cara.

—De todo —respondió ella sonriendo.

Prefería no arriesgarse, así que llevaba de todo, más una tercera maleta, esta más pequeña, llena de regalos para Chris, Ian y toda la familia. Chris se las vio y se las deseó para poder meterlo todo en el coche. Cuando por fin llegaron al aeropuerto, descubrieron que su vuelo salía con retraso porque, por lo visto, en Boston estaba nevando. No salieron de Nueva York hasta las diez y aterrizaron sobre las doce de la noche.

El padre de Chris los estaba esperando en el aeropuerto, a pesar de la hora. Era alto como su hijo, pero más ancho de hombros, y tenía la voz grave y el pulso firme. Seguía siendo el jugador de fútbol americano que había sido de joven, en Harvard, pero con cincuenta años más. Le tendió la mano a Francesca y luego miró a Ian con ternura y también le dio la mano, un gesto que a ella le pareció demasiado formal, aunque solo había que mirarlo para darse cuenta de que era un buen hombre. Poco después de que aterrizara su vuelo, el aeropuerto tuvo que cerrar por culpa de la tormenta. El trayecto hasta Boston fue largo y lento por la nieve que se había acumulado en la carretera. Padre e hijo se pasaron todo el camino hablando de deportes y de política. Chris ya le había advertido a Francesca de que en su casa lo consideraban la oveja negra de la familia por no haber ido a Harvard y por haberse mudado a Nueva York. No le había dicho nada de la opinión que tenían de su casa y sí de su incapacidad para entender que él quisiera ser diseñador gráfico en lugar de político o banquero. Kim había sido la guinda del pastel. Así pues, en general no estaban de acuerdo con su modo de vida, independientemente de lo que pensaran de ella cuando la conocieran. Para Francesca, aquello suponía una entrada en su mundo, cuando menos, peligrosa.

Los padres de Chris vivían en Cambridge, en la Brattle Street, la misma en la que el presidente de Harvard tenía su residencia. Todos los hombres de la familia habían estudiado allí antes de convertirse en senadores, gobernadores y presidentes. El currículum familiar era impresionante y Chris, humilde y sencillo, teniendo en cuenta de dónde venía.

Cuando llegaron a la casa, la madre se había quedado levantada para esperarlos. Era una mujer menuda, con el cabello blanco y los mismos ojos grises que Chris. Llevaba un vestido de lana gris oscuro y un collar de perlas. No había nada moderno en ella, más bien desprendía un aura como de abuela entrañable. No podía parecerse menos a Thalia. Ella misma se ocupó de acompañar a Francesca hasta su habitación. La posibilidad de compartir dormitorio con Chris había quedado descartada desde el primer momento, incluso aunque Ian no hubiera estado presente. La madre de Chris había escogido la habitación de invitados más alejada de la de su hijo. Aquella elección tan estudiada dejaba bien claro que no pensaba tolerar según qué comportamientos bajo su techo. Francesca no podía evitar estar nerviosa, por mucho que Chris le hubiera guiñado un ojo antes de dejarla sola. Se preguntó si vendría a verla más tarde. Ian y él dormían en la habitación en la que había crecido. Era una casa enorme, pero entre hermanos, hermanas, parientes y sus respectivas familias, estaba hasta los topes. Chris le había explicado quién era quién, pero a ella ya se le había olvidado todo. Era demasiado complicado, entre primos segundos, tíos, hermanos y sobrinos varios, muchos de los cuales compartían el mismo nombre.

Francesca estaba sentada en la cama, sintiéndose sola y un poco abrumada, cuando, de pronto, apareció Chris y cerró la puerta con celeridad. Francesca ya se había dado cuenta de que su madre no le había dirigido la palabra en ningún momento, solo para saludarla y desearle buenas noches.

—Mi madre aún anda por ahí, dando vueltas. Vendré un poco más tarde —le dijo rápidamente, y ella comprendió al instante que, cuando estaba en casa de sus padres, no tenía más remedio que cumplir sus normas.

Ignorarlas no era una opción, ni siquiera para él, y sí uno de los motivos por los que vivía en Nueva York y había estudiado en Stanford, en la Costa Oeste. Para sus padres, aquello suponía una traición a la familia.

—Supongo que no puedes dormir aquí —le susurró, y él se rió.

—Mi madre llamaría a la brigada antivicio y nos pondría a los dos de patitas en la calle. Es una mujer muy recta.

—Ya veo.

A sus treinta y ocho años, Chris no podía meter a una chica en su habitación, aunque sí sabía cómo burlar el sistema. A su lado, la familia de Francesca parecía una panda de libertinos. Aquello era Boston. El viejo Boston. La vieja guardia.

Media hora más tarde, con la casa sumida en el más absoluto silencio, Chris entró de nuevo en la habitación, en camisa, vaqueros y con los pies descalzos.

—Todo bajo control.

Se había traído el cepillo de dientes, así que lo único que tenía que hacer a la mañana siguiente era escabullirse un poco antes de las siete, la hora exacta a la que su madre bajaba a desayunar todos los días. Llevaba las riendas de la casa con mano de hierro y, como en Vineyard, le gustaba estar al corriente hasta del último detalle de lo que allí pasaba. Nada escapaba a su ojo avizor.

—Está chapada a la antigua —le explicó Chris.

Si no se lo había dicho antes era porque no quería asustarla. De pronto, Francesca se imaginó el caos que Kimberly habría creado a su alrededor cuando aún estaban casados, drogándose y emborrachándose a todas horas. Seguro que sus suegros la adoraban y la adorarían aún más en cuanto supieran lo que había estado haciendo últimamente, como por ejemplo raptar a su propio hijo. Chris le había dicho que la odiaban y no era difícil entender por qué. Solo esperaba que no sintieran lo mismo por ella. Estaba decidida a respetar las normas mientras estuviera allí, por estúpidas que le parecieran.

Pasaron la noche juntos en su habitación. Chris había puesto la alarma del móvil y a las siete menos cuarto saltó de la cama, le dio un beso, se puso los vaqueros y la camisa, y salió corriendo hacia su habitación, donde Ian seguía profundamente dormido. El fin de semana prometía ser divertido, siempre jugando al escondite para que su madre no los descubriera. A Chris no le importaba seguir las normas cuando se trataba de algo realmente importante, y siempre lo había hecho, pero lo que menos le interesaba ahora era causar problemas y poner a su familia en contra de Francesca. Con un poco de suerte, les caería bien a la primera y relajarían las normas de conducta que regían en la casa. Chris quería que se percataran de lo buena persona que era y lo mucho que quería a Ian.

Francesca estaba convencida de que la madre de Chris era capaz de hacer una ronda de inspección por las habitaciones. Les había traído una botella de vino de regalo, pero ahora ya no estaba segura de que bastase para agradecerles todo un fin de semana. Quizá tendría que haberles mandado flores. Parecían tan correctos, tan encorsetados, que temía equivocarse y, por mucho que lo intentara, no conseguía relajarse. Por si fuera poco, el recibimiento de la madre de Chris había sido cordial, aunque poco caluroso.

Chris desayunó con su madre y luego fue a buscar a Francesca, que aún se estaba vistiendo. Ella desayunó en el comedor a las ocho y media, con un surtido variopinto de invitados, entre ellos la hermana de Chris, que estaba tan ocupada cuidando de sus gemelos de cuatro años que apenas tuvo tiempo de saludarla. A las diez, toda la familia al completo iría a misa. Chris le dijo que sería buena idea que ella fuese también y a Francesca le pareció bien. Por lo visto, estaban acostumbrados a hacerlo todo juntos, como si estuvieran en una academia militar. Chris también estaba cambiado, quizá un poco más tenso de lo normal. Por la tarde, los hombres irían a jugar al golf, pero Chris comentó que, si nevaba, él no iría. En verano, el golf de Boston se transformaba en el fútbol americano de Martha's Vineyard. La casa estaba llena de trofeos deportivos. Uno de sus primos había ganado una medalla de oro en las olimpiadas y su hermano había formado parte del equipo de remo de Harvard. Francesca lo conoció durante el desayuno; la miró de arriba abajo y la saludó con un simple «hola». Tenía cuatro años más que Chris y al año siguiente quería presentarse al Congreso. Le presentó a su mujer y poco después todo el mundo regresó a sus respectivos dormitorios para cambiarse de ropa antes de ir a misa. Ninguno era como Chris. Parecían gente muy competitiva, obsesionados por el tenis y por el fútbol americano. Ella no sabía nada del tema, así que durante el desayuno apenas abrió la boca. No tenía nada que aportar. Por si fuera poco, iba vestida con unos pantalones de cuero negro y un jersey del mismo color, mientras el resto de las mujeres llevaban blusas y faldas a cuadros por debajo de la rodilla. Francesca no tenía ninguna falda de cuadros, ni corta ni larga.

En la iglesia, se sentó a la derecha de su suegra y Chris a su izquierda, con Ian entre su madre y él. Sus hermanos y el resto de la familia se repartió a ambos lados. Francesca estaba segura de que aquella mujer era capaz de captar si estaba rezando de verdad o no, como si tuviera rayos X en los ojos. Había cambiado los pantalones de cuero por un vestido negro y tenía la sensación de que se le había ido la mano. Nada de lo que había traído parecía adecuado. La madre de Chris llevaba un traje de dos piezas azul oscuro con la falda gris, cómodo y al mismo tiempo formal. En todo momento se mostraba extremadamente educada y agradable con ella. Los primos parecían simpáticos y el padre, muy alegre. Los hermanos, por su parte, se mantenían distantes pero cordiales. El abuelo había sido gobernador de Massachusetts y, de algún modo, la familia había conservado la gravedad del cargo como rasgo distintivo. Francesca no se imaginaba contándoles que su madre había estado casada cinco veces. Su suegra se desmayaría si lo supiera. No en vano, llevaba casada cuarenta y cuatro años de su vida y siempre con el mismo hombre, no con un colectivo como Thalia. Francesca era consciente de que aquellas personas eran los auténticos herederos de la vieja aristocracia americana. Su mundo era un lugar cerrado en cuyo interior solo Chris era diferente a todos los demás. Eran la personificación de la vieja guardia.

Resultaba casi imposible no estar tenso en su presencia, pero por suerte a última hora de la tarde Francesca notó que empezaba a relajarse. Algunos habían ido a jugar al tenis o al squash a la pista cubierta de la casa, y los niños hacía rato que estaban desaparecidos. Fuera nevaba, así que nadie había ido a jugar al golf. El cóctel empezaba a las seis y media, seguido de la cena una hora más tarde, y como era Nochebuena, la velada sería más bien formal. Los niños comerían en una mesa separada en el salón y los adultos en el comedor principal de la casa. Luego, sobre las once y media, volverían a la iglesia para asistir a la misa de medianoche. La madre de Chris dijo que era opcional, pero él le advirtió de que había que ir o enfrentarse a una posible pena de muerte. Nada de lo que le había contado de su familia podría haberla preparado para lo que luego se iba a encontrar. Representaban los cimientos de la clase dirigente. Chris, por suerte, no era tan pomposo como ellos, aunque tampoco podía renegar de sus raíces. Le preocupaba que la asustaran y no dejaba de observarla en busca de signos que delataran su pánico, pero hasta entonces no había detectado nada. De lo que sí se había dado cuenta Francesca desde el primer momento era de lo poco cariñosos que eran. Se mostraban correctos y educados con todo el mundo, incluso con los niños, pero en su forma de relacionarse no había ni una pizca de calidez ni de afecto. Nadie se reía, nadie se abrazaba, no había discusiones familiares. Era gente inteligente y educada, pero mientras los observaba, Francesca no podía evitar que la embargara una sensación de tristeza, por todos aunque sobre todo por Chris, porque lo que le faltaba a aquella familia que lo tenía todo era precisamente lo más básico: amor.

A las seis y media, Francesca ya estaba en la sala de estar puntual como un reloj, ataviada con un vestido negro de cóctel bastante recatado, unos zapatos de tacón demasiado altos y un bolso de mano exageradamente chillón que su madre le había traído de París. Se había recogido el pelo en un moño, sin duda la opción más segura. La madre de Chris llevaba un vestido negro de cuello alto y mangas largas, y el mismo collar de perlas de siempre que no se quitaba ni para dormir, o eso sospechaba Francesca. De pronto, se imaginó a las dos consuegras juntas y por poco se atraganta.

—¿Cómo os conocisteis Chris y tú? —le preguntó ella durante el cóctel.

No tenía ni idea de qué decirle. «Chris estaba viviendo en mi casa» no parecía la mejor respuesta. «Soy su casera... Regento una especie de pensión... ¿En la iglesia?» Ninguna respuesta era la correcta. Chris le había advertido de que bajo ningún concepto dijera que vivía en el 44 de Charles Street con él.

—Nos conocimos a través de unos amigos comunes.

Chris, que estaba escuchando la conversación, se acercó para echarle un cable y Francesca se lo agradeció con una sonrisa. No conseguía quitarse de encima el miedo a hacer o decir algo inapropiado.

El padre de Chris le preguntó a qué se dedicaba su padre y ella respondió que era artista. Al mencionar su nombre, los dos se mostraron impresionados, lo cual fue todo un alivio. Francesca les explicó que su madre estaba pasando las Navidades en Gstaad, pero esta vez su reacción no fue la deseada. Por lo visto, que su padre estuviera en Sun Valley les parecía bien, porque lo conocían y les gustaba, pero para la madre de Chris una estación de esquí en Europa era lo más parecido a Sodoma y Gomorra que se le podía ocurrir.

—La única forma de sobrevivir a estas cenas es beberse hasta el agua de los floreros y no dejar de sonreír —le susurró uno de los primos mientras iban a la mesa, y ella se echó a reír.

Parecía un buen plan, pero por desgracia no se atrevía a llevarlo a término. Necesitaba estar alerta para esquivar sus preguntas. Querían saber dónde había crecido, a qué colegio había ido, si era un internado, si había estado casada, si tenía hijos y dónde pasaba los veranos. Maine estaba bien. Llevar una galería de arte ya era más cuestionable, pero como su padre se dedicaba a la pintura, se lo perdonaban. Los hermanos de Chris le dirigieron la palabra en alguna que otra ocasión. Cuando por fin terminó la cena, Francesca se sentía como si hubiera estado jugando al tenis toda la noche. Subió a su habitación y se tumbó en la cama un minuto antes de salir de nuevo hacia la iglesia. Resultaban mucho más imponentes en persona de lo que había imaginado, y tenerlos cara a cara, más complicado, sobre todo la madre. Cada vez que se imaginaba a Thalia en la misma habitación que aquella mujer, sentía que le faltaba el aire. Si algún día Chris y ella decidían casarse, tendrían que hacerlo en secreto o escaparse. No podía juntar a las dos familias bajo un mismo techo, y mucho menos para una boda. Solo Avery podría pasar el examen. Henry era demasiado excéntrico, un poco como su madre. No había ido a Harvard, odiaba el deporte en general y no sabía nada de fútbol americano. De su Thalia, mejor ni hablar. No podía permitir que se acercara a una familia tan tradicional. Lo tenían todo: religiosos, deportistas, elitistas y cuadriculados, además de importantes tanto social como económicamente. El único rebelde del grupo era Chris, aunque solo según sus estándares y no los del resto del mundo.

Cuando se la encontró tumbada en la cama, rodeada de otros diez modelitos para los días siguientes y agotada como si hubiera corrido un maratón, Chris no pudo contener la risa.

—¿Te lo estás pasando bien? —le preguntó bromeando—. No le hagas caso a mi madre. Es como Escila y Caribdis o quienquiera que vigile las puertas del infierno hoy en día, pero cuando consigues zafarte y te da su visto bueno, entonces ya puedes hacer lo que quieras. Solo tienes que presentarte a todas las comidas y no hacer nada que pueda molestarla.

—Es tu madre, no quiero que se ofenda por mi culpa.

Por mucho que se esforzara, no se imaginaba a aquella mujer dándole el visto bueno.

—Es ella la que debería preocuparse de no ofenderte. No es agradable que te sometan a un interrogatorio como está haciendo ella contigo. Pregúntale tú a ella. No sé, dónde fue al colegio, por ejemplo. Eso le encanta. Fue al Vassar cuando era solo para chicas. Es algo de lo que siempre ha estado orgullosa.

Parecía un tema bastante neutro para empezar una conversación.

—Es la primera vez en mi vida que voy a la iglesia dos veces en un mismo día —protestó Francesca, que empezaba a estar cansada—. Si Dios me ve allí sentada, me echa de la iglesia a patadas y luego fulmina a todos los presentes con su rayo divino.

Chris se rió, aliviado por la paciencia de Francesca.

—Es bueno para ti. Son puntos extra para cuando te toque subir al cielo —le dijo mientras la levantaba de la cama—. Hablando de lo cual, siento decírtelo, pero tenemos que salir ya o llegaremos tarde a la iglesia.

En total, fueron veinte personas a la misa de medianoche. Francesca era incapaz de recordar sus nombres o quiénes eran, excepto los hermanos de Chris, con los que no tenía nada en común. No eran más que dos Harley más, diluidos en la masa que era aquella familia. El único que destacaba por encima de los demás era Chris. Estaba un poco enfadada con él por haberla traído a Boston, aunque no lo habría pasado mucho mejor sola en Nueva York, y además lo quería, así que allí estaba, otra vez de camino a la iglesia por segunda vez en un solo día. Si su padre la viera ahora mismo, se reiría de ella, y también su madre, que ni siquiera había pasado por las manos de un cura en sus últimos tres matrimonios.

Durante la homilía, Francesca cerró los ojos y se quedó frita. Una vez hubo terminado el oficio, regresaron a casa y todo el mundo se fue a dormir. La patrulla antivicio, interpretada por la madre de Chris, se despidió de todo el mundo y subió a su dormitorio no sin antes desearles una feliz Navidad, con el acento en el «Navidad» y no en el «feliz». Francesca se percató de que nadie se besaba y de que los padres se daban la mano con sus propios hijos. Por desgracia, no conocían los abrazos de oso.

Media hora más tarde, Chris ya estaba en su habitación. Tenía treinta y cinco años y se sentía como una delincuente juvenil de catorce. Temía acabar castigada o en un centro de menores.

—Feliz Navidad, cariño —le dijo mientras la besaba, y le dio una cajita que llevaba guardada en un bolsillo de la chaqueta.

Era estrecha y alargada, de Tiffany's, y en su interior había una pulsera de oro en forma de corazones. La ayudó a ponérsela y luego la besó otra vez. Ella le había comprado un pañuelo de cachemira de color gris que a Chris le encantó.

Por suerte, solo faltaban dos días para que terminara aquel suplicio. Al día siguiente era Navidad, así que fue mucho más llevadero. Hubo apertura de regalos y un festín increíble para treinta comensales. Los niños comieron en el salón, con una mesa para ellos solos. Las niñas iban todas a juego con vestidos de terciopelo. Después de comer hubo partido de fútbol americano sobre la hierba congelada, del que Francesca estaba exenta por ser mujer. Al terminar, bebieron ponche caliente alrededor del fuego y la madre de Chris jugó al bridge con su marido, su hija y uno de sus sobrinos. Ian había subido a jugar con el resto de los niños y Chris estaba sentado con ella junto a la chimenea. A medianoche, volvían a estar los dos de nuevo en la habitación de ella. Solo tenían que superar un día más y podrían irse. Francesca no veía el momento.

—¿Te lo estás pasando bien?

—Sí —mintió—, pero me paso el día pensando que en cualquier momento voy a meter la pata. Me siento como si tuviera diez años.

Y eso sí era cierto.

—Tienes que aprender a ignorarlos. Se creen que han inventado el mundo, pero no es verdad. Por eso solo vengo un par de veces en todo el año. En Vineyard se está mucho mejor, todo es más relajado.

Chris era consciente de que su familia tenía el poder de volver loco a cualquiera. Estaban acostumbrados a ser los primeros en todo y esperaban que todo el mundo fuera igual que ellos y que se comportara según sus normas. Él hacía años que había dejado de hacerlo y tampoco les plantaba cara. Había desistido. Se limitaba a vivir su vida, como siempre, pero le gustaba volver a casa por Navidad y disfrutar de las tradiciones, y le estaba agradecido a Francesca por haberlo acompañado. Sabía que para ella no era fácil saberse constantemente vigilada y no le importaba admitir que su familia vivía en un mundo ficticio cuyos habitantes estaban hechos de la misma pasta y todas las piezas encajaban a la perfección. Francesca venía de un mundo en el que nada encajaba, ni por el lado de su madre ni por el de su padre. Ella era desesperante y él, excéntrico y bohemio. Por suerte, Chris y Francesca eran personas independientes, liberados del yugo de las vidas y las ideas de sus padres.

—A tu madre le dará un ataque si algún día conoce a mis padres —dijo Francesca.

—Sí, seguramente —asintió Chris—, pero ¿y qué? A mí tampoco me entusiasman mis padres. Llevan una vida increíblemente limitada y me aburren hasta decir basta.

Al menos estaban los dos de acuerdo, pero Francesca tampoco quería ser demasiado dura con la familia de Chris. Eran gente educada y respetable, pero resultaba imposible no sentirse descolocado en su presencia. No encajaba en su mundo, pero es que Chris tampoco, y eso, al menos, era un alivio.

Aquella noche volvieron a dormir juntos. Poco antes de las siete, Chris se levantó y bajó a desayunar con su madre. El día de Navidad ya había pasado y se notaba que estaban todos más relajados, incluso su madre. Por primera vez desde que habían llegado, aquel día no hubo misa, pero sí tenis y squash para toda la familia, algo que por lo visto era una tradición cada vez que se reunían. Francesca aún no había conseguido memorizar los nombres de casi nadie y empezaba a sospechar que quizá sufría un extraño caso de demencia avanzada. Ella era la única Francesca del grupo. Entre los hombres, todos se llamaban Chris, Bob o William. Había al menos cinco de cada. Las mujeres eran Elizabeth, Helen o Brooke. La madre de Chris era una Elizabeth y, por lo visto, la inspiración de todas las de su mismo nombre que la seguían.

El único que se lo estaba pasando bien era Ian. Adoraba a sus primos y decía que no quería irse. Chris desayunó una última vez con su madre el día en que se iban. Su padre los acompañó al aeropuerto y se despidió de Francesca diciéndole lo mucho que se alegraba de haberla conocido. Ella se sintió como si llevara tres días inmersa en la dimensión desconocida. Aquellas habían sido sin duda las Navidades más extrañas de toda su vida. Tenía tantas ganas de volver a Nueva York y descansar que, en cuanto cruzaron la puerta de casa, sintió el deseo incontrolable de gritar de alegría. Apenas llevaban diez minutos en casa cuando llamó su madre desde Gstaad.

—Espero que te lo hayas pasado muy bien estas Navidades —le dijo, despreocupada como siempre—. He conocido al hombre más maravilloso que puedas imaginarte. Fue el otro día, en la cena de Nochebuena. Vive en Nueva York, es suizo, banquero, y me ha prometido que me invitará a cenar tan pronto como volvamos.

Francesca resopló al darse cuenta de que su madre no había dejado de sonreír ni un segundo mientras hablaba. Eso solo podía querer decir que al fin había dado con el número seis. Quería ver la cara de los Harley cuando se enteraran.

—No tengas prisa, mamá —le advirtió.

Sabía que, cuando su madre le echaba el ojo a un posible candidato, no había quien le parara los pies. Además, había pasado mucho tiempo desde el último, o eso decía ella, y no porque no lo intentara.

—Por supuesto que no. Es solo una cena, nada más, no me va a pedir matrimonio.

—Eso es nuevo —dijo Francesca, y su madre se echó a reír.

—No confías en mí, ¿verdad?

—No, no confío en ti. Estoy segura de que cualquier día de estos acabarás encontrando al número seis.

—¿Y qué tiene eso de malo si yo así soy feliz? —le preguntó su madre, y Francesca permaneció un instante en silencio, pensando en ello.

—¿Sabes qué? Que tienes razón. A estas alturas, ya da igual. Cinco, seis... Mientras tú seas feliz, que la gente piense lo que quiera. —Acababa de pasar tres días con las personas más conservadoras y aburridas del mundo y le habían parecido infinitamente más odiosas que su madre. Al menos ella tenía estilo y sangre en las venas—. Adelante, mamá —le dijo entre risas—. Haz lo que te apetezca si así eres feliz, pero si en tu próxima boda me lanzas el ramo, te mato.

—De acuerdo, cariño. Nos vemos a la vuelta. Puede que haga escala en París.

Cuando Francesca colgó el teléfono, Chris la estaba mirando. Le estaba agradecido por haber ido con él y con Ian a Boston y por haber aguantado como una campeona. Sus padres le habían dicho que la habían encontrado encantadora.

—Mi madre está loca —dijo ella, como si no estuviera descubriendo nada—, pero creo que acabo de darme cuenta de que me gusta que sea así.

De pronto, veía las cosas desde una perspectiva completamente nueva, como si en cuestión de tres días hubiera madurado y por fin aceptara a su madre tal y como era. Era la primera vez que se sentía así.

Aquella noche, cuando subieron a su habitación, Francesca se acostó con la certeza de que nunca se había alegrado tanto de dormir en su propia cama, con Chris tumbado a su lado. No tenía que responder preguntas de nadie. Él no tenía que saltar de la cama y regresar corriendo a su habitación antes de las siete, y ella no tenía que preocuparse por su forma de vestir o por sus palabras. Tenía su propia personalidad, aunque no encajara en todas partes. Donde sí encajaba era en su casa. Allí, en aquel pequeño universo, era muy feliz, con Chris durmiendo a su lado en camiseta y calzoncillos e Ian en su habitación, una planta más abajo. Los tres compartían una vida sencilla y entrañable.

24

En el último momento, sin otro plan mejor, Chris y Francesca decidieron volver a Vermont con Ian y pasar allí el fin de semana de Año Nuevo. Ahora que Marya ya no estaba, no tenían con quién dejar al pequeño, pero también les atraía la idea de llevárselo con ellos y pasar un fin de semana en familia.

Les gustaba compartir tiempo juntos, pero no les apetecía pasar las fiestas inmersos en la locura de la ciudad. Los dos tenían invitaciones para varias fiestas, pero preferían recibir el año nuevo en Vermont, así que se montaron en el coche y se plantaron allí el treinta de diciembre.

Nada más llegar, Francesca fue a comprar todo lo necesario para el fin de semana. Chris encendió la chimenea de la sala de estar e Ian se entretuvo con los muñecos y los DVD que había traído consigo. Para los tres, aquella era la forma perfecta de disfrutar de las fiestas. Por si fuera poco, cuando se levantaron al día siguiente, estaba nevando y el paisaje parecía sacado de una postal de Navidad. Francesca deseó que Marya se encontrara allí con ellos, pero estaba en Courchevel, en los Alpes, con Charles-Edouard y sus amigos. Le había mandado varios correos electrónicos y parecía feliz.

Por la noche, jugaron al Monopoly y al Cluedo. Francesca y Chris echaron algunas partidas al Scrabble y un par de manos al Uno con Ian. A la mañana siguiente, durmieron hasta tarde y luego salieron a jugar a la nieve. Hicieron un muñeco enorme y se tiraron bolas los unos a los otros. Luego fueron a patinar a un lago cercano cuya superficie se había congelado. A Francesca le daba miedo que el hielo cediera y se tragara a Ian, pero por suerte no pasó nada. Quemaron nubes de azúcar al fuego y se las comieron con chocolate y galletas. Hicieron todo lo que más les gustaba hacer, sobre todo cuando estaban juntos. Fue un fin de semana perfecto.

El día dos por la mañana, Francesca escuchó el sonido de su teléfono desde la cama, pero estaba tan a gusto que no se levantó. Quienquiera que llamara insistió tanto que al final no tuvo más remedio que contestar. Las dos primeras veces había saltado el contestador, pero a la tercera sí llegó a tiempo y enseguida se alegró de haberlo hecho. Era Marya desde París.

—¿A que no sabes dónde estamos? —le preguntó Francesca, encantada de hablar con ella—. En Vermont. Hace dos días que nieva y está todo precioso. —Chris y ella dormían en la habitación de Marya, e Ian en la de invitados, tal y como Marya les había sugerido la última vez que habían estado allí—. Feliz año nuevo —le dijo, suponiendo que esa era la razón por la que había llamado—. ¿Qué tal por París?

—Genial. Aquí también nevó ayer. Creo que ya tenemos piso, en la rue de Varenne. —Era exactamente lo que buscaban, en el séptimo *arrondissement*—. Charles-Edouard lleva toda la semana negociando con los propietarios. —De pronto, se quedó callada unos segundos, como dubitativa—. Tengo que decirte algo. —Francesca esperó en silencio, consciente de lo mucho que la echaba de menos—. Ayer Charles-Edouard y yo nos casamos. Solo nosotros dos y un puñado de amigos. Cuando volvimos, los papeles ya estaban aquí.

Por lo visto el juez dictó sentencia poco antes de Navidad. Creo que he perdido un poco la cabeza, pero me alegro de haberlo hecho. Y si alguna vez me es infiel, me lo cargo.

Las dos se echaron a reír y, un minuto después, Charles-Edouard se puso al teléfono. Francesca los felicitó a ambos. Era increíble cómo el destino siempre acababa materializándose y la vida seguía su curso con tanta naturalidad. No hacía mucho, Marya creía que pasaría el resto de su vida sola, hasta que la ex mujer de Charles-Edouard lo había dejado y todo había cambiado para la nueva pareja. Cinco meses después ya estaban casados. Un año antes ni habría soñado con que algo así pudiera pasar.

—No sabes cuánto me alegro por los dos —dijo Francesca.

Lo decía de corazón y Chris, que estaba a su lado, también lo sentía, porque no podía dejar de sonreír. Parecían muy felices y se lo merecían.

—Ojalá hubieras estado aquí —comentó Marya.

A Francesca también le habría gustado. Si había una boda a la que le apetecía ir, era a la de aquellas dos personas que tanto significaban para ella. Cuando por fin colgó el teléfono, tras hablar con ellos un buen rato, ni Chris ni ella podían dejar de sonreír.

Poco después, de nuevo metidos en la cama, hablaron de ello y de lo mucho que se alegraban por la pareja.

—¿Y cuándo nos toca a nosotros? —preguntó Chris.

Francesca tardó en responder.

—No lo sé. ¿Qué prisa tenemos? De momento, las cosas nos van bien tal como estamos.

Solo llevaban saliendo cuatro meses.

—A mí me gustaría que estuviéramos casados. Si dijeras que sí, no acabarías convirtiéndote en tu madre —dijo él, y a Francesca se le escapó una carcajada.

—Seguramente tienes razón —admitió—. De todas formas, no sé si tengo la energía suficiente para tener cinco maridos. Lo que sí te puedo asegurar es que no estaría buscando al sexto.

—¿Qué te parece solo uno? —Hasta ahora, uno también era demasiado para Francesca—. ¿Qué me dices?

Chris se pudo de lado y la miró, incorporado sobre un codo y sonriendo. Ella también sonreía. Por primera vez en su vida, no le daba miedo plantearse la posibilidad de casarse. No estaba obligada a hacerlo, pero quizá tampoco era algo tan malo y podría suponer una mejora para Ian.

—Quizá —dijo por fin, y sonrió aún más.

De momento, era todo lo que estaba dispuesta a decir. No era su madre, ni tampoco Marya. Tenía que descubrir por sí misma adónde iba su relación con Chris.

—Por ahora, me conformo con eso —respondió él, feliz—. Te tomo la palabra.

La besó, los dos tumbados en la cama, justo cuando Ian entraba dando saltos en la habitación. Aquella noche volvían a Nueva York. Habían sido tres días de ensueño.

—Vamos a hacer otro muñeco de nieve —gritó emocionado mientras Francesca se levantaba de la cama.

Hicieron dos muñecos más para acompañar al que ya tenían. Era una familia al completo, instalada justo delante de las ventanas de la habitación de Marya.

Cuando emprendieron el viaje de vuelta a casa, Ian se despidió de los muñecos de nieve por la ventanilla del coche. Francesca estuvo muy tranquila y relajada durante todo el trayecto. Se acababa de enterar de que Todd se iba a casar en primavera, pero ya no le importaba. Había rehecho su vida con un hombre que era perfecto para ella. Por fin había encontrado la horma de su zapato. Ese había sido el problema desde el principio: que no había dado con el hombre adecuado.

Llegaron a Nueva York de madrugada después de un largo viaje. Ian se había quedado dormido, así que Chris lo subió en brazos a su habitación y luego bajó otra vez a ayudar a Francesca a meter las maletas. Cuando por fin cerraron la puerta, ella miró a su alrededor, sorprendida del vacío y el silencio que lo envolvía todo.

—Quiero vender la casa —le dijo a Chris con un hilo de voz, y él la miró con los ojos abiertos como platos.

—¿Lo dices en serio? ¿Por qué? Si te encanta.

Los dos sabían lo mucho que había luchado para conservarla. Hacía apenas un año, estaba dispuesta a vivir con tres desconocidos con tal de no perderla.

—Me encanta, o al menos me encantaba. Quiero que empecemos de cero..., que hagamos borrón y cuenta nueva... —Mientras hablaba, no podía dejar de pensar en Todd y en Eileen—. Aquí han pasado demasiadas cosas. Demasiados recuerdos.

De pronto, lo tenía claro, tan claro como cuando un año antes había decidido quedársela. Y Chris estaba de acuerdo con ella, pero no quería que se viera obligada a venderla si realmente quería quedarse.

—¿Por qué no lo consultas con la almohada y mañana lo hablamos? —le dijo.

Francesca asintió y los dos subieron las escaleras hasta su habitación. Ian ya estaba en la suya, dormido como un lirón.

Al día siguiente, no había cambiado de opinión. Mientras desayunaban, lo miró fijamente desde el otro lado de la mesa.

—Quiero venderla. Estoy segura.

—Vale. —Chris asintió—. Pongámosla en venta.

—Puede que tarde en venderse. Es una casa muy antigua.

Aquella misma tarde, Francesca llamó al agente inmobiliario con el que solía trabajar. Acordaron un precio, pero Francesca acabó subiéndolo. La pondrían a la venta aquel mismo fin de semana. Luego llamó a Avery y le contó lo que se traía entre manos.

—Me parece buena idea. El mercado está al alza, así que podrías conseguir un buen precio por ella. Desde que murió Eileen, esa casa no me ha dado buena espina, pero no te lo quería decir.

—No es por ella, es por mí. Siento que pertenece a una etapa de mi vida que ya he superado. He vivido en ella mientras sentía que era lo que quería hacer, pero ahora deseo una vida con Chris. No quiero vivir en una casa que ha sido parte de otra historia. Todd tiene una vida nueva y yo ansío lo mismo que él. A veces siento que llevo cuatrocientas latas atadas a la cintura y voy por el mundo arrastrándolas como puedo. Quiero ser libre y para eso Chris y yo necesitamos un sitio nuevo.

Dentro de su cabeza, todo tenía sentido. Le comentó la cifra que había decidido con el agente inmobiliario y a ella le pareció bien.

—No vas a vender la galería, ¿verdad?

Avery no sabía si quería empezar de cero, pero Francesca no tardó en responder:

—Pues claro que no. Es solo la casa, que me ha sobrepasado. Es como un lastre que me cuelga del cuello, demasiado pesado en todos los sentidos. Eileen, lo que cuesta mantenerla, las letras de la hipoteca, las reparaciones... Si no alquilamos habitaciones, es demasiado grande para nosotros tres, y eso sí que no quiero volver a hacerlo. Puede que busquemos un apartamento o una casa más pequeña. De momento, podríamos irnos de alquiler.

—Espera a ver si hay gente interesada y cuánto te ofrecen por ella —le recomendó Avery.

Francesca estaba preparada para lo que fuera y Chris, muy ilusionado. Le gustaba la idea de buscar algo para los tres.

Aquel mismo fin de semana el agente inmobiliario organizó una primera jornada de puertas abiertas y dos semanas más tarde recibió una oferta por algo menos de lo que pedía. Era una familia con cuatro hijos, que sabía lo que había pasado allí con Eileen pero que no parecía importarles. Francesca estaba encantada y Chris también. Nunca le habría pedido que la vendiera y le habría ayudado en lo que hiciera falta, pero se alegraba de que quisiera seguir adelante. Le gustaba la idea de empezar de cero los dos juntos. Francesca quería una vida nueva que fuese solamente suya, no la herencia de otra persona, por mucho que ahora fuera suya.

Fijaron el día de la firma para el quince de marzo. Un mes antes, el mismo día de San Valentín, encontraron un apartamento en alquiler justo del tamaño que querían. Se mudaron dos semanas después. Las cosas avanzaban a buen ritmo y Francesca sentía que todo iba viento en popa. La familia que se iba a quedar la casa estaba encantada con el que pronto sería su nuevo hogar. La situación era inmejorable para todos, especialmente para Ian, Francesca y Chris. Ya tenían su nuevo hogar, formaban una nueva familia entre los tres y estaban construyendo una nueva vida juntos.

Al día siguiente de la mudanza, Francesca volvió a la que había sido su casa para verla por última vez. Chris e Ian la estaban esperando en el apartamento, pero ella quería ocuparse de conectar la alarma y cerrar la puerta del 44 de Charles Street para siempre. El agente inmobiliario había contratado un servicio de limpieza para que dejara la casa impoluta, así que no hacía falta que ella estuviera presente, pero aun así deseaba despedirse de la casa.

Deambuló de habitación en habitación, recordando los buenos y los malos momentos que habían compartido allí.

No subió a la habitación de Eileen, que estaba abierta y vacía, pero sí recorrió el resto de la vivienda. En la cocina, sonrió al recordar las risas y la comida deliciosa que Charles-Edouard y Marya habían preparado para todos.

La casa había cumplido con su objetivo y Chris tenía razón: Francesca la adoraba y siempre la adoraría, pero al igual que ocurría con las personas, a veces había que dejar que la vida siguiera su curso y aquella casa no era una excepción. Era una cuestión de momentos, de quién formaba parte de tu vida y cuándo. Esta vez Francesca estaba preparada para volar. Se detuvo en la entrada por última vez y miró por encima del hombro mientras conectaba la alarma. Marcó los dígitos y cerró la puerta. Susurró un «adiós» apenas audible, bajó corriendo las escaleras hasta la acera y cogió un taxi hasta el apartamento donde Chris e Ian aguardaban su regreso. Acababa de empezar una vida nueva con gente que la quería y a la que ella quería con locura.

Cuando entró en el apartamento, lo primero que percibió fue un olor delicioso. Ian acababa de hacer galletas.

—¡Mira lo que hemos hecho para ti! —exclamó Ian, emocionado.

Eran tréboles de cuatro hojas para el día de San Patricio espolvoreados con azúcar teñido de verde.

—Parecen galletas de la suerte —dijo ella, y se inclinó para darle un beso primero a Ian y luego a Chris—. Y yo soy una mujer muy afortunada —añadió, mirándolos a los dos.

Por fin la olla había encontrado su tapa, tal y como le había dicho Avery, y ni siquiera había tenido que salir a buscarla. Sabía que había hecho lo correcto al tomar la decisión de luchar por conservar la casa. Si no lo hubiera hecho, jamás habría encontrado a Chris. Todo había funcionado con la precisión de un reloj, menos la pobre Eileen. Por desgracia, no habían podido hacer nada por ella. A veces no todo tenía solución.

Francesca cogió una galleta y miró a su alrededor. Había cajas por todas partes y toneladas de cosas esperando a que las colocaran en su sitio. Era emocionante estar allí, y más aún con ellos dos. Francesca había encontrado a su gente y un hogar donde compartir su vida con ellos. Y ya no era el 44 de Charles Street. Esa dirección ya formaba parte del pasado, de otra vida que ya no existía. Ahora le pertenecía a otra familia que la querría tanto como ella. El 44 de Charles Street era un episodio de su vida, mucho más que una simple casa. Aquel capítulo ya estaba cerrado. El siguiente acababa de empezar.

Papel certificado por el Forest Stewardship Council®

16-3-A
NEYER
O